JEAN ANGLADE

Jean Anglade est né en 1915 à Thiers, en Auvergne, d'une mère domestique et d'un père ouvrier maçon. Formé à l'école normale d'instituteurs de Clermont-Ferrand, il enseigne à la ville, puis à la campagne, tout en continuant ses études, pour devenir professeur de lettres, puis agrégé d'italien.
Il a trente-sept ans lorsqu'il publie son premier roman, *Le chien du seigneur*. À partir de son dixième roman, *La pomme oubliée* (1969), il consacre la plus grande part de son œuvre à son pays natal, ce qui lui vaudra d'être surnommé « le Pagnol auvergnat ». Romancier — il a plus de trente-cinq romans à son actif —, mais aussi essayiste, traducteur (de Boccace et de Machiavel), il est l'auteur de plus de quatre-vingts ouvrages, et explore tous les genres : biographies (Pascal, Hervé Bazin), albums, poésie, théâtre, scénarios de films.
Jean Anglade a beaucoup voyagé, et habite aujourd'hui près de Clermont-Ferrand.

LES PUYSATIERS

DU MÊME AUTEUR
CHEZ POCKET

Une pomme oubliée
Le tilleul du soir
Le voleur de coloquintes
Les ventres jaunes
La bonne rosée
Les permissions de mai
Un parrain de cendre
Le jardin de Mercure
Y a pas d' bon Dieu
La soupe à la fourchette
Un lit d'aubépine
La maîtresse au piquet
Le Saintier
Le Grillon vert
La fille aux orages

JEAN ANGLADE

LES PUYSATIERS

PRESSES DE LA CITÉ

ISBN : 2-266-12455-2

Je dédie cette histoire à Tranche-Montagne, le héros de Théophile Gautier, qui mettait des pierres dans ses poches pour n'être pas emporté par le vent.

Celui qui creuse une fosse y tombe. Et la pierre revient sur celui qui la roule.

Proverbes, XXVI, 27.

PROLOGUE

Les Codier

Tonin CODIER (1750-1823) + Anne-Marie FRADIN (1760-1810)

Pélage (1775-1820)
époux de Rosette GERMAIN (1780-1858)

Marius
(1780-1840)

Quatre filles

Jean-Marie (1803-1829)
époux de Félicie PICHON (1808-1880)
remariée à François MAVEL (1798-1882)

Joséphine (1804-1860)

Marceau
(1805-1879)

Géraud (1824-1912)
époux d'Annette SARGALHOL (1823-1914)

Justine
(1826-1837)

Auguste et Joseph,
jumeaux (1859-1933)

Ernestine (1861-1937)
épouse de Marcel AMEIL (1858-1898)

Justin narrateur

Notre nom de Codier désigne l'étui de bois que les faucheurs cantaliens accrochent à leur ceinture pour mettre, dans un peu de mousse humide, la pierre à aiguiser les faux. Nous le portons de père en fils depuis qu'existent de l'herbe et des faucheurs.

Cependant, mon grand-père Pélage était tout autre chose : un bandit de grand chemin. Il fut pendu en 1820 à Aurillac, sur la place d'Armes, âgé de quarante-cinq ans, avec deux de ses complices. Le tribunal qui les condamna à mort précisa qu'ils n'auraient pas la tête tranchée comme le voulait le nouveau Code, supplice trop digne pour ces malfaisants. On ne fit donc pas venir la guillotine qui avait coupé tant de têtes royalistes ou républicaines. Des charpentiers dressèrent simplement trois potences sur un échafaud. Un troupeau d'hommes, de femmes, d'enfants se pressaient sur la place, curieux de ce spectacle mirifique. Pour mieux voir, beaucoup avaient emprunté des échelles, ou étaient grimpés aux arbres comme des singes. Ils arrivaient de par-

tout, à pied, à cheval, en voiture. Des grappes humaines remplissaient les fenêtres des maisons voisines. Des commerçants ambulants vendaient du vin, de la limonade, de l'eau de coco, du pain, des croquants de Neussargues. On criait, on s'interpellait. Cela produisait la plus joyeuse des fêtes.

Autour de l'échafaud, des cordes nouées à des piquets formaient une enceinte qui retenait la foule. Surveillée par des gendarmes à pied, tout farauds de leurs buffleteries de cuir, de leurs bottes sévères, de leur bicorne orné d'une cocarde blanche. Le tricolore n'avait plus cours depuis le retour des Bourbons. Un sabre ballait à leur côté.

Les trois brigands, en bras de chemise et pantalons de cadis, entravés, encadrés, furent extraits de leurs geôles. Devant l'église Notre-Dame-des-Cordeliers, ils durent s'agenouiller, faire amende honorable, répéter les paroles que soufflait leur confesseur :

— Je demande à Dieu, au Roi et à la Justice pardon de mes crimes, et prie le Seigneur Tout-Puissant d'avoir pitié de mon âme.

Signe de croix. Marche au gibet, les bras maintenant liés derrière le dos. Le cortège traversa le foiral. Il franchit la porte du Faubourg, fort délabrée, atteignit la place d'Armes, déclenchant les ricanements et les applaudissements moqueurs de la populace. Ils avançaient sous un flot d'insultes et de malédictions. Mon grand-père Pélage leva la tête et cria dans son patois :

— Aï pa tuà dingù ! *Je n'ai tué personne ! Du moins, aucun innocent. Peut-être un gendarme ou deux, ça ne compte pas.*

Redoublement des rires et des insultes. Les deux complices serrent les lèvres sous leur moustache. Les voici tous trois au pied de l'échafaud. A Pélage Codier revient l'honneur de gravir le premier les six marches. C'est ce qu'il fait.

— Aï pa tuà dingù ! *crie-t-il encore du haut de l'estrade.*

Personne ne croit à sa protestation.

Les bourreaux sont également au nombre de trois : le maître et ses deux aides. Venus spécialement de Riom dans le Puy-de-Dôme, car leur pouvoir s'étend sur six départements. Le chef montre une redingote, une cravate à coques, des gants blancs et un chapeau haut de forme, évasé par le haut, dit chapeau tromblon, comme en portent les artistes. Et c'est un artiste dans sa spécialité ; il ne touche à rien, il ne se salit pas, il se contente de donner des ordres du doigt ou de l'œil. Ses auxiliaires sont vêtus comme les ouvriers, une ceinture rouge autour du ventre, une casquette à pont sur la tête. Au moment où l'un d'eux passe le nœud coulant au cou de Pélage, toutes les cloches de la ville se mettent en branle pour sonner le glas. Elles étouffent les moqueries de la foule qui doit contempler, muette, les derniers moments des condamnés. Avant d'être étranglé, Pélage a le temps de pousser un autre cri, le plus inattendu, qui file vers le ciel entre deux ding-dong :

— Vive l'Empereur !

Ses deux acolytes, Joli-Cœur et Tricassin, répètent après lui : « Vive l'Empereur ! » jusqu'à ce que la corde de chanvre les soulève du plancher. Sitôt que les corps se trouvent ainsi suspendus, l'auxiliaire aux mains libres leur saute aux jambes et tire de tout son poids pour accélérer la chose. D'où le sobriquet de tire-bottes que jadis on donnait à ces spécialistes.

Or voici un incident miraculeux. Tandis que le troisième bourreau s'agrippait à Pélage, le pied gauche du supplicié lui resta dans les mains. Un instant, la foule crut qu'il le lui avait arraché. Mais un pied ne s'arrache pas comme une carotte. Il s'agissait d'un pied artificiel, d'un pied en bois. L'auxiliaire le jeta au loin ; il fut happé par les badauds. Lorsqu'ils eurent compris de quoi il s'agissait, une énorme hilarité les secoua, tandis que beaucoup s'écriaient :

— Sacré Codier ! Sacré Codier ! Il nous fera toujours rire !

Le fait est que, pendu par le cou, la tête renversée sur l'épaule, la langue exorbitée, secoué de convulsions, Pélage avait l'air de se bidonner.

Mon grand-père et ses deux amis furent certainement les trois derniers pendus officiels exécutés en France sur une place publique. Après eux, tous nos condamnés à mort ont bénéficié de l'instrument humanitaire baptisé par le docteur Guillotin.

Jusqu'à ses derniers jours, Géraud Codier raconta inlassablement la vie, les exploits, la triste fin de son aïeul Pélage, qu'il n'avait jamais vu, mais dont il connaissait l'existence par les récits de son père et de sa mère. Bandit de grand chemin, sans doute. Mais un bandit ordinaire ne crie pas « Vive l'Empereur ! » avant de mourir. Il fallait que cet ancêtre fût une personne d'exception. Ayant appris à lire, à écrire, à bien s'exprimer, Géraud mena une enquête, consulta le greffe du tribunal d'Aurillac, rassembla des témoignages, retrouva des lettres expédiées d'Egypte, reconstitua cet aïeul inconnu. Par une heureuse fortune, j'ai eu entre les mains la plupart de ces documents, découverts au fond d'une malle que protégeait un tissu de toiles d'araignées, à Cheylade, dans le grenier de mes oncles jumeaux Auguste et Joseph. Ainsi en suis-je venu, moi, Justin Ameil, féru de généalogie, humble relateur de ces choses anciennes, à y ajouter mes propres recherches et à faire revivre les Codier.

PREMIÈRE PARTIE

1

Le vieux Tonin Codier, au dire de tous, était un père admirable. Un jour que Pélage, son fils aîné, alors âgé de quatorze ans, lui avait mal parlé, d'une seule calotte il le coucha par terre. Pélage n'y revint pas.

Ce Tonin, mon arrière-grand-père, exerçait la profession de sabotier à Cheylade, dans une des treize vallées qui descendent du puy Mary, où coule la Rhue grande. Fils, petit-fils, arrière-petit-fils de sabotiers : de même que le roi était descendant d'au moins trente rois depuis le commencement du monde, il gouvernait souverainement son petit royaume, et ne souffrait pas qu'on lui manquât de respect. Il eut douze enfants, dont six moururent en bas âge. Six autres survécurent, quatre filles et deux garçons, Pélage et Marius. A ces deux-là, il s'employa d'enseigner le métier qui les faisait vivre.

Il y eut autrefois des duchesses en sabots. Jeanne la Lorraine chaussait les siens quand elle gardait ses brebis. On ne sait pas trop d'où vient le mot français qui les désigne ; mais le patois *esclop* dérive directement du latin *sculponea* ; ce qui permet d'affirmer que l'ouvrage du sabotier, *esclopier*, est tout proche de celui du sculpteur. Leurs outils sont les mêmes : l'herminette, petite hache à lame courbe ; les gouges et les cuillères pour creuser ; le boutoir pour fignoler les coins ; la rouanne, couteau à double tranchant dont le bout enroulé forme une demi-volute ; le racloir, le burin. Dans tout bloc de marbre, se cache une Vénus, il suffit de l'en extraire. Dans toute bûche, une paire de sabots. Six ans sont nécessaires pour apprendre le métier.

Le sabotier a toutefois des outils qui lui sont propres. Notamment le paroir, cette longue lame brillante et coupante comme une faux, retenue à l'établi par une extrémité, terminée à l'autre par une poignée. Ebauché à l'herminette, le sabot débutant offre à son tranchant tantôt sa semelle, tantôt ses flancs, tantôt son dos, sa pointe, son talon. Le paroir enlève des copeaux, curieusement appelés chez nous des *mensonges*, peut-être parce qu'ils ressemblent à des rubans, à des hosties, à des pétales, et n'en sont point. La lame bute parfois sur l'obstacle d'un nœud, que le sabotier finit par franchir avec un han ! de victoire. La profession a ses tours de main, ses coutumes, ses croyances. Tonin était sûr qu'il devait donner à chaque sabot un nombre impair de coups de paroir : treize pour les grandes tailles, onze pour les petites. A douze, il eût manqué l'ouvrage. Au terme de ces découpages, la bûche semblait devenue sabot achevé. Sauf qu'il était plein ; pour accomplir sa métamorphose, les gouges devaient encore l'évider.

Pour finir, un racloir enlevait les bavures. Tonin perçait, à la tempe de chacun, un petit trou qui lui servait à lier les paires, selon leurs pointures. Il les suspendait, comme les paysans leurs jambons, dans la cheminée, au-dessus des flammes. Ils séchaient ainsi plusieurs jours, prenaient de la couleur. Le bois de noyer devenait brun, le peuplier à peine jaune, le vergne rose. Certains clients préféraient la teinture violette au jus d'airelle ; d'autres se méfiaient de cet artifice qui pouvait dissimuler un défaut et demandaient le bois tout nu. La bride de cuir qu'on voit aux sabots modernes n'avait pas encore été inventée ; mais les dames voulaient des dessus échancrés qui permettaient d'entrevoir la couleur de leurs bas, lorsqu'elles se rendaient à la messe. Leurs sabots de mariage étaient gravés d'un double cœur, avec un nez en trompette. Les sabots de travail se remarquaient à l'épaisseur des semelles, qu'augmentaient des clous à caboche plate. Par temps froid, les laboureurs les complétaient de guêtres molletières, en drap grossier, tissu avec la laine des brebis sans teinture, « couleur de la bête » ; elles étaient retenues par deux liens de paille qui coiffaient le cou-de-pied avant de se loger pardessous dans le creux de la semelle. Impossible à la neige de se faufiler. Le vacher, le bouvier, le bûcheron en usaient au moins deux paires chaque année. Il était entendu dans leur contrat de louage qu'ils les recevraient à chaque Saint-André. Elles faisaient tellement partie des gages que l'expression « lui payer ses sabots » équivalait à « lui verser son salaire ». On racontait l'histoire de ce garçon qui discutait avec son futur beau-père la dot de la promise et cherchait, comme il se doit, à l'allonger quelque peu :

— Tout ce que vous m'annoncez là me plaît bien, conclut-il. Mais si vous ne lui accordez pas encore deux paires de sabots, une pour le dimanche, une pour la semaine, vous pouvez garder votre fille.

Le sabot termine l'Auvergnat, l'Auvergnate, de même que son vaste chapeau, sa coiffe les commencent. Tout au long de leur vie, il sonne sur les pierres des chemins, derrière les clarines des vaches. Il dort le soir sous leur lit-alcôve, et dès l'aube ils débutent ensemble la journée. Il est de tous les âges. Sitôt qu'il sait marcher, l'enfant a sa paire qu'il n'usera pas car son pied grandit vite, mais transmettra au petit frère ou à la petite sœur. Si bien qu'on entend parfois le cadet se plaindre :

— J'ai les yeux de mon papa, les cheveux de ma maman, le menton de mon grand-père, les oreilles de ma grand-mère, les sabots de mon frère aîné. J'ai rien à moi.

Les sabots participent à la fête quand ils martèlent la bourrée sur les sols de planches ou de terre sèche. Et la véritable musique, c'est eux qui la rythment, plus que la vielle ou la cabrette. A l'occasion de ces danses, la terre entend cet appel qu'ils lui lancent :

— Réveille-toi, dormillouse ! Partage la joie de tes enfants vivants !

Et elle frémit dans ses brûlantes entrailles. Et tous les puys, tous les sucs, tous les sommets arrondis ou pointus lèvent la tête pour regarder l'endiablée sarabande.

Ils ont la vie aussi dure que les chats. On les croyait fendus ? Un fil de cuivre les raccommode. Mais s'il arrive que la cassure soit irrémédiable, ils peuvent servir encore. Leur semelle découpée en dents de peigne, ils permettent de cueillir les airelles au bois. Accrochés au mur, les voici salière à gros sel ou vide-poches. Pour mourir réellement, il faut que leur propriétaire meure aussi. Quand cela arrive, plus jamais personne ne mettra un pied dedans. On n'use pas les sabots d'un trépassé. On les conserve pieusement, sur un meuble, sur un rayon. Ils ont acquis une sorte d'éternité : les voici reliques. Au même titre que le chapeau du grand-père, que le chapelet de la grand-mère.

A Cheylade, à Saint-Hippolyte, à Riom-ès-Montagnes, non seulement les paysans et leurs valets mais les commerçants, les curés, les notaires, les maîtres d'école, les bonnes sœurs marchaient dans des sabots. Seuls les gendarmes allaient chaussés de bottes. Codier ne manquait pas d'ouvrage. Dès l'âge de dix ans, Marius, son plus jeune fils, sut manier les tarières et les gouges comme un véritable esclopier. Le paroir, trop long pour ses bras, lui échappait encore. En revanche, Pélage, son aîné, ne montrait aucune disposition pour ce métier d'intérieur. Les remontrances de Tonin, ses calottes ne suffisaient pas à le changer. Toute sa vie, il se sentit des fourmis dans les jambes, un irrésistible besoin d'escalader les rochers, de humer les vents, d'observer le vol des milans et des aigles, les gambades des chamois, les cascades de la Rhue.

— Qu'est-ce que je vais faire de toi ? se désespérait le sabotier. Tu ne gagnes pas le pain que tu manges. Tu périras sur l'échafaud.

Il ne croyait pas si bien dire.

Pélage s'était acoquiné avec Gastal, dit *Guirguilh*, le Querelleur. Un voisin qui avait jadis beaucoup voyagé. Ayant vu le monde par le haut, par le bas, par le travers, revenu au pays, il se contentait maintenant de raconter ses escapades, tout en pratiquant le métier de forgeron et d'arracheur de dents. Si un client venait lui confier sa mâchoire, il employait les tenailles appropriées et, pour étouffer les gémissements de la victime, il chargeait pendant l'opération son fils de taper à bras raccourcis sur une enclume. Sitôt qu'il avait une paire d'oreilles pour l'écouter, Guirguilh racontait ce qu'il avait vu dans les pays lointains. Intarissable, par exemple, sur les merveilles de celui qu'il appelait Maroco :

— Certains habitants portent sur la tête des coiffures rondes et grosses comme nos potirons, avec un pompon bleu. Les hommes revêtent des robes et les femmes des pantalons. Mais elles ne se montrent guère, et restent enfermées dans leur maison ; il faut être reçu chez elles pour pouvoir les regarder. A moins que les maris ne les fassent travailler dans les champs, les attelant à leur araire. Quand ils veulent tomber de l'eau, ils ne se mettent pas debout contre un mur comme nous faisons ; ils s'accroupissent par terre et s'enveloppent de leur robe, le *bornouss*. Ils ignorent les fourchettes et les cuillères, et mangent avec leurs doigts. Ils ont une bête qu'ils nomment *djamal*, qui est une espèce de vache sans cornes, avec deux bosses sur l'échine, une petite tête, de longues pattes. Ils s'en servent pour tirer leurs charrettes. Ou bien ils montent dessus comme nous faisons sur nos chevaux. Le djamal se met à genoux pour faciliter la manœuvre. Mais ce qu'il y a de plus étonnant dans ce pays, c'est qu'on y trouve des montagnes de diamants. Une pierre très précieuse, dont on peut faire des bagues et autres bijoux. Un seul diamant vaut une fortune.

Il en montrait un gros comme une noix, qu'il avait rapporté du Maroco. Il le faisait scintiller au soleil, expliquant qu'il le conservait pour assurer sa vieillesse.

— Est-ce que vous êtes allé jusqu'au bout du monde ? demandait le jeune Pélage.

— Le monde n'a pas de bout. Tu peux marcher toute ta vie à pied ou à cheval, tu n'arriveras jamais à la fin. Mais ce que je sais — on me l'a dit — c'est que la terre est ronde comme une boule. Nous, nous habitons tout en haut. Ceux qui vivent à l'opposé marchent forcément la tête en bas, comme les mouches au plafond.

(Soit dit entre parenthèses, des hommes accroupis au coin des rues dans la nécessité de leurs besoins, il n'était pas nécessaire de se rendre au Maroco pour en rencontrer. Dans maints villages d'Auvergne, quelquefois même dans les villes, existait une venelle appelée chemin des Aises ou voie de Merdensou. Bien fréquentée le matin. Avant de s'y installer, l'usager la parcourait sur toute sa longueur, cherchant pour se dissimuler un pan de muraille, car on aime mieux faire ces choses-là dans la solitude plutôt qu'en compagnie. Toutefois, l'urgence obligeait souvent la clientèle à s'aligner. La première moitié de la venelle était réservée aux dames, la seconde aux messieurs. Pour se rendre à leur réserve, ceux-ci passaient devant le beau sexe enveloppé de ses robes et cotillons, faisant mine de ne pas le remarquer. Personne ne s'offusquait de ces rencontres imposées par la nature.

— Est bien malheureux, disait Jeanne Gastal, l'épouse de Guirguilh, celui ou celle qui ne peut pas se soulager.

Aussi ne se retenait-on point entre voisins et voisines de circonstance d'engager des conversations qui duraient parfois plus que le temps indispensable. Chieurs et chieuses s'entretenaient ainsi de la pluie qui allait tomber, de l'herbe qui poussait bien ou mal, des événements du village, des naissances et des décès. Le quart d'heure s'écoulait sans qu'on s'en rendît compte. Dans la journée, la venelle était parcourue par les cochons et les chiens qui procédaient au nettoyage. Les averses achevaient leur besogne.

Tout le monde cependant ne prenait pas la peine de fréquenter le chemin des Aises. Pierre

Vidalenc, le curé de Cheylade, avait coutume de monter la garde autour de son église, ayant constaté que certains paroissiens venaient en arroser le chevet à la nuit tombée. Le curé faisait donc ses rondes dès le crépuscule. S'il lui arrivait de surprendre un pisseur en flagrant délit, il lui envoyait dans le derrière un coup de pied qui lui coupait le robinet. Dans un sermon, il s'adressa même à ces enfants du diable qui souillaient la maison de Dieu :

— Je souhaite qu'il y ait en enfer une fosse pleine d'urine, dans laquelle vous serez plongés et devrez vous débattre pendant toute l'éternité.

Ceux qui possédaient une étable ou une chèvrerie savaient où se rendre sans incommoder personne. Quelques raffinés possédaient un jules qu'ils vidaient par la fenêtre chaque matin. L'un d'eux, Emile Clairac, était un cas particulier. Trop vieux pour se rendre utile, il passait le plus clair de son temps à fumer la pipe dans sa chambre-galetas, en regardant voler les hirondelles. Il n'en descendait que pour consommer ses trois soupes quotidiennes. Dans ces conditions, il employait abusivement son pot de chambre pour le solide aussi mal que pour le liquide. Sous sa fenêtre, poussait un sureau qui recevait journellement ses offrandes. De sorte que les Cheyladiers pouvaient constater qu'en guise de fruits cet arbre produisait des étrons.

Cheylade n'était pas un village bien reluisant. Ses habitants portaient le surnom de *cagadrinlhes*, ce qui veut dire en bon français chieurs d'alises. [L'alisier s'appelle *drilher*, son bois très dur sert à faire des cannes et des manches de pioches.] Ils devaient ce sobriquet à Léger, le saint patron de leur paroisse, dont un buste de chêne habitait l'église ; on l'y voyait assis dans sa cathèdre, une main tenant la Croix, l'autre tenant l'Evangile. On l'implorait spécialement pour qu'il fît venir la pluie ou le soleil suivant les besoins. La veille de sa fête, le 2 octobre, les femmes avaient coutume de venir déposer au pied de son image des nourritures variées, fromages, beurre, saucisses. Elles se doutaient bien que ces cadeaux étaient consommés par le curé, homme de chair, plutôt que par un homme de bois, mais qui leur servait d'interprète. Une année, cependant, qu'il n'avait pas envoyé la pluie comme il aurait dû, elles décidèrent de le priver de nourriture. Et que se passa-t-il ? Le lendemain, le saint avait disparu ! Voilà tout le monde à sa recherche. On finit par le retrouver au Bois-Grand, sous un alisier, une grappe d'alises dans la bouche. De ces fruits qui ressemblent à des cerises, en plus dur, dont les oiseaux sont friands. On le rapporta dans son église où il voulut bien recommencer ses miracles. Voilà comment les habitants de Cheylade furent considérés comme des mangeurs d'alises.

Fin de la parenthèse.)

Intrigué par les récits de Gastal-Guirguilh, Pélage rêvait de ces pays lointains où les rochers sont faits de diamants ; où les vaches ont deux bosses sur l'échine ; où les femmes tirent les araires comme font nos mules. Il aurait bien voulu découvrir aussi les régions de la boule terrestre où les gens marchent les pieds en haut et la tête en bas. Ces rêveries ne l'encourageaient guère à exercer le métier de sabotier. Très souvent, son père le surprenait le nez en l'air et lui posait une question irritée :

— A quoi penses-tu ? Tu écoutes si les cloches de Cheylade sonnent les vêpres ?

Il baissait le front, se remettait à dégrossir les bûches avec la hachette. Car, dans l'élaboration du sabot, on lui confiait la partie la plus élémentaire.

— Tu n'es pas bon à autre chose.

Son frère Marius, au contraire, montrait une extrême habileté. C'est lui qui peignait à l'encre rouge ou violette et au pinceau pointu les fleurs qui ornaient les sabots des dames. Les clientes lui accordaient de temps en temps une pièce d'un demi-sou qu'il laissait tomber dans sa tirelire. Pélage devait s'estimer bien satisfait d'avoir son content de pain, de soupe, de fromage. Complété quand il le méritait par quelques coups de pied dans le train. Il en vint à détester son frère cadet comme Caïn détestait son frère Abel. Une histoire que racontait au catéchisme le curé Vidalenc. Plus d'une fois, alors qu'ils se trouvaient seuls, il eut la tentation de faire à son cadet le même coup. Ce qui le retint fut qu'il ne savait pas comment procéder. Le catéchisme ne l'enseignait point : *Lorsqu'ils furent dans les champs, Caïn se jeta sur son frère Abel et le tua.* Or il doit exister mille façons de tuer son frère. Pélage n'arriva jamais à faire son choix.

Faute d'autre revanche, il décida de quitter cette famille dans laquelle il ne jouissait d'aucune considération et de partir pour le Maroco.

— C'est en quelle direction ? s'informa-t-il auprès de Gastal.

— La direction de midi.

A midi, le soleil se tenait au-dessus du puy Mary dont on voyait la pyramide verte frôler le ciel. La route qui s'y dirigeait était des plus escarpées, ce qui ne faciliterait pas son entreprise. Mais il se sentait dans les jambes une telle envie de quitter Cheylade que la difficulté l'excitait plutôt que de le retenir. Né au milieu des montagnes, il n'avait pas peur des abrupts. Il savait que les chemins ne montent pas toujours et que, lorsqu'ils ont atteint une cime, tout de suite après ils redescendent.

Il fit de longs préparatifs. Il amassa des tranches de pain et de fromage. Il en remplit une besace. Dans les réserves de son père, il choisit deux paires de sabots neufs, largement plus grands que son pied, qu'il remplirait d'herbe sèche. Son frère et lui couchaient sur la même paillasse, remplie de feuilles de frêne ; mais ils se parlaient peu. Leurs seuls échanges étaient des coups de coude, de poing ou de genou. Marius pleurnichait :

— *Lou Pélage m'a dounà !* Pélage m'a battu !

Anne-Marie, la mère, accourait, distribuait avec équité ses paires de gifles. Il n'était pas facile de préparer le départ. Heureusement, la maison du sabotier ne manquait pas de cachettes. Pélage découvrit même celle où Marius dissimulait sa tirelire en terre cuite. Car, ne pouvant voyager sans avoir en poche un rouge liard, il avait décidé de mettre la main sur la cagnotte de son frère. L'argent est fait pour circuler, non pas pour demeurer enterré, c'est l'Evangile qui nous l'apprend.

Il choisit de partir le 24 avril qui fêtait en même temps saint Fidèle et son anniversaire. Ce matin-là, il se leva avant toute la maisonnée. Sorti du lit-caisse, il s'habilla dans l'ombre, enfila ses meilleures braies, sa chemise de chanvre, son gilet à gros boutons, sa veste de velours ; coiffa son bonnet de tricot dont la pointe lui retombait sur l'oreille. Il passa dans la cuisine où le chien Tambour, couché devant l'âtre, remua la queue avec amitié. Dans un tiroir, il trouva un autre quignon pour lui servir de déjeuner. Il avança la main derrière le coffre à sel, sentit le porcelet de terre cuite et s'en empara. A l'intérieur, les sous faisaient un petit bruit cuivreux.

Le soleil n'était pas encore levé, mais déjà les étoiles avaient disparu. Une seule restait dans le ciel sans nuages, celle du berger, qui semblait en conversation avec un croissant de lune. Le village aurait paru mort sans le glougloutis d'une fontaine. Le jeune Codier contourna la maison, entra dans le bûcher, décrocha la besace au fromage et au pain qu'il y avait suspendue. Dans l'atelier de son père, il prit les quatre sabots qui l'attendaient, les lia d'une ficelle assez longue qu'il fit passer derrière sa nuque, de sorte que les deux paires lui retombaient sur la poitrine en produisant de petits claquements.

Et en route, mauvaise troupe ! Par cette montée qui portait l'étrange nom de côte de la Maladie. Un bâton à la main pour tenir les chiens en respect. Devant lui, le puy Mary semblait régner sur les sommets environnants comme un évêque règne sur ses curés. La voie était encore bordée de neiges piétinées. A main droite, la vallée de la Rhue dont Pélage avait beaucoup fréquenté les bouillons pour capturer les truites qui se cachent derrière les galets. Ses sabots faisaient ploufplouf dans la terre boueuse, et plicaplac sur les cailloux nus.

Pour encourager ses jambes, il entreprit de chantonner. Ne connaissant pas beaucoup de musiques, il fredonna sur l'air du *Magnificat* l'histoire du curé à qui arrivaient tous les malheurs possibles, apprise de la bouche de son père. Car Tonin Codier, bien qu'il ne manquât jamais la messe du dimanche où il rencontrait nombre de ses clients, ne se gênait guère dans son atelier pour se moquer des prêtres et de leurs manigances.

E ké bous an doun fa
Mouchù lou curà ?
— M'an raubà moun surpeli
K'èro mai de bouro ke de li.
Ma me n'an bé mai fa...

Et que vous a-t-on donc fait,
Monsieur le curé ?
— On m'a volé mon surplis
Qui était d'étoupe plus que de lin.
Mais on m'en a fait bien d'autres...

Aux couplets suivants, on apprend que les voleurs lui ont pris sa soutane « qui était de burel plus que de laine » ; puis son étole « qui lui avait coûté cinq pistoles » ; puis son gros livre « qui lui rapportait du beurre et de l'huile ». Tout y passait : ses jarretières en « peau de vipère » ; son rabat « fait d'une peau de rat » ; ses chaussettes qui « tenaient ses pieds bien douillets ». Et pour finir, sa servante « qui était si plaisante ». Tonin Codier adorait cette énumération ; et il en riait comme un bossu. C'est ainsi qu'il enseignait à ses enfants le respect de la religion et le mépris des prêtres. Le dimanche, dans Saint-Léger, il se signait pourtant à tour de bras, s'agenouillait sur les dalles froides. Pélage et Marius, parqués dans le coin des enfants, observaient les gestes du curé, entendaient ses paroles latines sans en comprendre une noisette. (Beaucoup d'adultes ne comprenaient guère mieux les sermons en langue française, si bien que le curé en prononçait une partie en patois.) Souvent, les oreilles de Pélage se fermaient ; ses yeux se perdaient dans l'observation des trois voûtes couvertes de caissons peints ; ils représentaient des animaux, des fleurs, des fruits, des feuilles, des anges, des armoiries, sans qu'un seul motif se répétât. Ils formaient ainsi une collection de devinettes bien plus intéressantes à examiner que les prônes de Vidalenc. S'efforçant de les compter, il en avait trouvé quatorze centaines.

Chez le sabotier, personne ne savait lire ni écrire. Et l'on s'en passait bien. Mais tout le monde savait compter car, en Auvergne, les nourrissons sucent les chiffres en même temps que le lait de leurs mères. C'est pourquoi Pélage, dans sa marche vers le Maroco, avait hâte de voir le soleil surgir derrière le plateau du Limon pour pouvoir casser la tirelire de Marius et savoir combien elle contenait.

Le point du jour blanchissait les deux cornes de Peyre-Arse lorsqu'il atteignit les chaumières du Claux. Il s'assit au pied d'une croix de carrefour et, regardant autour de lui si personne ne l'observait, il tira le porcelet de sa besace et le brisa sur une marche. Les doubles sous, les sous simples, les demi-sous, les deniers se répandirent au milieu des débris. Il en fit des piles, suivant leur valeur, additionna le tout et trouva trois francs, douze sous et six deniers. Une fortune ! A raison de huit sous la livre, il pourrait acheter dix livres de pain qui lui permettraient de se nourrir trois semaines. Sans compter les provisions de sa besace. Il repartit d'un pas revigoré, laissant sur les degrés de la croix les restes de la tirelire.

Le chemin se faisait de plus en plus abrupt. Après quatre heures de marche, toujours remontant le cours de la Rhue, il se trouva au pied du puy Mary. Regardant autour de lui, il vit un paysage roussi par l'hiver, dont des coulées de neige remplissaient les rides. La hauteur des montagnes lui fit perdre tout courage. Il se sentit rompu, incapable de les franchir. « Si je pouvais, se dit-il, atteindre leur cime, de l'autre côté, je verrais le Maroco. » Mais Gastal ne l'avait pas informé que les montagnes étaient si difficiles à gravir. Il s'assit sur une pierre et se mit à pleurer un peu.

Puis il eut honte de sa faiblesse. Il sortit de la besace une poignée de croûtes couvertes de moisissures et dures comme des galets. Il les trempa dans l'eau d'une source pour les ramollir et les mâchouilla. Le fromage était devenu aussi pierreux. Il eut le souvenir du pain tendre qu'on mangeait chez ses parents. Pain de seigle, pain gris, parfois collant au couteau, mais qui fondait dans la soupe et parfumait la maison de sa senteur aigrelette. Il pensa aux *bouriols* que sa mère préparait le dimanche, ces crêpes de sarrasin dorées sur une poêle carrée (la *tuile*) frottée d'un peu de lard. Il faillit pleurer encore, mais s'en empêcha en s'envoyant un coup de poing dans la poitrine.

Le soleil était maintenant bien accroché au milieu du ciel et faisait scintiller comme des pains de sucre les cimes neigeuses du Griou, du Griounou, la pomme du Plomb. Les eaux de fonte, les cascades ruisselaient de tous les côtés. Les jambes de Pélage se remirent à fonctionner, elles étaient une bonne mécanique. Les deux paires de sabots neufs tintinnabulaient sur son estomac. Autour de lui, le blanc, le roux et le vert s'accordaient joliment. Même les toitures des *mazucs* accrochés aux pentes commençaient à verdir, car elles étaient couvertes de terre sur laquelle commençait à pousser la première barbe herbeuse. Parsemée, çà et là, de violettes pâlichonnes. Des alouettes criaient à s'égosiller.

C'est alors qu'il vit venir à lui un étrange équipage. Lorsqu'ils ne furent qu'à quelques enjambées l'un de l'autre, il reconnut l'abbé Pierre Vidalenc, sous son grand chapeau, enveloppé d'une houppelande d'où émergeaient ses souliers à boucle. Pas du tout dépouillé en quoi que ce fût, contrairement à son collègue de la chanson. Le tout juché sur une mule grise. D'où venaient-ils ? Sans doute d'apporter le bon Dieu à quelque agonisant. Le prêtre planta les yeux dans la figure du garçon, tira sur le licou, arrêta sa monture.

— Eh mais ! Il me semble que je te connais, toi !

Pélage détourna la tête, sans répondre.

— Tu vas livrer des sabots à domicile ? Je t'en vois deux paires sous le menton. N'es-tu pas Marius, le fils du sabotier ?

— Non, Marius, c'est mon frère cadet, ne put s'empêcher de corriger le jeune fugueur. Moi, je suis Codier Pélage.

— Parfaitement. A présent, je te remets. Ton prénom est celui de deux grands papes. Et quel âge as-tu ?

— Quatorze ans. Je suis né en 75.

— Et où es-tu parti comme ça ?

L'enfant baissa la tête. Comprenant qu'il y avait anguille sous roche, Vidalenc mit pied à terre et vint l'examiner de près.

— Tu as pleuré ?... Les larmes séchées ont laissé des traces sur tes joues. Pourquoi ?... Tu ne veux pas me le dire ?... Non ?... Faut que je devine ?

— Je veux aller... je vais...

— Un peu de courage. Allons ! Où vas-tu ?

— Au Maroco.

— Au Maroco ?... C'est vraiment très loin ! Trois paires de sabots ne t'y transporteront pas. Je peux te prédire qu'il t'en faudra plusieurs autres paires, si tu comptes y arriver à pied. Et pourquoi le Maroco ?

— ...

— Tu t'es fâché avec ton père ?... Avec ta mère ?... Avec toute ta famille ?

En même temps, le curé posait sur l'épaule du gamin une poigne affectueuse, mais ferme.

— Rappelle-toi le second commandement de Dieu : *Tes père et mère honoreras*. Ton idée de voyage n'est pas raisonnable. Il te faut rentrer chez toi. Faire la paix avec tes parents. Reprendre ton travail d'apprenti sabotier. Crois-moi, mon garçon : on peut être heureux toute sa vie en vendant des *esclops*. Il n'est pas nécessaire d'aller au bout du monde. Viens : nous allons tous deux monter sur Pipette, ma mule. Et elle nous ramènera sans fatigue à Cheylade.

— Non... non...

— Mais si, mais si. Allez, monte. Je ne te lâche pas.

La fatigue, la faim, le désespoir, l'idée de voyager à dos de mule vinrent à bout de sa résistance. Vidalenc l'installa devant lui, l'entoura de ses bras. Et c'est ainsi, tel un oiseau en cage, qu'il reprit le chemin de Cheylade. Ils y furent après quelques heures de petit trot parce que le chemin descendait. Et qui se trouva bien surpris de le voir revenir ? Tous les Codier, père, mère, frère, sœurs. Et le plus manifestement heureux ?

Le chien Tambour, qui sauta au cou du fugueur et lui lécha la figure.

— Je vous ramène, expliqua Vidalenc, l'enfant prodigue qui voulait se rendre au Maroco. Je ne vous demande pas de tuer pour lui le veau gras, mais de bien l'accueillir si vous ne voulez pas qu'il reparte.

— Soyez tranquille, monsieur le curé, fit Tonin. Nous sommes tous contents de le voir revenir. Et il aura ce qu'il mérite.

Le prêtre fit tourner sa mule et regagna son presbytère.

— Il a emporté ma tirelire ! cria tout de suite Marius. Faut qu'il me la rende.

— J'ai les sous, dit Pélage. Mais j'ai cassé le cochon.

Alors, Tonin Codier leva la main. Et d'un soufflet, d'un seul, il coucha par terre l'enfant prodigue. C'était vraiment un père admirable.

2

De nouveau, ils furent trois hommes dans l'échoppe du sabotier. Pélage enfouit au fond de lui-même, en attendant des circonstances plus favorables, son désir de visiter la boule terrestre.

Au mois de juillet suivant, voici une extraordinaire nouvelle, apportée par les Pieds-Poudreux, nom qu'on donnait aux colporteurs. A Paris, capitale du Royaume, la population s'était révoltée contre le roi et avait démoli sa prison principale, la Bastille, délivrant les captifs qu'elle renfermait et coupant les têtes des gardiens. C'était plutôt un heureux événement. Par malheur, un très déplorable lui fit suite. Le bruit se répandit de proche en proche, comme une traînée de poudre, que des bandes d'hommes armés, défenseurs du roi Louis, terrorisaient les campagnes, semant sur leur passage la mort et la désolation. Toutes les cloches se prirent à sonner le tocsin. A Cheylade, le curé Vidalenc, entouré de ses vicaires, rassembla la population et leur débita un sermon terrifiant :

— Dieu veut punir ceux qui ont osé lever la main contre l'autorité du Souverain, son représentant à la tête du pays. Nous sommes tous coupables car personne ne s'est levé pour lui porter secours. Je ne sais qui sont à présent ces justiciers qui mettent nos provinces à feu et à sang. Quoi qu'il en soit, je vous conseille, mes très chers frères, mes très chères sœurs, de venir confesser vos péchés et d'en recevoir l'absolution afin de comparaître, si vous subissez un mauvais sort, lavés de vos fautes devant le tribunal du Seigneur.

Pendant huit jours, on fit la queue devant les confessionnaux. On vit des femmes — Mélanie Barrat avait enfilé l'une sur l'autre malgré la chaleur les trois robes qu'elle possédait — prendre la fuite au hasard avec leurs enfants après avoir enterré dans leur jardin ou derrière un tas de fagots leurs objets les plus précieux. Des laboureurs cachèrent leurs jambons sous la motte de fumier. D'autres, s'armant comme ils pouvaient, fondaient des balles et grattaient le salpêtre des murs pour en faire de la poudre.

Chez les Codier, on prit aussi des précautions. On renforça les portes, on barricada les fenêtres, on prépara des fourches. Chaque soir, à genoux sur la terre battue, on récitait la prière des agonisants : *En cet instant, doux Seigneur, où je sens mon cœur défaillir, je vous supplie de nous accorder votre soutien...*

Tout le village — du moins ce qu'il en restait — vécut ainsi dans les transes une quinzaine de jours. Ceux qui avaient bonne vue croyaient discerner au loin des fumées d'incendie. Ensuite, comme les brigands annoncés ne se décidaient point à paraître, la grande trouille s'effaça peu à peu. Les femmes en fuite rentrèrent dans leurs foyers. On déterra, on repêcha les trésors dissimulés. On exhuma les jambons de leur cachette puante.

Pélage garda au cœur le regret de n'avoir ni participé ni assisté à quelque bataille, car il avait le sang querelleur, il aimait les coups de poing, les coups de trique, en donner et en recevoir. C'était un goût d'ailleurs fort répandu parmi les jeunes Cheyladiers, et qui ne leur passait guère avant la trentaine, lorsqu'ils s'étaient fait une réputation. Il en résultait des *battostes*, des spectacles fort divertissants qui avaient lieu généralement le dimanche, devant l'église, après la sortie des auberges où les garçons s'étaient abreuvés. Ils rôdaient d'abord sur la place, s'examinant les uns les autres, cherchant qui serait leur adversaire. Vêtus de leurs sayons de grosse laine, avec de larges ceintures piquées de clous de cuivre, tous d'une belle taille rehaussée par leurs sabots, coiffés de larges chapeaux d'où pendaient des cheveux gras jusqu'aux épaules. La cérémonie commençait par une bourrée, au son d'une cornemuse, qu'on appelle ici *cabrette* parce qu'elle est faite d'une peau de chèvre. Ils faisaient semblant de s'accorder. Danseurs et danseuses, tout d'abord, se croisaient, s'entremêlaient, les uns tapant du talon, les autres pinçant leurs jupes. La battoste avait pour prétexte le choix des cavalières. Très vite, l'accord volait en miettes. On s'accusait :

— Tu as touché la Mariette ! Tu lui as caressé les fesses !

— Et toi, qu'as-tu touché à ma sœur Jacqueline ?

Les chapeaux tombaient par terre, les poings écrasaient les nez, les sabots partaient dans les genoux. Les filles poussaient des cris aigus, on ne sait si c'était pour séparer les combattants ou pour les exciter. Les abbés n'osaient intervenir par crainte de recevoir également des coups qui faisaient mal. Le divertissement prenait fin, en général, vers les cinq heures, au moment des vêpres. Il arrivait quelquefois qu'il reprît le lendemain. Ainsi, l'on entendit un lundi matin Joseph Germain supplier deux de ses amis qui désiraient donner une suite au dimanche :

— Ecoutez-moi, camarades. Si vous voulez encore vous battre, adressez-vous à mon frère Maurice.

— Non. C'est toi que nous entendons corriger. Tu as fait du tort à notre cousine Antoinette.

— Aucun tort. Vous vous le figurez.

— On t'a vu la pincer.

— Je vous dis que c'est de la figuration. Mais si vous tenez absolument à me cogner encore...

— On y tient ! On y tient !

— Alors, tapez plutôt dans mon derrière. Et laissez mon œil tranquille, il me fait trop mal.

La reprise se fit sur cette base.

Pélage Codier adorait ces rencontres d'après messe. Mais il ne dédaignait pas celles des autres moments. Si bien qu'il s'était fait, malgré son jeune âge, une renommée de *battostaïre* redoutable. On venait de loin pour l'éprouver, du Claux, du Falgoux, de Callandres. Il vint même de Saint-Hippolyte un garçon de son âge avec des poings comme des choux-fleurs. Accompagné d'un cousin. Car pour que la battoste se fît dans les règles, elle devait compter au moins quatre participants. Pélage ne choisit pas son frère comme second, mais Firmin Gastal, le fils de Guirguilh. Et ils s'en donnèrent tant et si bien qu'on ne sut pas à la fin qui l'avait emporté. Chacun rentra chez soi transformé, avec une figure comme un potiron.

Pélage allait bientôt trouver des occasions de se battre plus glorieuses.

Parmi ces paysans, ces sabotiers, ces forgerons, ces maçons, illettrés jusqu'au bout des ongles, qui n'avaient qu'une très pauvre connaissance de la langue française, un mot nouveau commença de circuler :

— *Lo Revolutcho ? Ca coz faïre ?* La Révolution, qu'est-ce que c'est ? se demandaient-ils les uns aux autres.

Les mieux informés expliquaient que cela voulait dire le Changement. Mais un changement cul par-dessus tête, comme on n'en avait jamais vu depuis le commencement du monde. Sa première manifestation fut que Cheylade soudain n'eut plus de curé ni de vicaire. Parce qu'ils étaient en désaccord avec le Changement, ils avaient pris la poudre d'escampette, abandonnant l'église à tous les vents, sauf les calices et ciboires qu'ils avaient emportés. Le nouvel évêque de Saint-Flour ne trouva nul autre prêtre pour les remplacer. Le gros avantage de cette absence fut que les laboureurs cessèrent de payer la dîme ecclésiastique.

En revanche, six mois plus tard, il vint une *estitutrice*, Jeanne Leymarie, choisie et payée par on ne sait qui. Les Cheyladiers n'en crurent ni leurs yeux ni leurs oreilles. Ils mirent à sa disposition une grange avec des bancs. Et ce fut, de mémoire d'homme, la première école publique dont la paroisse put s'enorgueillir. Jeanne reçut tous les enfants, garçons et filles, depuis cinq ans jusqu'à seize. Les premiers jours, ils furent une quarantaine. Parmi lesquels les frères et sœurs Codier. Tout l'hiver qui suivit, ils assistèrent exactement à ses leçons. Mais quand vint la saison de l'herbe nouvelle, l'effectif s'éclaircit, car les parents avaient besoin de leurs drôles pour garder les bestiaux.

Mademoiselle Leymarie était une personne entre deux âges, originaire de Riom-ès-Montagnes, les cheveux retenus sous une coiffe fanchon. Qu'apprenait-elle à ses élèves ? Premièrement, l'usage de la langue française. Jamais un mot de patois ne devait être prononcé dans la classe, même si le parler cantalien reprenait ses droits dès que les écoliers en sortaient. Secondement, la lecture de la lettre imprimée, majuscule et minuscule. Pas l'écriture, car l'*estitutrice* ne savait pas écrire, pas même signer son nom. Troisièmement, les chiffres, l'addition et la soustraction. En outre, elle enseignait aux filles à filer et à coudre. Et à tous à respecter leurs père et mère ; et l'obéissance aux lois nouvelles. Ainsi, ils ne devaient plus dire l'Auvergne pour parler de leur région, mais le Cantal. Plus tard, à partir de 1792-93, elle leur enseigna le calendrier républicain, précisant qu'il n'y avait plus de dimanche ; que les anciens mois s'appelaient pluviôse, ventôse et passerose ; que les saints et saintes se trouvaient remplacés par des légumes, céleri, salsifis, épinard, topinambour. Le Changement affecta même le nom des villes ; Saint-Flour devint Fort-Cantal ; Saint-Hippolyte Bourg-Egalité ; grâce à Dieu, Cheylade resta Cheylade. Les élèves venaient en classe quand ils voulaient. Certains jours, l'*estitutrice* se trouvait seule ; elle passait son temps à tricoter.

Au mois de mai 1792, ou plutôt en prairial, temps où les prairies sont les plus verdoyantes, où les vaches des vallées commencent à monter sur les pentes, à se répandre autour des mazucs, débarqua dans le village un groupe d'individus armés de fusils, sans culottes, c'est-à-dire en braies rayées de blanc et de bleu, coiffés de bonnets rouges. Ils parcoururent les rues et les ruelles derrière un sonneur de tambour, suivis de deux fourgons. Ils s'arrêtèrent enfin devant l'église. La population accourut, croyant qu'il s'agissait de saltimbanques. Ils construisirent une estrade avec des planches tirées des voitures, et l'un d'eux, debout sur cette hauteur, prononça un discours :

— Citoyens ! La Patrie est en danger ! Les rois d'Autriche, de Hongrie, de Prusse ont fait alliance pour nous envahir et rendre au roi Capet son pouvoir tyrannique. Ces troupes étrangères vont venir égorger nos femmes et nos enfants, supprimer les droits de l'homme et du citoyen, rétablir les impôts que vous ne payez plus. Citoyens ! Venez vous enrôler pour combattre les tyrans et leurs adjoints tyranniques ! Vous serez habillés, nourris, instruits ; et vous toucherez une solde de cinq sous par jour. La Patrie a besoin de vous !

Les saltimbanques tirèrent des coups de fusil vers les nuages. L'air prit l'odeur poivrée de la poudre. Les badauds, pas très sûrs d'avoir bien compris cette harangue en langue parisienne, se posaient entre eux des questions et se fournissaient des réponses approximatives :

— Qu'est-ce que c'est donc, cette Patrie ?

— C'est le château du roi Louis. Le gros qu'on voit de profil sur les pièces de deux sous.

— Mais non. C'est le Royaume tout entier.

— Quel Royaume ?

— Le Royaume de France.

— Et les tyranniques ?

— Les anciens fermiers. Ceux qui de nouveau veulent nous faire payer des impôts.

Encouragés par l'orateur au bonnet rouge, plusieurs jeunes gens montèrent sur l'estrade accompagnés de leurs pères.

— Quel âge as-tu ?

— Douze ans.

— Attends d'avoir un peu de moustache. Et toi, ton âge ?

— Soixante-quatre.

— Trop vieux.

— Je me porte encore bien.

— Envoie-moi tes fils majeurs.

Des filles aussi voulaient s'engager. On leur conseilla d'apporter seulement leurs bijoux, si elles en avaient. Deux ou trois bagues tombèrent dans une écuelle.

Pélage et son cadet se trouvaient au milieu de la foule. « Allez voir ce qui se passe », leur avait recommandé le père. Soudain, l'aîné gravit les marches de l'estrade.

— Je veux m'enrôler, dit-il aux sans-culottes.

— Quel âge ?

Et lui, se vieillissant de deux années :

— Dix-neuf ans.

Un enrôleur l'examina de la tête aux pieds, par-devant et par-derrière. Pour conclure :

— Donne ton nom. Et signe.

— Je sais lire, mais pas écrire.

— Trace une croix. Rendez-vous ce soir ici même. Vers les quatre heures.

— Et moi ? cria Marius.

— Tu n'as pas l'âge.

— J'ai seize ans.

— Menteur ! Il en a onze ! affirma son aîné, le rajeunissant.

— C'est toi le menteur !

Voilà comment Pélage se trouva engagé pour aller combattre les tyrans. Ses père et mère, ses sœurs acceptèrent son départ sans trop rechigner. Il n'avait jamais montré beaucoup d'ardeur au travail de sabotier. Son absence assurait une bouche de moins à nourrir. Marius assurerait la succession de Tonin.

— Tu auras beaucoup à marcher, prédit le

père. Tes sabots ne t'emmèneront pas loin. Je te donne mes souliers.

C'était une paire à tige et à lacets, solidement cloutée par-dessous, qu'il n'avait guère l'occasion de mettre. Pélage les chaussa, les trouva un peu grands. Il s'enveloppa les orteils d'un peu de charpie.

Tous les candidats au voyage — une vingtaine de *cagadrinlhes* — se rassemblèrent derrière les fourgons. Il fut distribué à chacun une demi-boule de pain gris tiré des voitures. Des mères, des épouses, des promises, des sœurs pleuraient, tenues à distance par les enrôleurs. Vers les cinq heures, la troupe se mit en marche en direction du nord. Pélage se dit qu'enfin il allait voir du pays étranger, même si ce n'était pas le Maroco. En se retournant, il put compter une dizaine de mouchoirs agités par les femmes. Il ne vit pas celui de sa mère Anne-Marie, car elle avait coutume de se moucher avec les doigts.

— Où allons-nous ? demanda quelqu'un.

Et le chef des enrôleurs :

— Vers Paris. Ensuite, où il faudra.

3

Ceux qui avaient des souliers, comme Pélage, allaient bon train, laissant derrière eux les traîneurs de sabots. Quelques-uns de ces derniers, comprenant que leurs *esclops* ne dureraient pas jusqu'à Paris, les portaient autour du cou et marchaient pieds nus. Le Royaume de France était d'ailleurs, tout au moins dans les campagnes, un pays de va-nu-pieds. Codier, lui, sentait ses orteils bien à l'aise dans leur bourrage de charpie.

Ils suivirent des vallées au fond desquelles bouillonnaient des Rhues grandes ou petites, agrémentées de cascades. Ils traversèrent des villages et des bourgs peuplés de cochons maigres et d'hommes plus maigres encore qui regardaient avec crainte passer leur troupe.

— Nous allons défendre la Patrie en danger ! criaient les sans-culottes. Venez avec nous. Sinon, donnez-nous quelques provisions de bouche.

Ils récoltèrent ainsi des quignons de pain, des tranches de lard jaunes et rances dont les chiens n'auraient pas voulu.

La nuit les prit à Lugarde ; ils y cherchèrent à se loger. Mais les habitants leur conseillèrent d'atteindre Féniers où ils trouveraient une abbaye ; les moines se feraient un plaisir de les recevoir.

Ils marchèrent donc une heure encore, ce qui n'était rien ; mais une pluie du diable leur tomba sur l'échine. Trempés comme des soupes et gelés comme des harengs, ils arrivèrent à la porte des moines : fermée à double tour, hérissée de pointes pareilles à celles qu'on plante aux colliers des chiens pour les protéger des loups. Ils saisirent le heurtoir de bronze et tambourinèrent. Après un moment, vint le portier qui leur demanda à travers un guichet qui ils étaient, combien, ce qu'ils voulaient.

— Nous sommes des défenseurs de la Patrie en danger, répondit le chef des enrôleurs, et vous avez intérêt à nous recevoir comme il faut.

— Attendez un peu. Je vais en parler au père supérieur.

Ils restèrent longtemps sous la pluie, s'impatientant et criant :

— Ouvrez ! Sinon, on fait sauter votre porte. Nous avons de la poudre et des balles.

Et tous de reprendre en chœur sur l'air du *Kyrie eleison* :

— Ou-ou-ouvré-ez ! Sinon gare à votre maison !

Enfin un bruit de verrous tirés, de chaînes remuées. Les battants s'écartèrent. Trois religieux porteurs de lanternes leur dirent qu'ils entendaient les recevoir comme des frères bien-aimés.

— Nous ne sommes plus que quatre. Les autres sont partis.

— Pourquoi ?

— Parce qu'ils ont refusé de prêter serment à la Constitution.

— Nous sommes contents d'être accueillis par des religieux patriotes.

Ils laissèrent leurs fourgons sous un préau, à l'abri de la pluie. Puis ils passèrent, boueux, mouillés jusqu'aux os, dans le réfectoire. En un instant, les tables furent occupées. Et tous, tapant du poing :

— A boire ! A boire et à manger !

L'un d'eux osa même se lever et pousser sur un autre air une chanson fort pratiquée dans les auberges du Royaume :

Amis, nous faut faire une pause.
J'aperçois l'ombre d'un bouchon.
Buvons à l'aimable Fanchon,
Chantons pour elle quelque chose...

Les murs austères de la salle, les crucifix, les fenêtres ogivales n'en croyaient pas leurs oreilles. Mais les bénédictins s'affairaient pour donner satisfaction aux patriotes. Bientôt, les tables furent couvertes de boules de pain, de tranches de cantal, de quartiers de lard, cuits ou crus. En compagnie de cruches de vin de messe. Qui aurait imaginé si bien pourvues les réserves monacales ? Ce fut une soirée mémorable. Les sans-culottes forcèrent les bénédictins à boire et à manger avec eux, sinon à chanter. La réjouissance se prolongea fort tard dans la nuit. On n'oublia pas de porter des toasts à la Constitution, à la Liberté, à la Loi, à l'Egalité des citoyens, à la Patrie, à la Fédération, à la Garde nationale, à la Cocarde tricolore, au Bonheur des hommes, à la Mort des tyrans. Des lits avaient été préparés dans les cellules abandonnées par les moines anticonstitutionnels. Tous les convives auraient pu y prendre place. Mais plusieurs, surimbibés, s'endormirent sur la table ou glissèrent sur le plancher. Veillés par les quatre moines survivants.

Beaucoup se réveillèrent au chant des coqs. Ils se promenèrent dans les jardins de l'abbaye, admirèrent le paysage qui les environnait, puis revinrent au réfectoire pour la collation du matin, tandis que leurs collègues émergeaient des brumes du sommeil. Les moines avaient pris la précaution de préparer une soupe générale, de pain et de fromage. Les patriotes l'arrosèrent de vin rouge et, vers dix heures, la troupe se remit en marche en direction de Condat.

Ce bourg occupe le centre d'un bassin riant entouré de verdure, baigné par maints ruisseaux mousseux comme la limonade, bordés de frênes, d'aulnes, de saules têtards. On prétend que tous les chemins mènent à Condat parce que son nom signifie « confluent » ; que tous les torrents y confluent ; que tout Auvergnat doit un jour ou l'autre y passer, y acheter des toiles ou des plats d'étain. On est sûr d'y voir du moins couler une Rhue, le Bonjon, la Santoire. Celle-ci lave les pieds de la Roche pointue, du sommet de laquelle on voit tout le Royaume. Comme ils étaient partis un peu tard de Feniers, les enrôlés firent halte à l'auberge de la Lurette où le patron leur servit un plat de *patranque*, qui est du pain ramolli dans le lait et passé dans la poêle avec du fromage. Ils s'en régalèrent, remercièrent le cuisinier et partirent sans payer, disant qu'ils allaient verser leur sang pour la Patrie en danger. L'aubergiste n'insista point.

L'estomac bien lesté, la troupe reprit sa route vers le septentrion. Elle mit deux heures pour atteindre Egliseneuve-d'Entraygues devenue Cité-entre-les-Eaux, où ils durent se contenter de pain sec et d'eau de fontaine car, semble-t-il, leur approche avait été signalée et les boutiques s'étaient barricadées. Ils atteignirent ce soir-là la ville de Besse, qui ne leur opposa point ses fortifications, et ils couchèrent dans la ci-devant église Saint-André transformée en écurie, en compagnie d'ânes, de mulets et de chevaux. Le paysage horriblement montagneux laissait craindre des embuscades. Effectivement, alors qu'ils suivaient une gorge profonde, des blocs de rocher leur dégringolèrent dessus, accompagnés de cris fanatiques :

— Vive Jésus ! Vive sa croix !

Ils répondirent par des coups de feu en direction des sommets. Un enrôlé fut blessé à la tête si gravement qu'il fallut le coucher dans un fourgon. Pélage se demanda comment on pouvait assommer un malheureux patriote au nom de Jésus-Christ qui raccommoda l'oreille décollée par Pierre. Le blessé fut confié aux personnes qui occupaient le château de Montaigut-le-Blanc, déserté par ses anciens propriétaires.

D'étape en étape, la troupe descendue des montagnes se dirigea vers la plaine. Parfois, ils se trompaient de route. Ainsi, à Champeix, suivant la Couze Chambon, ils s'allongèrent d'une demi-lieue. De loin en loin, de nouveaux volontaires se joignaient à eux. A Coudes, par exemple, ils reçurent le renfort de six hommes venus d'Issoire — bon vin à boire, belles filles à voir —, qui portait à présent le joli nom de Quartier-sans-Culottes. D'autres fois, inversement, des volontaires fatigués d'une si longue marche abandonnaient la partie, malgré les efforts et les menaces des recruteurs pour les retenir, et regagnaient leurs chaumières.

Il leur fallut trois jours pour atteindre Clermont, une ville noire, boueuse, malodorante. Quarante ou cinquante clochers se dressaient au-dessus des maisons ; mais aucune soutane, aucun rabat n'était visible dans les rues ; soit parce que les ecclésiastiques s'étaient défroqués, soit parce qu'ils s'étaient enfuis.

On les logea dans la halle au blé, provisoirement vide par manque de marchandise. Extraordinairement, les grains avaient disparu de cette région naguère renommée pour ses moissons. Les municipaux s'arrangèrent cependant pour leur fournir du pain, une livre par volontaire. Or, dans cette vaste bâtisse, ils se trouvèrent logés en compagnie d'un bataillon de Marseillais. Rien que de joyeux drilles, bien chaussés, tous coiffés d'un bonnet rouge, et la plupart vêtus d'une veste à courtes basques, à large collet, avec plusieurs rangées de boutons sur la poitrine, qu'ils appelaient leur carmagnole. Ils essayaient d'expliquer que c'était l'accoutrement habituel des ouvriers de Marseille ; mais leur langage était si particulier que les Auvergnats n'en attrapaient que des bribes. On les comprenait mieux lorsque les uns et les autres s'exprimaient dans leurs patois respectifs car il existait de nombreuses ressemblances entre le cantalien et le provençal. Par exemple, ils disaient comme nous *cagar, bardjacar*[1], *bolegar*[2], et Pélage n'avait pas besoin d'interprète.

Ils firent très vite amitié et leur association se répandit dans la ville qu'entouraient encore des murailles plutôt croulantes. A la recherche de caves et autres débits de boissons qu'ils payaient avec des assignats. Codier fit ainsi connaissance avec la monnaie carrée de sa première solde qui prétendait remplacer la monnaie ronde. Mais les débitants n'avaient pas le droit de la refuser.

Un après-midi, ils gravissaient ensemble une rue escarpée qui portait le nom surprenant de rue du Port. Pélage crut qu'il s'agissait de la rue du Cochon, ne voyant à proximité ni voile ni galère. Passablement éméchés, les Marseillais chantaient une chanson où il était question de Patrie et de tyrannie. Ils arrivèrent devant une belle église surmontée d'un clocher octogonal et durent, pour la voir de près, passer entre les tombes d'un cimetière. Ils demeurèrent un moment en contempla-

1. Bavarder.
2. Remuer.

tion devant le tympan qui surmontait la porte principale, où étaient représentées des figures de l'ancien fanatisme : un Christ bénissant, des anges munis de trois paires d'ailes, des chevaux, des prophètes, des animaux fantastiques. Pour bien exprimer leur haine de la religion, quelques Marseillais ramassèrent des pierres entre les tombes et commencèrent de lapider ces sculptures fallacieuses.

Comme ils étaient occupés à ce massacre, ils virent sortir un vieillard barbu qu'on aurait pu prendre pour un prophète descendu de ce tympan. Il ouvrit les bras en croix comme s'il avait voulu interdire à la horde l'entrée de l'église.

— Je suis, dit-il d'une voix qu'entendirent seulement ceux de devant, le citoyen Mesure, curé constitutionnel de Notre-Dame-du-Port. Si vous voulez absolument jeter des pierres, jetez-les sur moi plutôt que sur les images qui ornent la maison de Dieu.

Il répéta plusieurs fois son exhortation, jusqu'à ce que tous les sans-culottes l'eussent comprise. Un silence suivit. Puis un Marseillais nommé Boustigue, un des plus excités, éprouva le besoin de répondre :

— Citoyen curé, tu as juré fidélité à la Constitution, pas vrai ?

— Je l'ai juré.

— Tu as donc renoncé au fanatisme.

— Je n'ai jamais été un fanatique.

— Alors, donne-nous une preuve de tes bons sentiments, et nous te laisserons tranquille.

— Que faut-il que je fasse ?

— Que tu chantes avec nous notre chanson.

— Je ne la connais pas.

— On va te l'apprendre.

Et voici non point Boustigue tout seul mais tous les porteurs de carmagnole transformés en maîtres de musique, enseignant phrase par phrase, brin par brin, le texte et l'air de leur chanson qui commençait ainsi :

Allons enfants de la Patrie,
Le jour de gloire est arrivé !
Contre nous de la tyrannie
L'étendard sanglant est levé...

Le citoyen Mesure accepta l'épreuve sans rechigner, puisqu'elle devait préserver la façade de son église. Satisfaits de sa docilité, Marseillais et Cantaliens sortirent du cimetière et reprirent leur ascension de la rue du Port. Sans cesser de brailler leur étonnante rengaine. Tous les habitants du quartier se pressaient aux fenêtres pour regarder et entendre. Quelquefois pour applaudir.

La troupe arriva presque à mi-hauteur de ladite rue. A ce point, aboutissait, venant de droite, une ruelle sans nom que semblait tenir à l'œil une Vierge en terre cuite logée dans une niche. Je ne sais quelle colère ou quel désir de revanche s'empara de Boustigue devant cette nouvelle marque de l'ancien fanatisme.

— Attendez, citoyens ! cria-t-il de sa voix rauque. Celle-là, faut que je lui règle son compte !

Quel débit avait-il contre la supposée mère du citoyen Jésus ? Toujours est-il qu'ayant cherché dans le quartier, il trouva une échelle et un pic de maçon. S'étant hissé jusqu'au premier étage, il brisa la statuette en mille morceaux, à la grande jubilation de ses concitoyens.

Les sans-culottes reprirent leur promenade patriotique à travers la ville pavoisée de drapeaux à trois bandes tricolores, le bleu en haut, le rouge en bas, le blanc au milieu. C'est ainsi que Pélage fit connaissance avec la ville de Clermont-Ferrand, mais que tout le monde ici appelait simplement Clermont parce qu'elle était bâtie sur une éminence qui recevait les premiers rayons du soleil levant. La place principale portait le nom de Jaude : un grand espace rectangulaire sans aucun pavage ; sans trottoir, sans un arbre, sillonné de fondrières ; toujours encombré de vaches et de chevaux ; empuanti par les déjections des tanneries dans la rivière Tiretaine qui mouillait et souillait sa bordure occidentale. Au loin, la montagne du puy de Dôme dressait sa bosse bleue.

Je ne sais pourquoi ce petit groupe de Cantaliens avec mon grand-père Pélage s'attacha aux grègues et aux carmagnoles des Marseillais. Sans doute pensaient-ils que ceux-ci les conduiraient aux bons endroits où la Patrie avait besoin de leur courage et leur éviteraient de se perdre comme ils l'avaient fait à Champeix. Et aussi parce que c'étaient de joyeux compagnons, sans cesse prêts à rire, à chanter, à se moquer en français ou en provençal. Toujours est-il que, lorsqu'ils reprirent la route de Paris, les Auvergnats les suivirent comme des chiens suivent leurs maîtres.

Traversant des villes dont ils n'avaient jamais entendu le nom précédemment, Moulins, Nevers, La Charité, Briare, Montargis ; toujours longeant le cours des rivières ou des canaux ; s'adjoignant d'autres patriotes de rencontre en souliers ou en sabots ; rançonnant un peu les auberges et les cabarets. Après encore trois semaines de marche, ils arrivèrent aux portes de la capitale. A cette enceinte haute de dix pieds, à peine terminée, dont on disait « Le mur murant Paris rend Paris murmurant ». Ils le franchirent à la barrière de Fontainebleau et s'établirent dans la ci-devant île Saint-Louis devenue île de la Fraternité. Ils construisirent des huttes et des foyers de pierres, vivant comme nos ancêtres lointains les Gaulois vêtus de peaux de bêtes. Les Parisiens empruntaient les deux ponts qui aboutissaient à leur campement pour venir leur vendre de quoi boire et de quoi manger. Mon grand-père commençait de trouver agréable la défense de la Patrie.

Il visita un peu la ville jusqu'à la porte Saint-Antoine et put voir ce qui restait de la Bastille en cours de démolition : une montagne de décombres. Il y choisit à titre de souvenir un morceau de pierre blanche d'environ deux livres.

Mais les nouvelles n'étaient pas bonnes. La France en révolte avait déclaré la guerre à plusieurs rois d'Europe. Un général prussien[1] menaçait Paris de destruction totale si l'on touchait à la personne du roi Louis XVI et de la reine Marie-Antoinette. Une sourde colère grondait dans les rues. Sur les places publiques, des estrades

1. Le duc de Brunswick.

d'enrôlement étaient assiégées par les volontaires. Le 14 juillet, jour anniversaire de la prise de la Bastille, il y eut sur les quais de la Seine de grands brûlements dans lesquels le peuple jetait tous les symboles de l'Ancien Régime : drapeaux fleurdelisés, cocardes blanches, perruques, crucifix, mobilier pris dans les églises.

Quinze jours plus tard, Marseillais et Cantaliens étaient en train de souper sur l'herbe des Champs-Elysées, un grand jardin parcouru d'allées qui aboutissaient à la ci-devant place Louis-XV. Tout à coup, ils virent sortir d'une taverne un groupe de gardes du roi, reconnaissables à leurs habits bleus, à leurs culottes blanches. Ceux-ci s'avancèrent l'épée à la main vers les patriotes, qui n'étaient armés que de bâtons, les traitant de bougres, de gueux, de maudits et de fils de putes. Une échauffourée s'ensuivit entre ces aristocrates et ces enfants du peuple. La distribution des coups de trique et des coups d'épée dura jusqu'à la nuit noire. Alors, les combattants se séparèrent, ne sachant plus bien sur qui ils tapaient, laissant sur place douze blessés et un mort. Les patriotes regagnèrent l'île de la Fraternité, emportant le cadavre et leurs écharpés. Pélage avait pris un vrai plaisir à cette battoste parisienne qui lui avait permis d'assommer trois ou quatre défenseurs du tyran.

Ainsi fut marqué dans son souvenir ce dernier jour de juillet 1792. Les gardes du roi allèrent se plaindre à Louis XVI, encore reconnu par l'Assemblée comme souverain de la France ; ils parlèrent de provocation, exigeant que les Marseillais fussent éloignés de Paris. Mais déjà leur maître n'avait plus l'autorité nécessaire. Les patriotes demeurèrent campés dans leur île.

Les Parisiens s'agitaient de plus en plus, criant dans les rues : « Roi scélérat ! Reine autrichienne ! On ne veut plus ni le chien ni la chienne ! » Dans la nuit du 9 au 10 août, se forma à l'Hôtel de Ville une Commune insurrectionnelle qui fit distribuer des armes, fusils, baïonnettes et même quelques canons aux patriotes. Dès les premières lueurs de l'aube, ceux-ci attaquèrent les Tuileries où Louis s'était réfugié. Le palais portait cette appellation parce qu'il avait été construit sur une ancienne tuilerie entre la Seine et la rue Saint-Honoré. Surmonté d'un dôme carré, flanqué d'une galerie qui le reliait au Louvre, il était précédé d'une vaste cour dans laquelle des milliers d'émeutiers se trouvèrent confondus. En face d'eux, des gentilshommes fidèles à la monarchie, mille Suisses vêtus de rouge et trois cents chevaliers de Saint-Louis vêtus de blanc. Désireux d'éviter un massacre, le roi leur donna l'ordre de ne pas tirer ; il congédia même les gardes nationaux acquis à sa cause, se contentant d'aller demander asile et protection à l'Assemblée pour lui-même et sa famille.

Cependant, malgré les ordres reçus, voyant les émeutiers marcher vers le palais, les Suisses tirèrent. Un feu roulant partit des fenêtres et coucha au moins trois cents morts sur le pavé de la cour. Les assaillants disposaient du fusil à baguette Vauban qu'il fallait charger par la gueule, et de trois balles chacun. Economisant leurs munitions, ils avancèrent sous le feu des Suisses. Devant le pavillon de l'Horloge, ces derniers tentèrent une sortie. Ils tuèrent beaucoup d'hommes, mais furent eux-mêmes exterminés jusqu'au dernier. Tout ce qui était vêtu de rouge périt par le fer ou par le plomb.

Vers midi, les patriotes purent envahir le palais. Ils pénétrèrent dans les appartements des dames de la reine, tout en larmes, abandonnées par Marie-Antoinette.

— Grâce pour les femmes ! cria un Marseillais.

On prit seulement leurs bijoux, qui furent portés à l'Hôtel de Ville.

La Commune insurrectionnelle proclama la déchéance de Louis XVI ; elle le fit arrêter et enfermer avec les siens dans la tour des Templiers, transformée en prison. Il ne restait plus qu'à enlever et enterrer les morts, qu'à laver la cour et le palais du sang français ou suisse, patriote ou royaliste.

Pélage, ayant tiré au hasard ses trois balles contre les fenêtres, ne prit point part aux égorgements. Dès lors, son rôle dans la journée du 10 août consista surtout à recharger les fusils à poudre que ses compagnons lui présentaient. Dans les jours qui suivirent, satisfait de n'avoir perdu dans le combat ni œil ni membre, il reprit le chemin de l'Auvergne, emportant un morceau de Bastille dans sa besace.

4

A Cheylade, il se plut à raconter souvent la terrible journée du 10 août 1792 qui avait provoqué la déchéance du roi, son emprisonnement, et par la suite sa décapitation. Cantaliens et Cantaliennes en frémissaient d'admiration et d'horreur. Les changements produits par la Révolution se poursuivaient. Les nobles seigneurs de Dienne, de Cheylade, de la Vigerie, de Ségur avaient abandonné leurs châteaux pour fuir à l'étranger. Les deux tiers des curés, opposés à la Constitution civile du Clergé, les avaient suivis ou bien vivaient dans la clandestinité, déguisés en valets de ferme, en mendiants, en épouvantails à moineaux. Leurs biens avaient été vendus à des notaires, à des avoués, à des paysans fortunés, devenus à présent les fidèles soutiens de la République. Des certificats l'attestaient : *Bon patriote, a acheté des biens nationaux*.

Voyant que les sabots paternels et fraternels n'avaient pas grand besoin de lui, le glorieux combattant des Tuileries finit par quitter Cheylade ; il s'établit à Aurillac, chef-lieu administratif du département. Il y exerça diverses professions ; notamment celle d'apprenti cuisinier, qui lui permit de bien s'alimenter, en une époque de demi-famine. Grâce à son talent de marmiton, il entra au service d'Antoine Delzons, un avocat républicain. Chez cet homme important, il fit la connaissance de son fils Alexis-Joseph qui, par une étrange coïncidence, était né le même jour que lui de l'année 1775. Et voici les deux contemporains amis comme cochons, quoique d'extractions fort différentes, l'un fils d'un acheteur de biens nationaux, l'autre fils d'un sabotier. Mais leurs caractères s'accordaient à merveille, preuve qu'ils étaient nés sous la même étoile.

Chez l'avocat, Pélage entendait parler de Paris où les révolutionnaires, après avoir décapité le roi et la reine, se guillotinaient entre eux le plus joyeusement du monde. Alexis-Joseph, lui, avait choisi de défendre la Nation par l'épée. En 1792, à peine sorti de l'adolescence, il portait déjà les brandebourgs de lieutenant. Au cours des entretiens qu'il eut avec Pélage, il le persuada de l'accompagner dans les campagnes qui se préparaient :

— Tu seras mon ordonnance. Tu t'occuperas de mon cheval, de mon uniforme, de ma nourriture.

Pélage accepta d'enthousiasme. Et le voici revêtu de la veste bleue, de la culotte blanche, coiffé du bicorne à cocarde, attaché à tous les soins corporels de son maître. Celui-ci l'entraîna en Italie derrière un jeune général en chef qui venait de libérer Toulon du siège des Anglais. Plus italien que corse, plus corse que français, plus condottiere que républicain, il avait légèrement francisé son nom de Buonaparte (Bon-Parti) en celui de Bonaparte. « Je vous emmènerai dans les plus riches plaines de l'Europe, promit-il à ses soldats va-nu-pieds. Vous en reviendrez couverts de gloire et de richesse. » Pélage franchit les Alpes en compagnie de Delzons. Ils participèrent ensemble aux engagements de Lodi et de Rivoli. A vingt-trois ans, Delzons fut promu général de brigade, cependant que son « jumeau » restait simple soldat. Les cuisines ne permettent pas des promotions si rapides.

Accueillies d'abord avec enthousiasme par les populations italiennes, les troupes françaises, se rappelant les promesses de Bon-Parti, se livrèrent à un pillage effréné des châteaux, des églises, des maisons ordinaires. Désertant leurs camps pour écumer les campagnes. Assassinant les propriétaires légitimes. S'assassinant entre elles pour se disputer les butins. On fusilla quelques pillards. Lorsqu'elles entrèrent dans Milan, les extorsions et contributions obligatoires atteignirent des sommets vertigineux : objets d'art et tableaux de maître, enlevés dans les palais et les musées, partirent pour la France à pleins fourgons. La famille de Bon-Parti profita largement de ces mains basses. Ainsi, l'oncle Fesch, commissaire des vivres à l'armée, futur archevêque et cardinal, reçut pour sa part une quantité de vaisselle d'or, de bijoux, de pierres précieuses enlevées aux monts-de-piété. (Un historien pourra écrire : « Jamais armée plus brutale et plus rapace n'était descendue en Italie depuis les lansquenets. ») Suivant l'exemple général, Pélage Codier ramassa une montre de vermeil qu'il destinait à son père, un chapelet d'argent pour sa mère, une tabatière en ivoire pour son frère, des colliers et des bagues pour ses sœurs.

Toujours attaché aux basques de Delzons, il se trouva embarqué le 19 mai 1798 en rade de Toulon vers une destination inconnue. En même temps que cinq mille soldats ou matelots répartis sur trois cents voiliers. Ce n'est que loin du port qu'ils apprirent le but de l'expédition : l'Egypte, où l'Angleterre avait de grands intérêts. Employé aux cuisines, Codier eut l'occasion de rencontrer à bord de l'*Orient* Bonaparte lui-même, entouré de ses aides de camp — parmi lesquels son beau-fils Eugène de Beauharnais — et de nombreux savants qu'il appelait son « Institut ». Tandis qu'il leur servait à boire et à manger, Pélage les entendait débattre de questions embarrassantes que leur soumettait le général corse et qui plongeaient souvent son auditoire dans de profondes perplexités :

— Quel est l'âge du monde ?

— Comment finira notre globe ?

— Quelles sont les lois les plus propres à gouverner les peuples ?

— Y a-t-il dans l'univers d'autres planètes habitées ?

Chaque savant fournissait une réponse, ce qui donnait lieu à de longues controverses. Un jour, après l'eau-de-vie de prune, l'un d'eux s'endormit avant la conclusion.

— Qui ronfle ici ? s'écria Bonaparte. Secouez-le !

Il s'agissait de Junot, secrétaire du général en chef qui l'avait surnommé pour sa bravoure impétueuse « sergent la Tempête ». Il fut dès lors exempté de conférence.

Delzons et son ordonnance se trouvèrent ensemble à la bataille des Pyramides contre les mamelouks, cavaliers du sultan. Ceux-ci, près de Gizeh, eurent cinq cents tués ou noyés. Car beaucoup, emportés par l'élan de leurs chevaux, tombèrent dans le Nil. Les Français s'ingénièrent à repêcher les corps avec leurs baïonnettes, pensant trouver sur ces mercenaires des ceintures bourrées de pièces d'or. Ce qui s'avéra juste quelquefois. Au cours de ce combat, Pélage fut blessé à une jambe si gravement qu'il fallut lui amputer le pied gauche. Il fut rapatrié en France au mois d'octobre 1798, pourvu d'un pilon provisoire.

Cheylade le revit dans son uniforme chamarré de chevrons et de lézardes. On se pressait autour de lui pour le contempler, le toucher, l'entendre, l'applaudir. Les enfants lui faisaient cortège comme au bœuf gras. Sa mère Anne-Marie, qui naguère lui avait administré tant de calottes, ne se lassait pas de l'admirer et de lui baiser les mains. Son père remplaça le pilon par un pied en bois auquel ne manquait pas un orteil, pas un ongle. Il le lui fixa à la jambe avec des lanières. Une fois glissé dans la chaussure, on l'eût pris pour un pied naturel. Après quelques jours d'apprentissage, Pélage s'y habitua si bien qu'il renonça à s'accompagner d'une canne et qu'on le vit danser la bourrée avec autant d'agilité que les autres.

Riche d'une petite pension, il passait le temps à battre la campagne. Posant des pièges dans les bois où se prenaient les lapins, les martres, les fouines, les renards et les loups. Il tannait les peaux dans son atelier dont la puanteur sauvage embaumait les environs jusqu'à Saint-Hippolyte. Y ajoutant des peaux de chèvre et de mouton, il se fit pelletier et fréquenta pour commercer les foires des environs. Au début, il transportait ses peausseries dans une hotte ; mais ensuite il acheta un cheval et une charrette.

Pendant ce temps, revenu d'Egypte, Bonaparte avait achevé la Révolution en instaurant un régime nouveau, le Consulat, dont il était le membre le plus important. Le pays fut interrogé : il devait dire par oui ou par non s'il était satisfait du changement. Durant trois jours, des registres furent tenus ouverts dans les mairies, les tribunaux, les bureaux de poste, chez les notaires, les juges de paix. La plupart des électeurs, ne sachant ni lire ni signer, fournirent une réponse verbale. Dans le département du Cantal, il n'y eut pas plus de quinze refusants.

En 1802, à la suite d'un accord entre Bonaparte et le pape, on vit revenir des curés dont on était sans nouvelles depuis douze ans. Pierre Vidalenc fut du nombre. Ils semblaient ramener la paix dans leurs bagages. Un proverbe disait :

« Se marier en temps de guerre, c'est comme semer parmi les épines ; en temps de paix, c'est récolter. » Désirant profiter de ce retour, Pélage Codier se chercha une femme et l'épousa. Rosette Germain, ma grand-mère, lui donna cinq enfants dont trois atteignirent l'âge adulte : mon père Jean-Marie, ma tante Joséphine, mon oncle Marceau.

Je n'ai pas connu ce grand-père puisqu'il fut, comme j'ai dit, pendu haut et court avant ma naissance, âgé de quarante-cinq ans. Mais ma grand-mère Rosette m'a souvent parlé de lui et raconté comment il était passé de la profession de pelletier à celle de bandit de grand chemin. Ce fut une conversion étonnante.

Deux ans plus tard, les Français furent de nouveau appelés à voter. A ce second plébiscite, un cinquième seulement des inscrits se dérangea. Le reste ne dut pas même comprendre le sens des mots dont était composée la question : *Le peuple veut-il l'hérédité de la dignité impériale dans la descendance directe, naturelle, légitime et adoptive de Napoléon Bonaparte ?* Après avoir fourni à la Révolution quelques-uns de ses chefs les plus audacieux, lasse du sang versé, l'Auvergne adhéra massivement à l'Empire. Pélage en fut, cela va sans dire. Toutes les années qui lui restaient à vivre, il rappela aux veillées ses souvenirs d'Italie et d'Egypte. Comment il avait préparé et servi sur l'*Orient* une omelette au fromage que Bonaparte avait accueillie avec enthousiasme, disant qu'elle lui rappelait un plat corse. Comment il avait mis à la porte du carré un de ses officiers qui ronflait. Comment... Comment...

— A quoi ressemblait-il ? lui demandait-on.

— A un scorpion. Maigre et noir comme un scorpion.

Pélage devait expliquer ce qu'est un scorpion, cette espèce d'araignée égyptienne dont la piqûre peut être mortelle. Rien de commun avec les araignées auvergnates mangeuses de mouches.

Il resta toujours un adorateur sans réserve de Napoléon Bonaparte. Il ne pouvait à son égard souffrir la moindre critique. Il provoqua en duel au sabre un de ses contradicteurs et lui coupa le nez. Les colporteurs vendaient des images d'Epinal représentant les gloires napoléoniennes, dont les titres rappelaient les victoires auxquelles ils avaient participé : Masséna, duc de Rivoli, prince d'Essling ; maréchal Murat, roi de Naples ; maréchal Davout, duc d'Auerstaedt, prince d'Eckmühl : maréchal Ney, duc d'Elchingen, prince de la Moskova ; maréchal Bernadotte, roi de Suède et de Norvège. Sans oublier les Auvergnats Desaix, Destaing, Delzons, Pélage acheta toute la collection de ces belles figures et la cloua aux murs de son atelier. Il les saluait chaque matin. Il les avait tant regardées qu'il connaissait tous les détails de leurs traits, la calvitie de Davout, la moustache de Desaix, le grain de cassis sur la joue de Michel Ney.

Puis ce fut la double chute de l'empereur. Elle ne prit pas les municipalités cantaliennes au dépourvu. Le 14 mai 1814, le Conseil municipal de Murat présenta à Sa Majesté Louis XVIII ses félicitations *à cause des heureux événements qui venaient d'avoir lieu et qui délivraient la France de la tyrannie de Napoléon.* Le 26 mars 1815, après son retour de l'île d'Elbe, le même Conseil s'adressait en ces termes à Napoléon : *La trahison avait voilé les aigles, mais les rayons de la gloire ont bientôt percé le nuage illustre au sein de sa famille, garantissant à jamais un ciel pur et serein.* Quatre mois plus tard, après Waterloo, il écrivait de nouveau à Louis XVIII : *Sire, le retour d'un père au milieu de sa famille excite la joie et l'attendrissement. Toutes les discordes cessent à l'instant, l'union et la confiance renaissent.* A quelques exceptions près, les mêmes signatures figuraient au bas des trois messages.

La fin de l'Empire remplit Pélage Codier de douleur. Et d'une haine farouche à l'encontre des royalistes qui s'affichaient dans les rues d'Aurillac en chapeau haut de forme à cocarde blanche, armés de triques torsadées. Heureusement, il lui arrivait de rencontrer aussi d'autres napoléoniens sincères. Par exemple un certain Andrieu, invalide comme lui d'une jambe, horloger, qui le recevait dans sa maison avec deux ou trois autres. Ils se racontaient leurs campagnes et se donnaient de l'empereur en exil des nouvelles vraies ou fausses.

On voyait aussi se promener dans la ville des soldats d'occupation autrichiens, en uniforme blanc. A la vérité, ils se disaient croatiens. Ils campaient sur les places, réquisitionnaient du foin pour leurs chevaux, des moutons, de la volaille pour leur table. Le nouveau préfet offrit un banquet au général qui les commandait et à son état-major. Quand ils défilaient, ils suscitaient dans la foule autant de sifflets que d'applaudissements.

Pélage continuait son industrie et son commerce de pelletier qui l'amenait à visiter les villes et les campagnes. Son cheval et sa charrette lui valurent une certaine renommée de roulant. Quinze jours par mois, cependant, il s'obligeait de rester à Cheylade pour s'occuper de ses peaux, de sa femme et de ses enfants.

Le nouveau roi avait à peine installé son énorme derrière sur le trône de son frère guillotiné lorsque Pélage reçut la visite d'un nommé Avinin qui se dit percepteur de Riom :

— Vous êtes bien le nommé Codier Pélage, artisan pelletier ?

— Je confirme.

— N'avez-vous pas reçu un avis d'imposition vous enjoignant de me payer la somme de trente-huit francs et douze centimes avant le 31 juillet de cette année ?

— Je n'ai pas le souvenir de cet avis.

— Je vous l'ai pourtant adressé par le courrier ordinaire. Me voici contraint de faire dans la région la tournée des mauvais contribuables comme vous.

— A quel titre devrais-je vous verser cette somme ?

— Au titre d'impositions diverses établies sur vos biens mobiliers et immobiliers.

— De quels biens parlez-vous ?

— Vous possédez une maison ? Celle-ci ?

— Sans doute.

— Vous êtes donc passible des droits sur les portes et fenêtres. J'y vois trois portes et huit fenêtres. Vous possédez aussi un cheval, une voiture, un atelier ? Vous touchez une pension pour blessure de guerre ? Tout cela est passible de droits. Si vous ne me réglez pas tout de suite ces trente-huit francs et douze centimes, ils feront des petits. Et je serai dans l'obligation de faire procéder à une saisie de vos meubles et effets.

— Mais pourquoi diable devrais-je vous payer ces trente-huit francs ?

— Parce que la loi vous y oblige. Elle peut même, si vous refusez, vous imposer un garnisaire. Un gendarme à qui vous devrez fournir nourriture et logement tant que vous ne vous serez pas acquitté. Soyez donc raisonnable. Versez-moi cette somme, et je vous délivre de ma présence.

Ainsi, le premier soin de la Restauration était de restaurer les impôts contre quoi s'était produite la Révolution. Pélage paya la somme exigée ; mais sa haine des royalistes s'en trouva renforcée.

Au mois d'août, il était à Aurillac pour ses affaires. Au sortir de la rue des Esclops qui lui rappelait son premier métier, il vit arriver une berline entourée de gendarmes à cheval, coiffés de leur énorme bicorne en forme de cloche. Les fers des animaux faisaient sur le pavé leur plicaplac.

Le convoi s'arrêta sur la Grande Place, devant les arcades du nouvel Hôtel de Ville, construit dix ans plus tôt sur l'emplacement de l'église Notre-Dame. Un homme descendit de la voiture, d'allure militaire quoique en vêtements civils, auquel les gendarmes semblaient manifester un certain respect. Sans savoir pourquoi, les yeux de Codier dévoraient ce visage noble et serein. Il se persuada qu'il s'agissait d'un napoléonien arrêté par la justice du roi revenu de l'étranger. Or il remarqua un grain de cassis sur sa joue gauche. « Parbleu ! se dit-il. C'est le maréchal Ney ! Le diable rouge ! Mais que fait-il par ici ? »

Il eut confirmation de la chose le dimanche suivant, à la messe de Saint-Géraud. Le curé Maurel, anticonstitutionnel, était rentré en 1802 de son exil parmi les arbres des forêts, logeant dans les troncs creux comme un écureuil. Il avait trouvé son église dans un état lamentable, la tour raccourcie, les cloches enlevées, les murs souillés d'inscriptions révolutionnaires, le pavement couvert de gravats. Pendant treize ans, on l'avait vu un balai, une truelle ou un marteau à la main. Aidé de quelques paroissiens, il avait rendu à l'ancienne abbatiale une certaine dignité.

Ce dimanche-là, il avait beaucoup de monde. Surtout des royalistes de costume, d'attitude, de cocarde, marchands, bourgeois, nobles et nobliaux. Parmi eux, au premier rang, le nouveau préfet, la préfète et les préfetons. Quelques dévots et dévotes ordinaires. Et Pélage entré prendre le frais, parce que dehors il faisait une chaleur insupportable.

— Mes très chers frères, les harangua Maurel, réjouissons-nous que Dieu nous ait enfin rendu la paix. Il a frappé le ci-devant empereur de sa foudre, l'a fait tomber de son piédestal. Je crois savoir qu'un de ses défenseurs a été arrêté dans le département voisin, qu'il se trouve en résidence, provisoirement, dans notre ville. Nul d'entre nous n'ignore la traîtrise de cet ancien militaire. Envoyé au-devant de Napoléon pour l'arrêter, il promit de le ramener dans une cage de fer. On connaît la suite : il se rallia à l'usurpateur et le soutint jusqu'au dernier moment. A présent, c'est lui qui se trouve en cage, en attendant de comparaître devant la justice royale. Grâces soient rendues au Seigneur notre Dieu...

L'abbé Maurel avait oublié que s'il était sorti de ses troncs d'arbres, il le devait à Napoléon.

Le lendemain, Pélage se rendit chez son ami Andrieu. L'horloger lui apprit qu'en effet le Brave des braves avait cru trouver refuge au château de Bessonnes, dans le Lot. Dénoncé par un jardinier, il avait été arrêté par la gendarmerie du Cantal qui n'avait pas hésité, sur ordre du préfet, à violer la frontière du département voisin. A présent, il se trouvait retenu dans l'Hôtel de Ville en attendant son transfert. Le cabinet du maire et l'antichambre de la salle du Conseil lui servaient d'appartement. Il passait ses jours à écrire des lettres et ses mémoires.

Une idée germa dans ces cervelles napoléoniennes : il fallait libérer le maréchal. Un ouvrier factotum de la mairie entra dans le complot.

— Je me charge, dit-il, de son évasion. J'ai les

clés de toutes les portes. Je m'enfermerai un soir dans la maison. Nous passerons par les caves et nous serons dehors. Il faudra ensuite assurer au maréchal un refuge sûr.

— Ce sera fait, dirent les autres.

Pélage se proposa pour transporter le fugitif dans sa charrette, sous un monceau de peaux de chèvre. Par étapes, Ney serait ensuite conduit jusqu'en Suisse.

Chose surprenante : lorsque le factotum put contacter le prisonnier et lui soumettre ce plan de fuite, le maréchal refusa :

— Je ne veux pas me soustraire à la justice de mon pays. Je n'ai jamais combattu que pour sa gloire. Avant de me rallier à Napoléon qui revenait de l'île d'Elbe, je lui ai soumis mes conditions : « Promettez-moi que vous chercherez uniquement à travailler pour le bonheur de la France. Sinon, considérez-moi non comme un allié mais comme votre prisonnier. »

— On vous accuse de trahison.

— Je pourrai renvoyer la balle à ceux qui m'accuseront. D'une façon ou d'une autre, ils ont tous trahi.

Michel Ney resta une douzaine de jours à Aurillac. Puis il remonta dans la berline et, toujours bien encadré, partit pour la capitale. On sut la suite par les journaux ou par le bouche à oreille. A Paris, il fut jugé par la chambre des Pairs où figuraient plusieurs maréchaux et généraux d'Empire, ses anciens compagnons, qui avaient su, très habilement, s'y faire admettre au prix de quelques génuflexions. Ses avocats trouvèrent une ruse pour le sauver : né à Sarrebourg lorsque cette ville était française, il pouvait être tenu pour étranger depuis qu'elle était, au congrès de Vienne, devenue allemande sous le nom de Sarrelautern. En conséquence, on devait le considérer comme un prisonnier de guerre, au même titre que les Italiens, les Polonais qui avaient combattu sous les aigles de l'Empire.

— Moi, étranger ? protesta-t-il. Je suis français jusqu'aux tripes, depuis ma naissance.

Sa maladroite protestation lui valut d'être, le 6 décembre 1815, condamné à mort, par cent vingt-neuf voix contre une seule, celle du duc de Broglie. Il fut dès le lendemain fusillé avenue de l'Observatoire. Les napoléoniens du Cantal se mirent un brassard de crêpe.

5

Mon futur père et mes oncle et tante grandissaient comme ils pouvaient sous l'autorité d'un chef de famille souvent absent, de leur mère Rosette et de leurs grands-parents. L'école de Cheylade ayant été maintenue après le retour du roi, ils apprirent à lire et à écrire grâce aux efforts d'un nouveau maître, monsieur Pichon. (Il méritait bien son patronyme, car il était petit.) Mais trois filles seulement fréquentaient la classe ; le reste de l'effectif était composé de garçons.

Le traitement que touchait l'instituteur était si misérable qu'il devait le compléter par des travaux divers. Il prêtait ses bras aux auberges de Cheylade, déchargeait les bagages à l'arrivée des diligences, bouchonnait les chevaux, s'occupait des écritures. On le rémunérait en nature plus souvent qu'en espèces. Le personnel l'appelait familièrement « le Georges », oubliant sa vénérable fonction de maître d'école. Derrière sa maison, il avait construit un appentis où logeait une chèvre qui fournissait le lait des Pichon et Pichonnet. Il avait obtenu la permission de défricher une partie de la cour, qui n'était rien d'autre qu'un pré sans clôture, pour en faire un jardin ; il y cultivait en particulier des pommes de terre, une racine comestible que les Cheyladiers appelaient *truffe*, à cause de sa ressemblance avec ce champignon souterrain, quoiqu'elle n'en eût guère la saveur.

Monsieur Pichon portait toute l'année un vieux pardessus couleur amadou, luxe de ses années de collège à Mauriac, devenu spongieux, gâté par la pluie, le vent, le soleil ; c'était son cache-misère. Sa classe était composée de grands et de petits. Comme il ne pouvait s'occuper de tout le monde à la fois, sa femme lui servait de temps en temps d'auxiliaire. Elle entrait, portant dans ses bras sa drôlette Félicie qu'elle déposait sur le plancher. La gamine marchait à quatre pattes sous les bancs, entre les jambes des écoliers ; et c'était pour eux une grande fête de rires et d'amitié.

On recevait parfois la visite de l'abbé Tréboule, successeur de Vidalenc, venu en inspection, car l'école était soumise au contrôle du clergé. Tréboule n'avait pas, d'ailleurs, pour l'instruction une haute estime :

— Elle éloigne les fils de leur père, les pousse à mépriser leur condition, leur suggère de quitter le pays pour aller gagner leur pain ailleurs. Par elle, ils cherchent à percer les secrets de la nature et les volontés de Dieu. Elle est fille du diable.

Aussi recommandait-il à l'instituteur :

— Apprenez surtout à vos élèves leurs devoirs

envers leurs parents, envers le roi, envers Dieu et son Eglise.

Il vérifiait s'ils avaient une bonne connaissance des prières et du catéchisme. Un jour, ses yeux se portèrent sur un rayon où dormaient les deux douzaines de volumes qui composaient la bibliothèque personnelle de monsieur Pichon. Il s'en approcha pour lire les titres :

— Ah ! ah ! s'écria-t-il sévèrement. Dis-moi ce que tu lis et je te dirai qui tu es.

Et de commenter chaque livre :

— Comment ? Voltaire dans cette maison ! *Traité sur la tolérance* ! Nous n'avons rien à tolérer. Et l'*Emile* de Rousseau, un protestant ! Et les *Pensées* de Pascal, un janséniste ! Et Rabelais, ce vaurien ! Voilà donc de quoi vous nourrissez l'esprit de ces enfants, monsieur ?

— Ce sont de vieux bouquins que j'ai achetés en vrac à un libraire ambulant. Il les vendait au kilo. Je ne les ai jamais lus. Ils sont là simplement comme ornement.

— Considérons donc qu'il ne s'agit que d'un monceau de papier inutile. Le mieux qu'on en puisse tirer est un peu de chaleur.

De l'index, il préleva les ouvrages incriminés, en fit une pile et les jeta un à un dans le poêle, allumé en cette saison. Ils y firent une flambée jaunâtre qui remplit la classe de son odeur de caramel. Ainsi la bibliothèque de monsieur Pichon se trouva-t-elle purifiée de tout germe néfaste.

Dès la fin avril, comme au temps de Jeanne Leymarie, l'effectif tendait vers zéro. Seules restaient quelques fillettes que le maître abandonnait à sa femme pendant que lui-même — le Georges — s'en allait servir dans les auberges. Les écoliers ne revenaient qu'après la Toussaint, une fois les *truffes* arrachées, le foin mis au fenil, les seigles engrangés. Si la plupart faisaient à pied le trajet de leur domicile à l'école, certains habitaient beaucoup trop loin pour pouvoir en hiver effectuer une marche d'une ou deux lieues. Dans ce cas, le gamin était placé comme « caméristе » dans une famille du bourg qui lui fournissait contre paiement le vivre et le couvert. A midi, il y trouvait une soupe trempée accompagnée d'une tranche de pain et d'un œuf à la coque. Le soir, même menu. Le pain était souvent percé de gros trous, les rats y avaient prélevé leur ration ; mais les drôles avaient trop d'appétit pour prendre garde à cette bagatelle.

Formé par les pères de Mauriac, monsieur Pichon était un catholique irréprochable. A la messe, c'est lui qui tenait l'harmonium. Au temps du carême, il faisait réciter à l'école la prière du matin et la prière du soir ; au terme duquel il ordonnait :

— Demain, vous apporterez deux sous chacun pour la messe de l'école.

Un sou devait aller au curé, l'autre à madame Pichon. Le dimanche des Rameaux, les enfants revêtaient leur plus belle parure. Les filles s'enrubannaient comme des caravelles. Toute cette pompe se dirigeait vers l'église débordante de parents et d'amis. Pendant une heure, on chantait à tue-tête. L'abbé Tréboule encaissait les offrandes. Puis il bénissait les branches de buis auxquelles pendouillaient des bonbons enveloppés. Enfin, toute l'assemblée se dirigeait en procession vers la grange-école, qu'il arrosait à grandes volées de son aspersoir. Dans la cour, sur des tréteaux, attendaient deux bassines pleines de croquants préparés par madame Pichon. Chaque parent en prenait un avec lequel il se traçait un signe de croix avant de le consommer.

Les deux garçons de grand-père Pélage, Jean-Marie et Marceau, firent partie de cette école. Tante Joséphine en fut souvent exemptée. On vit chez les Codier cette chose étonnante : le fils aîné, âgé de dix ou onze ans, faire quelquefois la leçon à son père, ancien soldat de Napoléon, pour compléter ses connaissances. C'est ainsi qu'il apprit à signer son nom, *Pélage Codier*, ce qui lui demandait tout de même de grands efforts. Plutôt que cette plume d'oie trop légère, il savait mieux employer les outils de tanneur. Voire son sabre de mamelouk rapporté d'Egypte. Il lui vint un goût tardif pour la lecture. Il achetait aux colporteurs des feuilles qui lui donnaient des nouvelles du monde. Ainsi, le *Journal des villes et des campagnes*, « gazette politique, historique, littéraire, agricole, commerciale et de jurisprudence des communes de France », à vingt-cinq centimes l'unité. Une dépense qu'il pouvait se permettre de temps en temps.

Cela devint une tradition dans notre famille de pouvoir lire et écrire. Ceux qui savaient l'enseignaient à ceux qui ne savaient pas. Les femmes toujours exceptées, naturellement. Notre grand-mère Rosette ne sut jamais ni *a* ni *b*. Sa seule vraie connaissance du français se limitait aux trois prières du soir. Encore les écorchait-elle joliment : *D'où il viendra pour juger les rubans et les morts... A souffert sous le pont de Pilate... Je crois à la permission des péchés...*

La petite Félicie, fille de monsieur et madame Pichon, était une adorable enfant, avec une figure tout sourire et toutes fossettes. Lorsqu'elle fut un peu plus grande et sut marcher sur deux pattes, elle se prit d'amour pour la maison de Pélage le tanneur. Parce qu'elle y trouvait Joséphine, une drôlette de son âge, et deux garçons un peu plus grands qui jouaient avec elle, la portaient sur leur dos ; elle les guidait, avec des éclats de rire, en les tirant par les oreilles. Parce que, aussi, elle préférait la soupe de Rosette à celle de sa mère, allez savoir pourquoi. Heureuse et flattée d'attirer ainsi la fille du maître d'école, Rosette lui en offrait toujours une écuellée à sa dimension. Elle ne parlait que la langue française et donnait des leçons à toute la famille. Jean-Marie lui faisait des dessins sur son ardoise au commandement :

— Un âne !... Un chien !... Un chat !... Une poule !... Un coq !...

Elle applaudissait de ses petites mains.

Elle entrait dans la maison sans frapper ni avertir, aussi à l'aise que la volaille et le cochon qui y fréquentaient. Elle furetait partout, sous les meubles, dans les placards, dans le coffre à sel, ramenant parfois des objets que l'on croyait perdus : un dé à coudre, une aiguille, un bouton. Un jour qu'elle se trouvait seule dans la salle, elle avisa l'écuelle de Pélage le tanneur qui, sur la table, toute fumante, attendait d'être consommée. Soupe aux choux, parfumée de lard. Elle se hissa sur le banc, saisit la cuillère de bois et attaqua la soupe. Elle se força si bien, avec de gros soupirs, qu'elle atteignit le fond du bol. Quand l'homme revint, il trouva la drôlette sur le banc, occupée à faire des rots, et son écuelle vide. D'abord, il n'en crut ni ses yeux ni ses oreilles, et demanda :

— Qui c'est donc qui a mangé ma soupe ?

— C'est moi.

— Tout entière ?

— Oui, tout entière.

Il aurait pu se fâcher ; il éclata de rire. Quand les autres revinrent, il raconta :

— Félicie a mangé ma soupe !

Tous regardèrent avec admiration et un peu d'inquiétude cette drôlette de quatre ans. Mais la soupe se laissa bien digérer.

Grâce à elle, les meilleures relations du monde s'établirent entre les Pichon et les Codier. Malgré leurs divergences politiques. Le monarchiste serrait volontiers la patte au napoléonien. Les femmes et les enfants n'avaient pas d'opinion. Pour leur en donner une, six missionnaires vinrent de Saint-Flour, envoyés par l'évêque. Ils cognèrent à toutes les portes :

— Ce soir, à cinq heures, vous devez vous rendre dans Saint-Léger pour entendre la mission. N'y manquez pas, si vous ne voulez pas avoir d'ennuis.

Pendant une semaine, l'église fut en effet pleine d'invités obligatoires. Ils entendirent des sermons contre la Révolution et contre celui qu'ils appelaient à l'ancienne Buonaparte, Bon-Parti. Ils commandèrent de débarrasser les maisons de tout ce qui le rappelait, médailles, cocardes, images d'Epinal, portraits, livres, journaux, cartes à jouer, cannes, pipes, tableaux, et d'en faire un brûlement sur la place publique. Ils racontaient que le roi Louis XVIII avait remporté la bataille de Waterloo. Des farandoles imposées se déroulèrent autour du feu, et les missionnaires firent chanter sur l'air du *Chant du départ* :

La religion nous appelle !
Sachons vaincre ou sachons périr.
Un chrétien doit vivre pour elle,
Pour elle, un chrétien doit mourir.

Quand ces hommes noirs furent partis, la population respira, car ils suscitaient autant de frayeur que les recruteurs de la Patrie en danger.

Quelques jours plus tard, un garçon un peu simplet entra dans l'église, la boutonnière ornée d'une cocarde tricolore. Il fut aussitôt pris à partie par les monarchistes qui le poussèrent jusqu'à la maison commune.

— Pourquoi ce *petas* de couleur ? lui demanda le maire.

— Je l'ai trouvé sur un chemin. Il était joli. Je me le suis accroché.

— Nos chemins sont sans doute tapissés de *petas* de couleur !

Finalement, il s'en tira avec trois coups de pied au cul qui lui furent administrés par le garde champêtre.

Au mois de mai 1817, Pélage Codier revenait à la tombée de la nuit, par la vallée de Mandailles, de la foire de la Saint-Urbain à Aurillac. Il y avait vendu toutes ses peaux et se sentait heureux, derrière sa jument, de rapporter un sac d'écus. Il arrivait au pied du puy Griou, dont la tête pointue s'enfonçait dans les nuées, lorsqu'il vit surgir des broussailles un groupe d'hommes armés de fusils. Dans leurs figures noircies au bouchon brûlé, luisaient leurs yeux blancs.

— Arrête, ou tu es mort !

Quand il les vit de plus près, il remarqua que tous tenaient dans la bouche une pâquerette. Pour être plus clair, celui qui semblait leur chef ajouta :

— On te connaît. On te suit depuis Aurillac. Tu es Pélage Codier. Un fidèle du petit homme. Un fils de pute.

— J'ai un pied de bois, fit-il dans l'espoir de les attendrir. C'est tout ce que le petit homme m'a rapporté.

— On sait aussi que tu as fait de bonnes ventes à Aurillac. Alors, donne ton sac. Et on te laissera la vie sauve.

En même temps, il lui mettait sous le nez la bouche d'un pistolet. La discussion n'était pas de mise. De la doublure de sa houppelande, Codier tira sa bourse. Il la tendit. L'autre parut satisfait de son poids. Un sourire hideux éclaira sa figure charbonnée.

— Si quelqu'un te demande qui tu as rencontré, tu diras : les Compagnons de la Pâquerette. Et maintenant, fous ton camp.

Avant de le laisser partir, les autres le dépouillèrent tout de même de ses vêtements, le laissant en caleçon, sans souliers, sans chemise, sans chapeau. La bande tira en l'air quelques coups de feu qui donnèrent de l'allant à la jument du tanneur. Celui-ci arriva à Cheylade au petit jour, ruisselant de colère, de honte et de sueur.

— Nous sommes ruinés ! Nous sommes ruinés ! Mais ils me le paieront !

Il confia sa peine à la galerie de ses généraux et maréchaux, dont plusieurs avaient été fusillés comme Michel Ney. Et le résultat de cette consultation fut tout à fait inattendu.

Son fils aîné, Jean-Marie, avait alors treize ans. Il avait appris à gratter les peaux. Un soir, Pélage le prit à part et lui parla comme à un homme fait :

— Je veux te confier le soin de la maison. De ta mère Rosette, de ta sœur Joséphine, de ton frère Marceau. Je dois partir. Ne te soucie pas de moi. Je reviendrai de temps en temps. Il reste un peu d'argent dans la marmite.

Puis il monta sur sa jument, suspendit son sabre à la selle et disparut dans la nuit.

6

La route qui mène de Lempdes à Aurillac, après avoir épousé les méandres de l'Allagnon[1], restait un mauvais chemin, sinueux, rocailleux, sillonné de fondrières. Elle fut très fréquentée jadis par les pèlerins de Saint-Jacques. Ils faisaient halte çà et là pour mendier, casser la croûte, adorer les reliques et les miracles.

Blesle se souvenait de sainte Nataline qui fut décapitée par son père lorsqu'il apprit sa conversion au christianisme ; quand son corps y fut transporté, toutes les cloches se mirent à chanter sans l'intervention d'aucun sonneur.

A Massiac, au bord du gouffre, ils voyaient la chapelle de sainte Madeleine et le chapelet qu'elle lançait par-dessus la vallée (certains disent qu'il s'agissait d'un rayon de lune) afin de communiquer avec saint Victor, son vis-à-vis sur l'autre bord de la gorge ; ils s'entretenaient de choses saintes et merveilleuses.

1. J'écris toujours *Allagnon* avec deux *l*, puisqu'il est un diminutif d'*Allier*.

A Aurouze, ils trouvaient le souvenir de sainte Foy, qui avait frappé de cécité le méchant seigneur du lieu ; mais la Vierge de Vauclair rendait la vue aux malvoyants.

A Saint-Mary-le-Cros, au pied du Mont-Journal, ils se recueillaient devant les restes de saint Mary, qui avait fait connaître Jésus aux habitants de la haute Auvergne.

A la Chapelle d'Allagnon, ils trouvaient dans un coffret d'argent des cheveux de la Vierge, un doigt de saint Flour et trois dents de saint Laurent.

A Bredons, la clé de l'église, appliquée sur le ventre, guérissait leurs coliques.

A Murat, un tableau représentait le miracle de saint Dominique. Celui-ci, venant d'Espagne, injustement accusé de vol, avait été pendu par le bourreau des vicomtes de Bonnevie. Or le père du jeune saint, averti en songe de cette déplorable fin, se mit en route pour réhabiliter son fils. Après un mois de voyage, il trouve les vicomtes en train de banqueter ; un coq rôti trône au milieu de la table.

— Je viens au secours de mon fils Dominique, innocent du vol dont on l'accuse.

— Mais il est pendu depuis quatre semaines ! Aussi mort à présent que ce coq rôti !

— Et moi, je vous dis qu'il est encore vivant. Aussi vivant que votre coq !

A ces mots, le coq se lève du plat, chante cocorico, ouvre les ailes et s'envole, laissant les vicomtes éberlués. On va au gibet, on dépend Dominique, qui se frotte la gorge et se met à marcher.

A Laveissière, un ermite avait construit sa maison sous une roche énorme, qui menaçait à chaque instant de l'écraser. On le consultait pour savoir le temps qu'il ferait dans les jours à venir.

Au sortir de ce trajet plein de prodiges, les pèlerins devaient gravir les pentes escarpées du puy de Masseboeuf, montagne haute de 1 420 mètres par temps sec. Par temps neigeux, elle gagnait deux ou trois mètres de plus. Appelée aussi Lioran à cause d'un hameau de trois ou quatre maisons blotties à ses pieds. Son ancien nom, l'*O-ouran*, signifiait le Venteux. Ici, au cœur de la haute Auvergne, l'été durait soixante jours. Tout le reste de l'année, c'était l'hiver. Quand il ne neigeait pas, il pleuvait. Quand la pluie s'interrompait, les vents sifflaient. Car tous ici se rencontraient : la bise qui venait de l'ouest ; l'aubracien qui arrivait de l'Aubrac ; l'écir qui sortait d'un peu partout, qui poussait la neige en amas qu'on appelait des combles, hauts comme des maisons ; sans parler des vents accessoires et intermédiaires. Il n'y avait pas de vent dominant, mais des vents qui soufflaient à tour de rôle de toutes les flèches de la rose.

Nul n'a mieux décrit ces combles que monsieur Adrien Ruelle, qui fut chargé plus tard de percer le tunnel du Lioran. « Leur aspect est des plus variés et leur formation dépend quelquefois de la plus petite cause. Une charrette abandonnée sur la route, des arbres déracinés peuvent devenir le noyau d'un monticule de neige se prolongeant très loin au-dessous. Mais c'est surtout le relief accidenté du terrain qui leur donne naissance, parce que le vent, après avoir balayé certaines parties, dépose la neige sur d'autres... Ces combles sont d'autant plus considérables que la neige est plus légère et a moins de liant et de cohésion, ce qui arrive lorsqu'elle est tombée par un temps froid. Quelques heures suffisent pour les faire changer de place et rendre méconnaissable l'aspect de la route. Ordinairement, cependant, ils se produisent à l'issue des gorges où le vent souffle avec le plus de violence. Il convient de n'entreprendre le déblaiement des neiges et l'ouverture du passage qu'après que le dégel a commencé, ou que le retour du froid a durci la surface, parce qu'alors elles ne peuvent plus être soulevées. Sans cette précaution, on s'expose à voir le travail de plusieurs jours détruit en moins d'une heure[1]. »

Que de gens à travers les siècles avaient escaladé les pentes de l'*O-ouran* dans un sens ou dans l'autre, entre l'Auvergne aquitaine et l'Auvergne limagnaise, outre les pèlerins de Saint-Jacques ! Troupes françaises ou anglaises, marchands, faux sauniers, individus illustres ou anonymes. En 1586, la reine Margot, en croupe du capitaine Aubiac, son chevalier servant, venant de Carlat et se dirigeant vers Ybois où sa mère Catherine de Médicis l'avait assignée à résidence, descendit vers Murat, où elle fut reçue avec les honneurs que lui méritait son rang. Cinquante ans plus tard, une autre reine, Anne d'Autriche,

1. *Annales des Ponts et Chaussées*, juillet-août 1846.

épouse de Louis XIII, suivit ce chemin malaisé pour se rendre à Vic-en-Carladès dont les eaux avaient une réputation miraculeuse : celle de combattre la stérilité. Elle but à la source Sauve-Roque plusieurs jours de suite. L'année suivante, elle donna naissance à un enfant — le futur Louis XIV — qu'elle prénomma *Dieudonné*.

« Ici passaient les bruyants cortèges des *vinades* qui charroyaient en automne les pipes de vin du bas pays. Et les riches bourgeois d'Aurillac et de Saint-Flour, chevauchant pour leurs affaires, fastueusement vêtus de drapature écarlate » (Raymond Cortat). Les blés de la Planèze ; les toiles de Vic et de Thiézac ; l'argent de la Ferme, roulé vers les coffres de l'intendant au chef-lieu ; les cadis du Gévaudan ; les châtaignes de Montsalvy ; les fromages de partout. Certains jours, le franchissement de l'*O-ouran* était une aventure des plus risquées, selon les récits qu'en faisaient les voyageurs rescapés. « Malheur à l'imprudent que la tourmente et la nuit ont surpris sur ces cimes glaciales ! En vain frappera-t-il de ses cris de détresse les échos de la montagne. Tout est mort dans le désert. Rien que le sinistre mugissement des vents dans les arbres dépouillés. Et pas un abri ! Il ne peut faire un pas sans rouler dans un abîme[1] ! »

Un certain mois d'avril, l'évêque de Saint-Flour osa pourtant franchir ce passage. « Notre digne prélat, ne consultant que son zèle, part de sa ville épiscopale par un temps affreux ; et, par

1. Cité par Michel Leymarie (*Revue de haute Auvergne*, 1965).

un temps plus affreux encore, il traverse les redoutables Thermopyles du Cantal[1]. »

Les municipalités faisaient pourtant leurs sept possibles pour dégager la route de ses combles. Elles y employaient des chasse-neige tirés par quatre paires de bœufs qui s'enfonçaient jusqu'au ventre. Le courrier devait passer à tout prix. Sinon, le facteur abandonnait son traîneau, poursuivait son chemin à pied jusqu'au prochain relais des Chazes ou de Fraisse-Haut. Quant aux voyageurs ordinaires, ils étaient souvent bloqués, pour le plus grand profit des auberges. Une année, se produisirent une neigée si forte et un froid si intense qu'une berline transportant six personnes fut surprise au col des Sagnes et complètement ensevelie. Les cantonniers la découvrirent une semaine plus tard, pétrifiée par le gel, les chevaux debout sur leurs jambes de glace, les voyageurs pressés les uns contre les autres, dans leur vaine tentative de se réchauffer.

En 1817, la diligence Murat-Aurillac, conduite par le postillon Laurent Chapel, partait de la place du Balat « à sept heures du matin si possible », comme il était précisé sur la guérite où se vendaient les billets. Cette voiture était partagée en deux lobes : l'intérieur et le coupé. Le premier recevait huit personnes assises sur des banquettes capitonnées de gros drap bleu ; des pompons de laine rêche pendaient du plafond auxquels, en se levant, les voyageurs pouvaient s'accrocher. Par

1. Abbé Brunhes, professeur de philosophie au collège d'Aurillac.

les fenêtres sans vitres, ils regardaient défiler la campagne, entendaient le crissement des jantes sur les pierres, le piaffement des chevaux, le fouet du postillon. Le coupé, sur le devant, offrait quatre places à supplément, gardées du vent, de la pluie, des poussières par des vitres épaisses. Au-dessus, l'impériale à capote de cuir recevait les bagages ; et aussi quatre ou cinq infortunés à demi-tarif qui voyageaient à l'aveuglette, sous une bâche. Par endroits, la côte était si raide que les chevaux avaient besoin de renforts.

Pour leur permettre de reprendre haleine, certains paliers autorisaient une halte d'un quart d'heure. Les voyageurs qui en éprouvaient le besoin se dispersaient dans la campagne, se dissimulaient derrière les buissons.

— Les dames à ma gauche, les messieurs à ma droite ! précisait Laurent Chapel.

La pause faite, on redémarrait. A Pierre-Taillade, au-dessus du ruisseau de Vassivière, la diligence devait franchir un mauvais pont en troncs de sapins jetés sur deux culées de pierres sèches. Avant de le traverser, le postillon ne manquait pas de se recommander à saint Christophe par un signe de croix.

Vers midi, après cinq heures de suée, on atteignait le village du Lioran composé de deux auberges et de trois maisons couvertes de chaume. Le cocher remplaçait les chevaux épuisés par des frais. Arrêt d'une heure, pour la nourriture. Certains voyageurs s'étaient précautionnés d'un panier de provisions qu'ils consommaient dans la voiture. Les plus fortunés descendaient à l'auberge. Son extérieur était peu engageant. On pénétrait à plain-pied dans la cuisine ; de là, il fallait gravir une échelle pour atteindre la salle à manger du premier étage. En revanche, la chère était abondante et savoureuse : volailles rôties, lard maigre et lard gras, saucisses, choux, *truffes*, raves, brochets. On pouvait boire du vin limagnais, un peu rêche mais très coloré. Les dames consommaient du bout des lèvres des infusions de tilleul, de mélisse ou de serpolet.

Après cette restauration, Laurent Chapel revenait en se suçant les moustaches. L'équipage repartait. La dernière rampe hissait la diligence jusqu'au col de Font-de-Cère, où la Cère prend sa source, puis s'en va en direction de la Dordogne ; cependant que son collègue l'Allagnon naît à trente pas de là, puis se dirige vers l'Allier. Les voyageurs observaient avec une frayeur admirative ces immenses étendues boisées, ces sommets toujours neigeux, le vol des aigles et des busards. Parfois, un pâtre farouche et barbu tendait vers eux son bâton en signe de salut, ou peut-être de menace.

Et soudain, tout changeait. Le ciel, gris jusqu'au Lioran, se peignait de bleu. Le soleil luisait, clair et beau. Entre les bois et les pâturages, paraissaient des cultures de seigle, de sarrasin, de pommes de terre, de topinambours. Les hommes se faisaient moins sauvages ; les femmes, gentiment vêtues, montraient des coiffes blanches dont les pans leur tombaient dans le dos. On entrait dans une Auvergne quasi méridionale, avec ses tuiles rouges, son accent presque provençal. Vic, riche de magistrats et de religieux, dressait son ermitage sur le rocher de Saint-Curiol.

Après dix heures de route, on entrait enfin dans Aurillac, la ville aux dix foires annuelles, capitale du fromage, des pots de cuivre, des saint-esprit, de la peausserie, de l'orpaillage. La Jordanne a réputation de transporter des parcelles d'or que l'on peut pêcher au clair de lune, au moyen de peaux d'agneau.

Le saint-esprit ? Un bijou en forme de colombe éployée, découpée dans une plaque d'or et couverte d'émail blanc parsemé de points verts ; au bec et aux ailes, sont suspendues des pendeloques précieuses en forme de poire ; le tout serti de topazes qui ajoutent leurs feux aux scintillements du métal. Le saint-esprit complétait un sautoir appelé esclavage, formé de plusieurs médaillons réunis par des chaînettes. Confectionné sur mesure par le bijoutier avant les noces de la porteuse, en fonction de sa dot : chaque médaillon représentait un champ ou une paire de bœufs. Quant à l'appellation d'esclavage, le sens en était bien clair. Si l'anneau des doigts indiquait le don réciproque des corps et des âmes, le sautoir marquait l'alliance des domaines. Ainsi dans les mêmes bijoux se trouvaient adroitement représentés les trois éléments qui composaient un parfait mariage cantalien : l'amour, la foi et le patrimoine. Ils engageaient le couple autant et plus que le oui sacramentel, que la bénédiction du prêtre. Par eux, chacun disait à l'autre : « Je mets à tes pieds tous les biens que je possède. » Car donner son dos, ses bras, ses tripes ne signifie pas grand-chose. On a vu des hommes donner leur vie sans un instant de réflexion, dans l'insouciance, presque dans le plaisir, comme s'ils en avaient eu dix de rechange. Mais donner, après des mois d'examen, le bien reçu des ancêtres, le fruit de leur travail et de leur frugalité, le levain des fortunes à venir, voilà un sacrifice qui vous lie indissolublement. Quoique introduit en France par la Révolution, le divorce n'existait pratiquement pas dans les départements d'Auvergne.

Mon grand-père Pélage connaissait le goût des riches Cantaliennes pour les « ors ». Elles ne les portaient cependant qu'à certaines occasions, fêtes solennelles, cérémonies familiales, visites d'importance. Il savait qu'en attaquant la diligence Murat-Aurillac, les prises seraient fructueuses.

Il faut bien que j'en vienne au curieux raisonnement qu'il s'était tenu. Ayant été attaqué et dépouillé par une bande de malfaisants royalistes, les Compagnons de la Pâquerette, il résolut de se revancher en se faisant brigand lui-même. Bandit de grand chemin, là où passaient les diligences et les cavaliers huppés. De s'en prendre aux nobles remboursés par le milliard des émigrés, aux riches propriétaires, aux notaires, aux médecins, aux curés, aux banquiers, aux commerçants, à leurs femmes couvertes de dorures, à ceux qui avaient les moyens d'emprunter les diligences. Tous partisans du nouveau roi, ennemis de la Révolution et de l'Empereur, son incarnation et son prolongement. En détroussant cette engeance, il ferait coup double : il récupérerait ce qu'on lui avait pris et il vengerait la mémoire de Napoléon.

Il se mit en rapport avec quelques galopins de son espèce, anciens soldats réduits à la mendicité et à la honte. Ils ne s'appelaient eux-mêmes jamais autrement que par les sobriquets qu'ils s'étaient donnés : Tricassin, de Mandailles, revenu de Waterloo avec un œil en moins ; Joli-Cœur, de Fouilloux, qui se vantait en riant d'avoir étripé à la baïonnette (pour économiser la poudre) des centaines de prisonniers turcs ; et Pintaïre, de Saint-Hippolyte, c'est-à-dire Boit-sans-Soif. Pour lui-même, Pélage prit celui de Pied-de-Bois. Ces quatre vaillants militaires avaient rapporté de leurs campagnes des fusils plus ou moins défaits qu'un forgeron de village avait rajustés. Ils savaient faire de la poudre, avec du charbon pilé, du soufre et du salpêtre ; et fondre des balles de plomb. Ajoutez à cela des pistolets, des sabres, des pantalons liés aux mollets, et le traditionnel noir de bouchon sur la figure.

Leur première victime fut un vicaire qui transportait de Thiézac à Saint-Flour le montant d'un mois de quêtes. Sous son large chapeau de peluche, enveloppé dans son manteau sombre, la soutane retroussée découvrant ses culottes et ses bas de soie noire, il se croyait bien à l'abri de la tempête et des malfaisants lorsque, au sortir de Saint-Jacques-des-Blats, ces quatre démons jaillirent de la forêt, prirent son cheval par la bride, lui mirent un fusil sous le nez et prononcèrent :

— La bourse ou la vie !

Grelottant de tous ses membres, le pauvret essaya de protester :

— Ce... cet argent n'est pas à moi. Je l'apporte à Monseigneur de Saint-Flour.

— Nous ne te ferons donc pas tort en le prenant.

— Oh ! que si ! Oh ! que si !

— Tu expliqueras à Monseigneur que tu as été dépouillé par des routiers.

— Voudra-t-il me croire ? Je n'en suis pas sûr. Il pensera que je l'ai détourné.

— Il a donc si peu confiance en ses prêtres ?

— Ou bien que je l'ai mal défendu. Laissez-moi... laissez-moi réfléchir.

Il se concentra un moment, le chapeau sur les yeux. Puis il obtint la permission de mettre pied à terre, tenant serrée sur son cœur la bourse épiscopale.

— Voilà ce que je vous demande, proposa-t-il. De tirer un coup de fusil dans ma soutane.

— Oh ! protesta Pied-de-Bois. Nous n'avons pas réellement l'intention de t'ôter la vie. Quel âge as-tu ?

— Vingt-six ans en avril.

— Ne nous demande pas un sacrifice aussi inhumain.

— Comprenez-moi. J'écarte les jambes autant que je peux. Votre balle transperce le fond de ma robe, devant et derrière, sans me faire de mal. Ces deux trous prouveront que j'ai bien été attaqué. Et je reviendrai tranquille à Thiézac.

A l'exposé d'une telle astuce, les quatre compagnons éclatèrent de rire :

— Bravo, jeune homme ! s'écria mon grand-père. Tu es un petit malin ! Tu sais tromper ton monde comme il faut ! Crois-moi : tu iras loin. Peut-être évêque toi-même. Ou cardinal. Pourquoi pas pape ?

— Ne vous moquez pas, dit le vicaire en rougissant. *Non sum dignus.*

L'artifice fut exécuté comme il voulait. Le jeune prêtre se plaça au milieu du chemin, les jambes bien bâillantes. Prenant garde de viser juste, Pélage pointa son fusil ; le chien tomba, la balle sortit avec fracas, ouvrit dans la soutane deux trous opposés, y imprimant une odeur de poudre.

— Merci, dit le vicaire en lui présentant le sac de toile.

Celui-ci pesait bien trois livres. Pied-de-Bois en défit le lien, se pencha sur le contenu. Son nez frémit de gourmandise.

— Puis-je repartir ?

— Naturellement. C'est nous qui te remercions. Nos respects à Monseigneur de Saint-Flour.

Quand l'abbé se fut remis en selle, quand il eut disposé de nouveau avec décence les plis de sa soutane, mon grand-père glissa trois doigts dans la bourse, y puisa un écu d'argent, le lui tendit :

— Prends donc cela en souvenir de nous.

L'autre secoua les oreilles.

— Non, non. Ce ne serait pas honnête.

— Oh ! oh ! Quels jolis scrupules ! Jeune homme, voilà qui va te gêner beaucoup dans ton ascension ! Enfin, comme il te plaira.

Il remit l'écu dans l'escarcelle. A ce moment, Joli-Cœur, qui avait étripé tant de Turcs à Jaffa, jugea bon d'intervenir pour demander une petite bénédiction. Et l'abbé :

— Une bénédiction ? A... à... à...

— Prends garde à ce que tu vas dire, le coupa Joli-Cœur en braquant sur lui son escopette.

L'autre hésita encore un moment. Puis sa main droite se leva et laissa pleuvoir la bénédiction extorquée, *In nomine Patris, et Filii, et Spiritus sancti, Amen.*

L'instant d'après, il éperonna sa monture qui fit feu des quatre fers et détala, accompagné par l'hilarité des malandrins.

7

Après cet heureux coup d'essai, la bande des quatre s'attaqua à un plus gros gibier : un convoi de vinatiers qui, venant de la Limagne, apportaient à boire aux Cantaliens. La rencontre se fit au-dessous du Lioran et au-dessus des Chazes. Le vin n'était pas dans ce département une boisson toujours importée. Sur certains bas terroirs, dans la plaine de Massiac, sur les flancs ensoleillés des vallées poussait un peu de vigne. Le jus qu'elle produisait était quelquefois plutôt rude à avaler. De sorte que pour y parvenir, il fallait se mettre à trois : l'un ouvrait la bouche, le second lui approchait le verre, le troisième derrière lui l'empêchait de reculer ; si l'on n'était que deux, le buveur se mettait contre un mur. Dans la haute montagne, rien de tel : les hommes ne buvaient que du petit-lait. Quand on pouvait se payer du vin, il fallait aller le chercher sur les lieux de production. Cela donnait lieu au printemps, avant la saison des labours, à des équipées appelées *vinades*. Une caravane se formait de chars à bœufs remplis de tonneaux vides. Le voyage pouvait durer un mois aller et retour. Les pipes revenaient pleines de vin quercinois.

Mais parfois, le vin arrivait tout seul, du Puy-de-Dôme, de la Loire ou de l'Ardèche, apporté par les vinatiers. Un défilé de mules chargées d'un bât-tonneau, quarante litres d'un côté, quarante de l'autre, avec des robinets de bronze. Ils allaient de ferme en ferme, d'auberge en auberge, cognant aux portes, proposant leurs vins de Dallet, de Dieu-le-Fit, de Chanturgue. Souvent avec une insistance quelque peu menaçante. Les clients n'osaient guère refuser d'en prendre cinq ou six pintes. Chaussé de bottes, ceinturé et coiffé de cuir, plus barbu que Barbe-Bleue, leur chef portait au cou une croix d'argent et à l'oreille un pendant en forme de fer à cheval. Il faisait goûter son vin dans un *tassou* de vermeil dont le fond était orné d'un écu où l'on reconnaissait le profil du roi guillotiné. On entendait venir de loin cette caravane à ses chansons, à la musique des grelots et des fouets.

Lorsque la bande à Pied-de-Bois sortit de la forêt, se disposant en travers de la route, les fusils braqués, la stupeur se peignit sur le visage des vinatiers. C'était la première fois que des brigands osaient les attaquer. Ce fut leur tour de serrer les fesses. L'homme au pendant d'oreille fit le compte des adversaires : quatre contre huit. Ils pouvaient résister. Mais les malandrins jouissaient d'armes dont les chiens levés ne demandaient qu'à mettre le feu aux poudres. Son fusil sous l'aisselle gauche, Pélage avança la main :

— Vos sous. Sinon, on crève d'abord vos tonneaux, et vous après, et aussi vos mules.

— Nous n'avons pas fait de bonnes affaires, expliqua le chef vinatier. Voilà toute notre fortune.

Il glissa la main sous une bâche, en tira une bourse qu'il jeta aux pieds de Pélage. Celui-ci fit signe à Joli-Cœur d'en examiner le contenu. Et son compère, l'ayant ouverte :

— Rien que du billon !

— Tu es certain de n'avoir rien d'autre ? demanda Codier.

— Je le jure sur Jésus-Christ, fit le gros homme en posant sa main ouverte sur la croix d'argent.

— Tant pis pour toi !

Il prit son sabre court et, d'un geste brusque, l'enfonça dans un bât-tonneau, qui se mit à perdre son sang.

— Arrête ! cria Pintaïre, se précipitant vers la blessure pour en retenir quelques bouillons.

— Foutez votre camp ! cria Pied-de-Bois.

Il tira en l'air deux coups de feu qui effrayèrent les mules. Elles partirent à la débandade, malgré les efforts des vinatiers pour les retenir.

Alors que la plupart des brigands de cette époque exerçaient à cheval leur profession, la bande des quatre préférait agir à pied. Elle pouvait ainsi disparaître plus lestement, se dissimuler dans les forêts sans laisser de traces derrière elle. Si nécessaire, pour échapper à la maréchaussée, elle se dispersait, chacun rentrait chez soi, redevenait un honnête père de famille. C'est ainsi que Pélage Codier regagnait Cheylade avec sa part des butins. Ses voisins le rencontraient dans les rues sans surprise. Sachant que trop gratter cuit, que trop parler nuit, connaissant son caractère, son passé napoléonien, ils ne posaient pas de questions sur ses absences.

— Je suis dans les affaires, expliquait-il. Je voyage beaucoup.

Ses enfants étaient confiés à Rosette ; mais il surveillait leur éducation, chez les sœurs ursulines pour Joséphine, chez monsieur Pichon pour Jean-Marie et Marceau. On le voyait à la messe et aux vêpres. Il chantait le *Magnificat* dont il connaissait l'air depuis son enfance, sinon les paroles latines, souvent moqué par les enfants de chœur et autres mécréants :

> *Je t'apporterai le goupillon et son eau,*
> *Méo !*
> *Mais faudra bien que tu payes mes pas,*
> *Méa !*

Il marmonnait cette version entre ses dents afin qu'elle restât entre Dieu et lui, tandis que le curé Tréboule secouait son aspersoir.

On ne le voyait plus tanner les peaux de chèvre ; la puanteur de son atelier s'était évaporée. Il passait ses jours de vacance à se promener dans le bourg, à jouer aux cartes à l'auberge, à soutenir de longues conversations, avec d'autres au soleil sur un muret. Le principe en était de causer sans rien dire qui fût d'importance. On s'entretenait du temps qu'il faisait, du sort des personnes et des familles, des mariages, des naissances, des décès, des communions. Les Cheyladiers, visiblement, auraient été heureux de savoir comment il pouvait nourrir les siens sans travailler. Mais depuis le retour des Bourbons, il y avait trop de règlements de comptes dans la région. Mieux valait ne pas trop savoir.

Pélage restait ainsi un mois ou deux au repos ; puis un soir, alors que ses enfants dormaient, il se penchait sur leurs lits, embrassait leurs cheveux, disait au revoir à sa femme et s'enfonçait dans le crépuscule, muni de ses armes, pour rejoindre ses compagnons.

En 1818, la bande à Pied-de-Bois osa s'attaquer à la diligence Murat-Aurillac. Des complices lui avaient signalé qu'elle transportait des personnes de conséquence.

La saison était avancée. Tous les arbres à feuilles avaient revêtu leurs ors et, le matin, les premiers frimas blanchissaient la tête du Lioran. Les quatre se dissimulèrent dans la forêt, se noircirent la figure et attendirent l'approche de la voiture, annoncée par les grelots et les exclamations de Laurent Chapel. A un signal de Pélage, les trois autres bondirent, sautèrent aux licous des chevaux, tandis que lui braquait son arme au nez du postillon, criant :

— Arrête-toi ! Serre ta mécanique et ne bouge plus !

Chapel aurait pu fouetter, essayer de leur passer sur le corps. Mais il se dit que le risque était trop grand, qu'il n'avait qu'une peau et ne tenait pas à la faire plomber. Il obéit donc, tout en maugréant intérieurement contre la maréchaussée qui ne se trouvait jamais où il fallait. Lorsque les gendarmes intervenaient, ils arrivaient sur les lieux une heure après la bataille. Depuis trente ans, les campagnes étaient d'ailleurs si peu sûres que les crimes et les rapines semblaient aussi naturels que les orages. Le postillon resta donc immobile sur son siège, les bras croisés, pendant que deux brigands pénétraient dans la voiture, un pistolet à la main, y soulevant un concert de cris, de sanglots, de supplications.

— Tenez-vous tranquilles. Et il n'y aura pas une goutte de sang versé.

Puis, s'adressant aux dames :

— Je vous prie de donner vos bijoux sans résistance. Ne nous obligez pas à vous couper les doigts ou les oreilles.

Son acolyte tendit un panier, de ceux qu'on prend pour cueillir les cerises. Les voyageuses y laissèrent tomber d'une main tremblante leurs pendants, leurs bagues, leurs broches, leurs bracelets, leurs saint-esprit.

— Messieurs, vos montres, votre bourse. Et n'oubliez rien.

Pélage éprouvait une joie intense à dépouiller ces bourgeois vêtus de nankin jaune, coiffés de chapeaux hauts de forme, le ventre barré de chaînes d'argent, tous favorables au gros Louis XVIII bien restauré, riches propriétaires, électeurs de sa Chambre parce qu'ils payaient au moins trois cents francs de contributions directes[1]. Chaque fois qu'il les détroussait de quelque chose, il prononçait en guise de remerciement :

— Vive l'Empereur !

En un quart d'heure, la récolte fut terminée. La diligence put repartir, tandis qu'à ses fenêtres paraissaient des poings prometteurs de vengeance.

Leur terrain de chasse favori était la route qui montait au sommet du puy de Massebœuf et redescendait de l'autre côté, bordée de forêts où le jour pénétrait à peine. Véritable coupe-gorge que les voyageurs ne pouvaient éviter. Des croix de fer ou de pierre rappelaient çà et là d'anciens égorgements. De loin en loin, un escadron de gendarmes montaient d'Aurillac et caracolaient pour laisser croire à leur protection.

Pélage rapportait à sa femme les produits de ses rapines sans fournir aucune explication. Elle n'en demandait point. Elle s'en parait à l'intérieur de son ménage pour lui faire honneur ; mais elle ne se montrait jamais ainsi au-dehors. Par modestie et par prudence.

Avec ou sans la présence de Codier, la vie à Cheylade s'écoulait paisiblement. Les eaux étaient si abondantes aux alentours qu'on n'y avait besoin d'aucun puits. Une fontaine publique alimentait le village ; et c'était une occasion pour les ménagères de s'y rencontrer et d'y faire de longues parlotes. Il fallait tout de même rapporter l'eau à bout de bras, dans des seaux de bois cerclés de fer ; si bien

1. Avec ses deux cent cinquante mille habitants, le Cantal ne disposait que de trois cents électeurs.

qu'on ne la gaspillait point. Hommes et femmes ne se débarbouillaient qu'en des occasions particulières. Ainsi, l'on se frottait la figure le dimanche matin avant d'aller entendre messe. La plus grande surface des corps montrait une aversion pour trois des quatre éléments dont se compose le monde : l'eau, l'air et le feu. Avec le quatrième seulement, la terre, elle vivait en familiarité.

On épargnait l'eau également par la rareté des lessives et des vaisselles. Chacun trouvait son écuelle dans le tiroir de la table ; il la reconnaissait à sa couleur, à ses oreilles, à ses égratignures. On mangeait la salade à même le saladier, en prenant les feuilles avec deux doigts, ou la pointe d'un couteau. Quand la mère de famille servait une caillée, chacun puisait le lait figé dans le récipient commun avec sa cuillère de bois. Trop de propreté nuisait à la peau, de même que trop d'instruction nuisait à l'esprit.

L'événement majeur de l'année avait lieu à la Saint-Urbain : les troupeaux se préparaient à l'estive, à monter brouter les pentes du puy Mary, du puy de la Tourte, du puy de Niermont, du puy de Masseboeuf. Les vaches devaient avoir un almanach dans le ventre car elles sentaient l'approche de cette date et commençaient à s'agiter. Si on les avait lâchées, elles seraient parties toutes seules. Les hommes faisaient de longs préparatifs. Ils embarquaient sur un char les claies du parc, les *gerles* et *gerlous*, les seaux et *ferrats*, un peu de vaisselle et des couvertures, des provisions de pain et de lard, une lampe à huile, un crucifix. Ils attachaient au cou des bêtes capricieuses une clochette dont le timbre et le volume avaient un rapport avec le caractère de la porteuse. Ainsi, lorsqu'elles viendraient à s'égarer, on les retrouverait même au cœur de la nuit ou du brouillard. Ces clarines étaient faites d'une feuille de bronze pliée en forme de calice. Il arrivait que l'une d'elles perdît son battant ; on le remplaçait par une dent de vache ou de cochon. Leur ensemble produisait un joli tintin.

Le ciel et la terre participaient à cette fête de la Saint-Urbain. Le curé venait y bénir bêtes et monde. Devant sa porte, chaque *coare* (chaque fermier) disposait la gerle de cent litres qui servirait là-haut à la traite. Et tous les gueux du village accouraient, pauvres, pauvresses et pauvrillons, avec des seaux et des gamelles. Le maître puisait dans la cuve de bois et remplissait de lait ces récipients. Les impotents étaient servis à domicile. Et le curé s'en retournait chargé autant que les autres.

Après ce branle-bas, venait enfin le départ. Le plus jeune *boutilier*, celui à qui incomberaient les tâches les plus simples, sinon les moins rudes, allait devant, l'aiguillon sur l'épaule. Puis le troupeau impatient, dans la musique des clarines, le piétinement des sabots, les brames des mères appelant leurs veaux. Puis le char. Fermant la marche, l'amiral de cette armada, le premier vacher, ses braies retroussées sur ses mollets velus, couleur de bouse. A la main, le sceptre de son pouvoir, le *drilher*, un gros bâton d'alisier tordu au feu, sculpté de spirales, de figurines, d'un groin de porc au sommet, d'un sabot de vache au pied. Il ouvrait sa vaste gueule aux dents jaunes mais solides, et hurlait ses commandements :

— Hou-lou ! Hou-lou ! Hou-lou !

Au sortir de l'étable, les bêtes étaient assez maigres et avaient grand besoin de s'étoffer, pauvrichonnes. Pas encore améliorées par Tyssandier d'Escouts, la tête courte, le poil hérissé sur le front, le corps épais et ramassé, mais avec une échine aussi droite que si on l'avait tracée à la règle. On les avait astiquées un peu pour l'occasion, leurs robes rouges luisaient sur les hanches pointues. Parées de branchages, de plumets, de fleurs, de pompons, de rubans. Leur reine portait entre les cornes une branche de houx ; ou bien un clocher de bois ; ou encore une sorte de pschent pharaonique en crin de cheval. Un doublon vermeil les accompagnait, taureau de deux ans, portant sur le front une planchette pour l'empêcher de voir devant lui et d'avoir des idées de combat. Et la caravane allait en musique, grâce à un toucheur de cabrette.

Après deux ou trois heures de marche, elle distinguait au flanc de la montagne une sorte de taupinière, comme un toit de grange posé par terre. C'était celui du mazuc, plus connu ailleurs sous le nom de buron. Les murs en étaient construits en prismes de basalte, liés d'un peu de terre glaise. Avec une porte basse et une lucarne guère plus grande qu'une chatière. La toiture, entièrement faite de mottes de gazon posées à l'envers sur les chevrons, descendait par-derrière jusqu'au versant de la montagne ; par-devant, elle obligeait à se baisser. Eclairé par la vague lueur tombant de la lucarne, l'intérieur ressemblait à une cave, sous le plafond enfumé, où luisaient des gouttes noires. Au fond, s'ouvrait la porte de la vraie cave ; les fourmes de toute la saison y seraient entreposées. Jusqu'à l'automne, les mazuquiers se nourriraient principalement de soupes. Chargées d'yeux comme la queue du paon, remplies de fils de fromage comme des écheveaux. Tous les quinze jours, un envoyé du *coare* monterait renouveler leur provision de pain. De loin en loin, un jour de fête, ils se préparaient un *aligot*, purée de pommes de terre enrichie de crème, épaissie de tomme fondue, parfumée d'ail, qu'on doit tourner dans un chaudron au moyen d'une cuillère de bois aussi longue qu'un manche de pioche.

Les hommes avaient l'apparence de vrais sauvages, vêtus de guenilles, les pieds nus dans leurs sabots, avec un chapeau de feutre informe qui portait, en guise de ruban, deux peaux de vipère entrelacées ; elles les préservaient de la foudre. Mais c'étaient des hommes d'expérience en tout ce qui concernait leurs animaux. Ils savaient soigner la *sourlangue*, qui épaissit et durcit la langue, et la couvre de pustules ; la *gonfle*, qui atteint les vaches repues de luzerne sauvage et qu'il faut percer au bon endroit au moyen du trocart ; les coups d'eau qui les frappent lorsqu'elles boivent glacé ; le *carreau*, une diarrhée difficile à tarir ; l'urine de sang, qu'on guérit en ramassant cinq pieds de trèfle et en disant : « Je te jure, te conjure, te parjure de rendre à ma bête sa pisse d'or comme je te rends au vent. » Là-dessus, on souffle sur le trèfle et le mal doit s'envoler avec lui.

En guise d'horloge, ils plantaient un bâton dans le sol. Si son ombre avait les trois quarts de sa longueur, il était dix heures du matin ou deux heures de relevée ; si elle n'en avait que le dixième, il était midi juste, l'heure de la traite. Les mazuquiers avaient construit le parc avec les larges panneaux apportés de Cheylade. Une besogne facile par vent modéré. Mais quand il soufflait fort, tu devais lutter contre lui, t'arc-bouter. Trois paires de bras n'étaient pas de trop. Dans cette enceinte, ils retenaient les veaux qui meuglaient après leurs mères. De loin, elles les entendaient, leur répondaient, puis venaient s'emparquer d'elles-mêmes. Le *cantalès*, responsable du fromage, surveillait l'opération. Le *bédelier*, soigneur des veaux, liait chacun au moyen d'une corde à une patte de sa mère ; sans cette précaution, elle eût refusé son lait. Les trayeurs portaient à la ceinture le *sagui*, une corne de bœuf remplie de gros sel qu'ils offraient à la vache comme une friandise ; et au derrière, une curieuse queue de bois ; en fait, un escabeau unijambiste retenu à eux par une sangle, sur lequel ils se reposaient pendant la traite. Ils ressemblaient ainsi au kangourou qui s'assoit sur sa propre queue. Le lait giclait au fond de la seille, blanc comme les narcisses. Peu abondant au début de l'estive. Mais quand le troupeau se serait gorgé d'herbe montagnarde, une bonne laitière produisait dix litres par jour.

Son seau rempli, le trayeur le vidait dans la

gerle à travers un torchon de chanvre qui retenait les impuretés. Il fallait ensuite deux gaillards solides pour porter ses cent ou cent vingt kilos, au moyen d'une barre de bois que chacun posait sur son épaule, à la façon d'un palanquin. Ils avançaient lentement, d'un pas bien accordé pour éviter le ballant de la gerle ; ils la déposaient avec précaution près de la cheminée où se consumaient des branches et des bouses sèches.

Le cantalès entrait alors en action. Il la découvrait, tordait dedans le torchon-filtre pour l'égoutter. Il prenait dans un baril une louchée de présure qu'il avait lui-même confectionnée. Il en fallait trois quarts de litre pour cent litres de lait. Il brassait doucement le mélange, traçait dessus un signe de croix afin d'éloigner les mauvais esprits qui contrariaient la coagulation. Il entonnait une douce nénie, une traînante mélopée sur trois notes héritée de ses ancêtres, un ronron dont il berçait son lait comme un nourrisson malade. Sous le charme de la chanson, le caillage s'opérait. Venaient ensuite une série d'opérations longues et compliquées qui séparaient le solide du liquide, transformaient le lait en caillé, le caillé en pâte, la pâte en tomme, la tomme en fromage. Le cantalès y employait toute sa science et tout son corps.

Quand l'Auvergnat est en réjouissance, il danse des quatre membres : ses genoux montent très haut, ses poings en appellent au ciel. L'Auvergnat dansant est quadrupède. Mais quand il travaille, il emploie toutes ses mains, les deux d'en haut et les deux d'en bas. Voyez par exemple le potier actionnant son tour, le batteur de blé repoussant du sabot la paille battue, le vendangeur foulant sa vendange. L'Auvergnat à l'ouvrage est quadrumane.

Lorsque venait le moment de presser la tomme fraîche, le cantalès retroussait ses pantalons et mettait en œuvre ses genoux. Il écrasait férocement la couche humide pour lui ôter les dernières gouttes de petit-lait. Plusieurs fois, il la fendait de son couteau afin de faciliter l'exsudation ; puis il recommençait de l'étreindre de tout son poids. Elle était enfin disposée dans un moule, saupoudrée de sel pilonné. Une opération capitale qui exigeait une longue expérience ; trop peu de sel, la fourme se gâterait et serait bonne à jeter au cimetière des charognes ; trop de sel la rendrait dure et piquante ; le sel mal réparti produirait des zones de couleurs et de saveurs différentes. Le cantalès plaçait le moule sous l'énorme pierre du pressoir, le *pésadou*, qu'il soulevait avec des leviers et laissait retomber. De nouveau, le *mergue* (le petit-lait) suintait par les fissures. On le laissait ainsi toute la nuit. Le lendemain, la fourme était démoulée, descendue dans la cave profonde où elle commençait son mûrissement.

Les soucis du cantalès ne s'arrêtaient pas là. Chaque jour, il rendait visite à ses *pièces*, les tournait, les retournait, les lavait, les raclait, les frottait, les polissait, les bichonnait. Il n'y a pas sultane en son sérail qui reçoive tant de soins. Selon le temps, il fallait leur donner plus ou moins d'air, plus ou moins de chaleur. Parfois, l'une d'elles se tassait, ses flancs s'élargissaient.

L'évolution pouvait être arrêtée. Sinon, la gangrène intérieure poursuivait ses ravages ; la meule s'écrasait, se fendillait. Un matin, on la trouvait par terre grouillante de vermine. De ces gros asticots blancs qui se détendent et sautent comme des acrobates. Si la chose se produisait cinq ou six fois, les mazuquiers voyaient gâchée leur *estivade*. Sans parler du déshonneur qui leur en revenait. On citait le cas d'un vacher qui s'était pendu à la suite d'un malheur de cette sorte.

Tout n'était donc pas fleurs et soleil dans la montagne. Au cœur de l'été, le brouillard et même les flocons de neige venaient souvent. La besogne continuait comme par beau temps. Les vachers enfilaient seulement leurs lourdes limousines à deux étages, les *sanlhes*, sous lesquelles ils se cagnardaient. Si nécessaire, ils y ajoutaient la protection du vaste parapluie rouge qui ouvrait sur la pente verte un coquelicot inattendu. Dessous, l'on pouvait s'abriter à trois.

Ils n'hésitaient pas à s'interpeller d'une montagne à l'autre, les mains en entonnoir autour de la bouche. Les voix s'envolaient à merveille, traversaient l'air humide, atteignaient des oreilles lointaines. Et s'ils n'avaient rien d'important à se dire, ils se chantaient le *baïléro*. Une sorte de kyrie plein de récitatifs, de points d'orgue, de modulations :

Pastre, de delaï l'aïo
As gaïré de boun ten.
Diou lou baïléro, léro...
Pâtre, de l'autre côté de l'eau

Tu n'as guère de bon temps.
Dis le baïléro, léro...

Parfois, c'était une invite à se rencontrer, le soleil revenu :

Pastre, lou pra faï flour,
L'y cal gordà toun troupel.
Diou lou baïléro, léro...
Pâtre, l'herbe est en fleur,
Viens y garder ton troupeau.
Dis le baïléro, léro...

Mais un obstacle s'opposait à ce voyage :

Pastre, coci forò ?
En obal y o lou bel riou !
Diou lou baïléro, léro...
Pâtre, comment ferai-je ?
En bas coule le grand ruisseau.
Dis le baïléro, léro...

En fait, malgré la chanson et l'invite, les habitants d'un même mazuc restaient entre eux et ne rencontraient guère les autres buronniers. Les femmes ne montaient jamais voir leurs fils, leurs frères, leurs maris. Mais en secret, certaines drôlesses, peu exigeantes sur la propreté et le paiement, osaient leur apporter des consolations. Ils se les passaient de l'un à l'autre. Elles allaient de mazuc en mazuc, gagnant ainsi de quoi nourrir leurs enfants dépourvus de père. Objets de scandale et de mépris dans leur paroisse. Quelquefois d'apitoiement.

Tout ce train s'achevait le 13 octobre, jour de la Saint-Géraud. Bêtes et gens redescendaient à la ferme avec leur chargement de matériel et de fourmes, leur crasse de cinq mois. La *dévalado* suivait le même cérémonial que la *montado*, un peu moins joyeuse seulement, parce qu'on marchait vers l'hiver. Le coare n'avait plus qu'à vendre ses fromages.

Dans cette routine, il y eut tout de même un incident remarquable et déplorable lorsque la bande à Pied-de-Bois se mit au repos l'hiver 1819, après une bonne campagne. La chose eut lieu à Fouilloux, d'où était originaire Joli-Cœur. Celui-ci, massacreur de Turcs, avait une autre spécialité : celle d'engendrer des enfants. Huit garçons et cinq filles. A la vérité, sur ces treize, il en était mort une demi-douzaine en bas âge. Sept lui demeuraient. Or il s'en annonça un huitième. Le père invita au baptême ses trois compagnons si c'était un mâle. On ferait fête à une des auberges de Cheylade où une table était déjà retenue. La naissance était espérée aux premiers jours de décembre. Le 6 de ce mois, Jeanne Roussilhe, qui servait de *coucheuse* à toutes les femmes de la région, fut appelée chez Joli-Cœur. Amandine, sa femme, donna le jour à une créature informe, velue comme un chevreau, munie d'oreilles pointues et d'yeux obliques ; à croire qu'elle avait été engendrée par un bouc. Quand Joli-Cœur eut entre les mains ce petit monstre, il commença par insulter la malheureuse qui, livide sur sa couche, avait à peine la force de respirer.

— Il ne faut accuser personne, expliqua la coucheuse. Ce sont des malheurs qui arrivent, selon la volonté de Dieu. Je suis sûre d'ailleurs qu'en grandissant l'enfant s'arrangera, si vous priez bien la Sainte Vierge.

Peine perdue. Joli-Cœur ne décolérait point. Il prit à part Jeanne Roussilhe et lui découvrit le fond de sa pensée : elle ne devait révéler à personne ce qu'elle avait vu à Fouilloux ; si on l'interrogeait avec insistance, elle raconterait qu'Amandine avait donné le jour à un enfant mort-né ; un ange du Ciel que le bon Dieu avait rappelé à lui dès le berceau pour lui épargner les chagrins qui composent notre existence. Et elle, tout effrayée :

— Que voulez-vous dire ? Que voulez-vous faire ?

— Ne vous tracassez pas. Il s'agit d'un ange du Ciel.

— Permettez... permettez... qu'au moins on le baptise.

— Je le baptiserai moi-même.

— Non, non... Je ne peux pas me faire la complice...

— Taisez-vous, Jeanne Roussilhe. Vous ne savez pas ce que vous dites.

Il ouvrit la porte de l'armoire, enfonça le bras, en tira quelque chose, disant :

— Ouvrez les mains.

Il y déposa une poignée de chapelets que

Jeanne contempla avec des yeux exorbités. Et lui, d'un ton qui ne supportait plus de réplique :

— Sommes-nous d'accord ?

Elle baissa la tête et s'en alla, serrant sous son châle le prix de son silence. Elle tint parole. Pendant des mois, ses amies s'étonnèrent de lui voir, à la messe, chaque dimanche un chapelet nouveau. Elle ne révéla ce qu'elle savait à personne jusqu'au jour où elle sut que Joli-Cœur avait été pendu à Aurillac en compagnie de Pied-de-Bois et de Tricassin. Alors, elle se confessa à sa meilleure amie, lui recommandant de n'en rien répéter. Au bout d'une semaine, depuis le Falgoux jusqu'à Ségur, toute la région en fut informée. La rumeur publique ajouta même des détails épouvantables. Les uns précisaient que Joli-Cœur avait étouffé son huitième enfant entre ses mains comme un pigeon. D'autres, qu'il l'avait donné à manger à son cochon. Toujours est-il que la pauvre Amandine n'eut pas d'autre naissance après celle-là, car elle mourut dans l'année qui suivit.

La bande des quatre n'aurait jamais été saisie par la maréchaussée si les Compagnons de la Pâquerette n'avaient eu l'idée de s'en prendre comme elle aux voyageurs du Lioran. L'été de 1820, alors que la gentiane fleurissait de ses coupes d'or les flancs de la montagne, les deux bandes rivales s'affrontèrent. Fantassins contre cavaliers, partisans du roi contre partisans de l'empereur. L'accrochage eut lieu en plein jour et dura plus d'une heure. Tout l'horizon, tous les échos vibrèrent aux coups de feu. Or il se trouva qu'une brigade de gendarmes montés patrouillait alors dans la vallée de la Jordanne, près du hameau de Bénec. L'oreille fine de ces militaires perçut les détonations. Aussitôt, coupant à travers les pâturages, ils entreprirent la chasse à l'homme. Se faufilant entre le Griounou et le Griou, ils atteignirent le sommet du Masseboeuf par le col de Font-de-Cère juste à temps pour voir fuir devant eux les montures de la Pâquerette, auxquelles ils envoyèrent quelques décharges de plomb. Sans les atteindre.

Pied-de-Bois, Joli-Cœur et Tricassin auraient pu prendre de même la poudre d'escampette, se perdre au fond des bois. Mais ils ne voulurent pas abandonner Pintaïre, blessé à la cuisse et qui saignait comme un veau.

— Partez ! Foutez votre camp ! les suppliait celui-ci. De toute façon, je n'en ai plus pour longtemps.

Joli-Cœur se laissa convaincre et prit ses jambes à son cou dès qu'il aperçut les bicornes des bigarrés. L'un de ceux-ci lança son cheval à ses trousses, le rattrapa en quelques instants, lui passa les cabriolets, l'attacha à sa selle. Pendant ce temps, Pintaïre continuait de répandre son sang parmi les réglisses, malgré les soins de Pélage et de Tricassin. Bientôt, les gendarmes furent sur eux, les désarmèrent, les attachèrent aux selles de leurs bêtes. Ils attendirent que Pintaïre eût versé ses dernières gouttes de sang pour corder sa dépouille sur une croupe ; ses bras et ses jambes pendouillaient de chaque côté.

Ce convoi prit la direction d'Aurillac, les gendarmes sur leurs chevaux, les trois bandits vivants attachés à la queue des bêtes. Lorsqu'ils traversaient un village, les habitants se mettaient sur le pas des portes pour regarder ce défilé mémorable. Les uns applaudissaient. D'autres criaient : « A mort ! Pendez-les ! » Eux aussi trouvaient la guillotine trop douce pour ces malfaisants. Quelqu'un reconnut Pélage et lui cria :

— Codier, tu ne vendras plus des peaux. Aie grand soin de la tienne !

A quoi le brigand lança pour réponse :

— Vive l'Empereur !

Quand l'occasion se présentait, les gendarmes s'arrêtaient afin de permettre à leurs prisonniers de boire aux fontaines. Ils n'étaient pas dépourvus d'humanité. Le corps de Pintaïre en profitait pour laisser pleuvoir des gouttes rouges sur la chaussée. Elles descendaient le long de sa cuisse et tombaient par le gros orteil. Pied-de-Bois se demandait quelle peut bien être la capacité d'une carcasse humaine, si elle est plus ou moins grande que celle d'un cochon, et la longueur du boudin qu'on en pourrait tirer. Il n'avait jamais eu beaucoup de sentiment pour Pintaïre, auquel il reprochait d'être porté sur la boisson et d'avoir la langue trop longue dans ses heures de soûlerie. Il n'avait d'ailleurs, sauf pour Napoléon, pas grand sentiment pour qui que ce fût. Pas même pour sa femme et ses enfants. En ces temps lointains, les cœurs étaient durs comme la pierre noire des montagnes. Depuis, quelques-uns se sont un peu ramollis.

A Thiézac, où ils arrivèrent à la tombée de la nuit, les bigarrés réquisitionnèrent une grange avec un peu de paille pour les faire coucher. Ils leur jetèrent une tourte de pain, que les captifs se partagèrent en la brisant avec leurs doigts car on leur avait enlevé leurs couteaux. Le souper terminé, Tricassin et Joli-Cœur émirent tout de suite les ronflements sonores que produisent les consciences pures. Dans les ténèbres, Pélage fit, les mains en avant, le tour de la grange, cherchant vainement une possibilité d'issue. Derrière la porte, il entendait deux gendarmes de faction bavarder en fumant la pipe pour se tenir éveillés. Le toit, au moins à six mètres de haut, était inaccessible. Après de longs tâtonnements, il s'allongea près des deux autres et réussit à trouver le sommeil. Il rêva du diable, avec ses oreilles pointues, sa longue queue, ses sabots fendus, qui lui disait : « A bientôt ! »

Il fut réveillé par des coups de botte dans les flancs :

— Debout, vous autres ! On repart.

Et l'on repartit. Les trois brigands toujours liés par les poignets à la queue des chevaux. Sur sa croupe, Pintaïre commençait à puer joliment. Pélage admirait autour de lui cette magnifique vallée de la Cère, qu'il ne reverrait jamais plus. Les chiens leur aboyaient aux trousses, les paysans leur montraient le poing.

Ils clopinèrent des heures. Ils burent à d'autres fontaines. Ils eurent droit à une autre tourte de pain.

— Ce soir, les encourageait le brigadier, vous serez mieux nourris.

Ils marchèrent, ils marchèrent. Chaque pas leur arrachait maintenant une plainte ou un juron. Ils comprirent les intentions de la maréchaussée : les faire souffrir à tel point que la mort leur semblerait douce, même au bout d'une corde.

En fin de journée, ils atteignirent Aurillac et furent enfermés dans la même cellule, à l'ancien couvent de la Visitation qui servait alors de prison.

Ils y furent mieux nourris en effet : trois fois par jour, une cruche d'eau, un morceau de pain et une soupe qu'ils avalaient sans cuillère, comme font les chiens. Un moine vint les sermonner :

— Vous avez commis de grands crimes. Préparez-vous à un dur châtiment.

— Nous n'avons jamais tué aucun voyageur, protesta Pélage. Nous avons seulement pris l'argent et les bijoux dont ils n'avaient pas besoin.

— Selon nos anciennes lois, le banditisme de grand chemin est passible de la pendaison. Les juges d'aujourd'hui n'appliquent pas les lois inventées par Napoléon ; ils en restent aux anciennes. Ils ne croiront pas à votre innocence.

— Ce n'est pas juste.

— Attendez-vous au pire. A moins que votre avocat ne réussisse à vous sauver. Ce qui m'étonnerait.

Il voulut à tout prix les confesser, l'un après l'autre, dans un coin de la cellule. Ils récitèrent avec lui des prières qu'ils avaient presque oubliées.

Quinze jours plus tard, ils comparurent dans le vieux présidial. Jouant sur les mots, leur défenseur prétendit qu'ils ne pouvaient être tenus pour des « bandits de grand chemin », puisque la route du Lioran n'était qu'un sentier muletier. Les juges sourirent de cet argument. Plusieurs voyageurs dépouillés les reconnurent. Eux ne purent produire aucun témoin à décharge. Leur passé napoléonien était une circonstance aggravante. Ils furent bel et bien condamnés à l'échafaud. D'autres bandes écumaient le département. Pour une fois qu'on en tenait une, celle-ci devait payer pour toutes les autres.

Ils furent pendus comme il a été dit, en septembre 1820, sur la place d'Armes. Moins chanceux que saint Dominique, personne ne vint les dépendre et les ressusciter. Ainsi finit Pélage Codier, mon valeureux grand-père : au bout d'une corde.

DEUXIÈME PARTIE

1

Les bandits de grand chemin furent à l'origine du tunnel du Lioran, qui supprima les Thermopyles cantaliennes en facilitant le passage d'un versant à l'autre du puy de Massebœuf. De sorte que tous les voyageurs qui empruntent cette route devraient avoir une pensée reconnaissante pour ces bienfaiteurs. Il y en eut d'autres après mon grand-père Codier. La plupart échappèrent à la justice. Quelques-uns furent pris ou abattus par la maréchaussée. Ce n'est que dix-neuf ans après l'exécution de Pied-de-Bois, Tricassin et Joli-Cœur que commencèrent les travaux du percement.

Ma grand-mère Rosette éleva seule ses trois enfants. Elle avait eu la bonne idée de mettre en réserve les butins de son brigand de mari. De temps en temps, elle prenait la diligence et s'en allait vendre un saint-esprit, une bague ou un bracelet à Riom, à Condat ou à Murat. Le bijoutier qui les lui payait au quart de leur valeur ne l'interrogeait point sur leur provenance. Le peu qu'elle en tirait, bien employé, lui permettait de nourrir sa famille. Elle considérait d'ailleurs que ces bijoux n'étaient pas le produit de rapines ; qu'ils avaient été payés largement par la vie de Pélage et de ses amis. C'était une femme d'une grande piété, qui ne manquait jamais la messe dominicale. Avec une dévotion spéciale pour saint Léger. Jamais il ne laissa Rosette et ses drôles manquer de pain ni de fromage.

Elle les éleva dans le même respect de Dieu et de ses saints. Chez elle, il n'était jamais question du père disparu. C'était un homme aux absences si fréquentes que la famille avait l'habitude de se passer de lui. Lorsqu'on évoquait sa fin, Rosette avançait qu'il était mort d'accident dans un pays lointain appelé Maroco.

Son fils Jean-Marie (mon futur père) avait repris courageusement le travail et le commerce des peaux et cuirs. Il avait pourtant la réputation d'une extrême maladresse. Pélage disait de lui :

— Je n'en ferai rien. Il est si gauche qu'il ne saurait tailler une cheville pour boucher le cul d'un porc.

Critique excessive. Jean-Marie se cognait seulement le front aux poutres ; il se balafrait les mains avec son tranchet ; quand il voulait s'asseoir, il manquait la chaise et se retrouvait par terre, ce qui faisait rire tout le monde. Mais à force de volonté et de courage, il parvenait tout de même à satisfaire la clientèle.

En 1828, âgé de vingt-cinq ans, il eut l'idée de demander en mariage Félicie Pichon, la fille du maître d'école, qui aimait tant les soupes des Codier. L'instituteur, d'abord, refusa tout net :

— Jamais je n'accepterai de me lier à une famille de brigands napoléoniens.

Depuis 1815, la monarchie semblait définitivement restaurée sur le trône de France ; le ci-devant empereur était décédé sur une île lointaine ; et monsieur Pichon tenait absolument à rester en bons termes avec les autorités royales. Réponse de Félicie :

— J'épouserai Jean-Marie Codier, ou personne d'autre.

— Tu resteras donc vieille fille.

— Je m'enfermerai dans un couvent.

— Excellente idée.

En ce temps-là, les mariages d'inclination étaient rarissimes dans nos campagnes. Neuf fois sur dix, les parents choisissaient une femme pour leur fils, un garçon pour leur fille en fonction des bœufs et des terres que possédaient les familles. Les jeunes couples engendraient des enfants comme les vaches engendrent des veaux, pour des raisons économiques. Félicie et Jean-Marie firent partie des exceptions. Il faut dire que ce jeune homme, malgré certaines maladresses, était d'une prestance exceptionnelle, selon ce qui m'a été raconté. Pas très haut de taille, mais large d'épaules, coiffé d'une chevelure abondante et sauvage, avec des yeux de jais, des dents si blanches et si fortes qu'il les employait comme casse-noisette, casse-noix, casse-noyau. Incomparable danseur de bourrée. Pour le conquérir, Félicie recourut à une solution extrême. Elle alla trouver son casse-cœur et lui dit :

— Enlève-moi.

Elle dut lui expliquer en quoi cela consisterait. Lui parler de l'enlèvement des Sabines, d'Hélène, d'Europe. Dans leur cas, il s'agirait d'un enlèvement consenti. Ainsi, une nonne avait été enlevée au couvent de Condat par un jardinier ; et le père, un baron de baronnie, avait dû se résigner à leur union pour effacer le déshonneur et le sacrilège. La petite Pichon, qui de son côté était jolie comme une chatte blanche, avait très souvent entendu sa grand-mère lui raconter l'histoire de la Belle aux cheveux d'or. Cette fille, élevée par une sorte d'ogre, avait reçu d'une marraine le privilège d'une chevelure magique. Toute faite de l'or le plus fin. Chaque matin, le géant prenait la peine de la peigner lui-même et de compter ses cheveux de peur qu'un seul lui manquât. Aussi tremblait-elle d'en perdre un par inadvertance. Prisonnière dans un château, elle pouvait du moins se promener sur le chemin de ronde d'où elle voyait les montagnes du Cantal, les cimes enneigées, les cascades qui les brodent d'argent. Dans cette contemplation, elle remarqua un jeune et beau cavalier qui, descendu de son coursier, lui fit un magnifique salut, traînant son chapeau jusqu'à terre et découvrant des cheveux noirs qu'il portait longs et sauvages. Elle le remercia d'un petit geste de la main. Après quoi, il la supplia de lui faire cadeau d'un de ses cheveux. Elle le détacha, le roula autour de son index en une minuscule pelote, le laissa tomber. Le lendemain, en la peignant, l'affreux géant poussa un cri de colère :

— Il vous manque un cheveu ! Qu'en avez-vous fait ?

— C'est le vent qui me l'aura emporté, mentit-elle.

— Prenez bien garde au vent pour que cela ne se reproduise plus. Sinon, vous le regretterez.

Le beau cavalier revint sous les murailles du château. Et il implora un autre cheveu, d'une voix si aimable qu'elle n'osa le refuser. Nouvelle fureur du géant lorsqu'il s'aperçut qu'un second cheveu lui manquait.

— Puisqu'il en est ainsi, je vous interdis de vous exposer au vent et d'emprunter le chemin de ronde.

La voilà bien malheureuse, plus triste encore que les autres jours. Elle revit néanmoins le cavalier par une fenêtre, lui expliqua par signes ce qui lui arrivait. Il lui suggéra de s'évader en sautant de la tour. C'est ce qu'elle fit. Son ange gardien la secourut pendant qu'elle tombait. Le jeune homme la reçut dans ses bras, l'installa en croupe sur son coursier. Ils partirent au grand galop, tandis que le géant, prévenu par un valet, se lançait à leur poursuite. Se retournant, elle vit qu'il s'approchait. Alors, elle arracha un autre de ses cheveux magiques, le laissa tomber derrière elle. Sitôt que le cheveu toucha le sol, il ouvrit un fossé large et profond. Le géant mit bien du temps à le franchir. Mais de nouveau il gagna du terrain. La Belle jeta un autre de ses cheveux d'or, elle les aurait tous arrachés de bon cœur. Celui-là fit naître un étang dans lequel le poursuivant et sa monture s'embourbèrent. Ils finirent quand même par en sortir et reprirent leur chasse. Le cinquième cheveu fit naître un immense rideau de feu. Cette fois, le géant ne réussit pas à le traverser et il fut réduit en cendres. La Belle et son cavalier n'avaient plus rien à craindre. Ils s'épousèrent, furent très heureux et eurent beaucoup d'enfants.

Félicie dans son jeune âge avait maintes fois entendu cette fable. Les cheveux du cavalier ressemblaient à ceux de Jean-Marie Codier. Elle le pria de l'enlever de même sur son coursier.

— Je n'ai pas de coursier, objecta-t-il. Rien qu'une vieille jument presque aveugle.

— Enlève-moi quand même. On ira moins vite. Après quoi, mon père ne pourra plus m'empêcher de t'épouser pour laver mon déshonneur.

Ils réglèrent tous les détails. Un dimanche après-midi, alors que les Cheyladiers sortaient des vêpres, la bouche encore tout enfarinée de *Magnificat*, ils virent Félicie Pichon s'éloigner d'un pas rapide, monter dans la charrette de Jean-Marie, prendre place à sa droite sur le siège. Et fouette cocher ! Par un heureux hasard, les parents étaient en longue conversation avec le curé Tréboule. A la fin de leur causette, ils arrivèrent sur le parvis, croyant y trouver leur fille. On leur apprit qu'on l'avait vue s'éloigner en voiture, en direction de Saint-Hippolyte ou d'Apchon.

Les deux fugitifs trouvèrent refuge chez une sœur de monsieur Pichon en résidence à Condat. Elle fit savoir à son frère qu'elle hébergeait les tourtereaux et les tenait à sa disposition pourvu qu'il vînt les chercher dans des conditions raisonnables. L'explication fut orageuse. Il voulut savoir comment et pourquoi la tante les avait reçus, de quelle façon ils passaient le temps, ils mangeaient, ils dormaient. Lorsqu'il se fut persuadé que sa sœur avait préservé la vertu de Félicie, il voulut la ramener seule à Cheylade, disant :

— L'enlèvement ne compte pas puisqu'elle est restée vierge.

— A qui le feras-tu croire ? On connaît ce que sont les hommes et les femmes depuis le commencement du monde. La femme est une étoupe ; l'homme est un feu ; le diable vient et il souffle.

Il ramena donc ensemble le garçon et la fille. Le ban des noces fut publié sans retard.

Je n'étais pas de la fête, je ne peux la décrire. Mais je peux en répéter, sans vraiment y croire, le détail que m'en dit un cousin, Loulou, qui, lui, en était ; il a fait naître ce dicton qu'on s'est passé de famille en famille pour désigner un mauvais sujet : « Pareil au cousin Loulou, voleur comme une pie, menteur comme un coucou. » Ledit cousin expliquait donc à qui voulait l'entendre que les jeunes époux avaient passé leur nuit de noces dans une chambrette, au-dessus de l'atelier de tannage. On l'atteignait par une échelle de meunier. Il fallait ensuite traverser un grenier encombré de toutes sortes de choses, paniers, malles, bouteilles vides, harnais, et même un coffre à blé à demi plein. Le moment venu, les deux jeunes conjoints ont échappé à l'assemblée des convives, gravi l'échelle, se sont dans l'obscurité dirigés à tâtons vers leur nid. Elle devant, lui derrière. Ce qu'ils ne savaient pas, c'est que Rosette, toujours tracassée par la maladresse de son fils, s'était tapie dans l'ombre pour essayer de se rendre compte si Jean-Marie, pour une fois, accomplissait sans une faute la besogne qui lui incombait. Tout à coup, elle l'entend : il a trébuché, est tombé dans le coffre à blé, il soupire :

— Ah ! ma mère ! Me voici en plein dedans !

Et Rosette de se signer et de prier :

— Merci, Sainte Vierge ! Faites que ce soit un bon petit chrétien.

Je suis le bon petit chrétien espéré par grand-mère Rosette.

Le nouveau-né reçut le prénom de Géraud, très répandu dans le Cantal parce que c'est celui du bon comte Géraud, arrière-petit-fils de Charlemagne. Il fonda sur ses terres de haute Auvergne une abbaye de grand renom. Autour d'elle s'édifia la ville d'Aurillac. On racontait de lui des traits merveilleux. Un jour, ses hommes d'armes lui amènent deux larrons. Ils méritent d'être pendus.

— D'accord, dit le comte. Mais donnez-leur d'abord à manger.

Les voleurs s'empiffrent, comme on peut l'imaginer. A cette première faveur, Géraud en ajoute une seconde :

— Allez vous-mêmes couper les verges dont on fera votre hart. La pendaison vous en paraîtra plus douce.

Il leur tend deux couteaux. Singulière idée ! Singulier comte ! Les deux gredins s'éloignent donc, sans surveillance rapprochée. Ils taillent des branches fines dont on tressera la corde. Quand ils pensent en avoir assez, ils regardent autour d'eux, ne voient pas l'ombre d'un gardien.

— Crois-tu, demande le premier au second, qu'il est indispensable que nous revenions ?

— Le bon comte ne l'a pas exigé. Nous serions bien bêtes...

Ils prennent la clé des champs.

Une autre fois, les hommes d'armes ramènent à Géraud des serfs qui se sont évadés. Ils méritent le fouet.

— Où alliez-vous ainsi ? questionne-t-il.

— N'importe où. Nous y serons mieux traités que chez notre présent maître.

— Allez donc où vous voudrez, car vous et moi avons le même maître dans les cieux.

On ne tarissait pas de louanges sur la personne de Géraud. Il finit par faire don à l'Eglise de tous ses biens, prit l'habit religieux et devint le saint patron de la ville d'Aurillac. Les bons comtes font les bons amis.

Le premier fils de Jean-Marie Codier fut donc un Géraud, il en fallait un dans chaque famille. Deux ans plus tard, en 1826, Félicie donna le jour à une petite Justine, pour qui son frère aîné éprouva tout de suite une passion échevelée. C'est moi, d'abord, qui annonçai la nouvelle au voisinage, allant de maison en maison pour dire :

— On a reçu une drôlette.

(Le mot *bébé*, venu d'Angleterre, n'avait encore guère cours dans la haute Auvergne.) Persuadé qu'il s'agissait d'un jouet vivant que le bon Dieu avait mis à ma disposition, très tôt, j'appris à la bercer. Je passais des heures penché sur elle pour la regarder dormir, ouvrir les yeux et bientôt me sourire. A quatre ans, je la portais dans mes bras. Je lui enseignai le bon vocabulaire : *lou nase* (le nez), *la boca* (la bouche), *la gaunha* (la joue), *la parpéla* (la paupière). Félicie, quoique fille d'un instituteur, ne s'étonnait point de ce langage, le plus employé par la population de Cheylade. Les garçons apprenaient le français à l'école ; les filles le fréquentaient à l'église.

Nous grandîmes côte à côte, riant ensemble, pleurant ensemble, jouant ensemble. Si bien que les autres gars me donnèrent le sobriquet de Jean-Fille.

Et puis, il y eut le grand malheur. Un jour que notre père Jean-Marie était allé pêcher la truite dans la Rhue, après de fortes pluies, il s'y prit si maladroitement qu'il glissa sur les pierres moussues, tomba dans l'eau et se noya. D'autres pêcheurs rapportèrent son corps ruisselant, étendu sur une échelle, la figure violâtre. Félicie poussa des cris affreux qu'on entendit de Saint-Hippolyte. On le déposa sur le lit. La coucheuse, qui connaissait aussi le métier d'habilleuse de morts, vint lui passer son meilleur vêtement, celui de ses noces. Elle lui lia les mains sur la poitrine avec un chapelet. Le cousin Loulou prit la peine de lui savonner les joues et de le raser avec son sabre afin qu'il se présentât honorablement devant saint Pierre. Ses deux enfants furent amenés près de lui, se tenant par la main. Ils virent leur père endormi tout habillé, peigné, cravaté. On leur recommanda de l'embrasser. Ils le baisèrent sur les joues et le trouvèrent froid malgré la chaleur de juillet. Puis ils allèrent devant la porte jouer aux *gobilles* avec des cailloux ronds. Lorsqu'ils revinrent, à l'heure de la soupe, ils s'étonnèrent de le voir toujours endormi.

— Il ne dort pas, expliqua la grand-mère Rosette. Il est mort.

— Qu'est-ce que ça veut dire ?

— Que son corps est ici, mais que son âme est montée au ciel, près du bon Dieu.

Ils regardèrent les nuages pour distinguer s'ils l'apercevaient. Mais quand ils virent qu'on l'enveloppait d'un *linceul* (c'est aussi le nom patois du drap de lit) et qu'on le clouait dans une caisse, ils firent comme les autres et versèrent toutes les larmes de leur corps. A côté du défunt, suivant un usage immémorial dont personne ne comprenait le sens mais qu'il fallait respecter, on avait déposé quelques pièces de monnaie. Sans doute parce qu'il n'est pas bon de partir en voyage sans un sou en poche.

Félicie resta encore toute une nuit agenouillée près du cercueil. Des voisins vinrent lui rendre visite et l'asperger d'eau bénite au moyen d'une brindille de buis qui trempait dans un verre. La Clamette, une vieille femme rémunérée pour cet emploi, toujours vêtue de sombre, alla de maison en maison porter la triste nouvelle :

— Demain, à neuf heures, à Saint-Léger, on enterrera Jean-Marie Codier, qui s'est noyé dans la Rhue. Veuillez l'accompagner.

A l'heure dite, les cloches se mirent à chanter.

Une sonnerie lente et triste qu'entendirent tous les villages environnants.

— Y a quelqu'un qui s'enterre à Cheylade, disaient les personnes mal informées.

— C'est Jean-Marie Codier, le fils du brigand, répondaient ceux qui savaient.

Quatre hommes vinrent prendre la caisse, la chargèrent sur leurs épaules, la transportèrent dans l'église déjà pleine de monde. Il y eut de longues *poutounades*, distributions de baisers. Les deux enfants reçurent leur bonne part.

— Pauvre Jean-Marie ! entendions-nous à l'entour. Ça n'est pas un âge pour mourir.

Le curé prononça l'éloge du trépassé. Puis il fit le tour du cercueil drapé de noir, l'enveloppa d'un nuage parfumé. Les présents furent invités à esquisser dessus un signe de croix. L'assemblée le suivit au proche cimetière, juste derrière l'église. On était obligé de piétiner un peu les vieilles tombes mal entretenues ; ce qui justifiait l'ancienne devinette :

— Qui donc marche sur son frère, pour entrer dans sa mère, et pour manger son père ?

Réponse : le croyant qui va communier ; il marche sur ses frères ensevelis ; puis il entre dans notre Sainte Mère l'Eglise catholique ; il y consomme la chair du Christ, c'est-à-dire de Dieu notre père à tous.

Lorsque Justine et moi vîmes qu'on descendait la caisse dans un trou profond et que chaque adulte jetait dessus une poignée de terre, nous commençâmes à comprendre ce que c'est que la mort. Rendue encore plus affreuse par la nécessité de passer entre les mains de Gégène, le fossoyeur, qui était bossu et boiteux. Quelques paroissiens caressaient subrepticement cette bosse pour qu'elle leur portât bonheur. D'autres interrogeaient :

— Qu'est-ce qu'il y a dans ta bosse, Gégène ?

— Des souvenirs. Rien que des souvenirs. C'est là que je les entasse.

— Quel genre de souvenirs ?

— Des souvenirs d'enfance. Quand j'étais petit. C'est-à-dire, quand j'étais crapaud.

La cérémonie s'acheva par le repas de *sébouture* (de sépulture) pris chez Rosette Codier, la mère du défunt. Tout le monde n'y vint pas. Seulement ceux qui avaient marché beaucoup. Traditionnellement, elle avait préparé une soupe, des pommes de terre au four et du lard salé. Pas de dessert. Peu de vin, un seul verre aux hommes. Le repas se termina par une quête d'argent dont le montant servirait à payer des messes pour le repos éternel de Jean-Marie. Les convives étaient tenus de verser à peu près le coût du repas s'ils l'avaient pris à l'auberge. Pour finir, récitation collective du *De Profundis*.

Quelques jours plus tard, j'interrogeai Rosette :

— Grand-mère, l'âme, qu'est-ce que c'est ?

Elle réfléchit un moment pour répondre à cette question difficile. Elle demanda même dans sa tête le secours du Saint-Esprit. Il lui fournit un peu d'inspiration :

— L'âme, c'est la même chose qu'un oiseau dans une cage. Disons un chardonneret. Il chante quand le soleil brille. Il se tait quand il fait brouillard. La cage, c'est notre corps. Et notre âme, l'oiseau, habite dedans. Quand on meurt, l'âme s'envole. Et la cage reste vide.

— Moi aussi, j'ai une âme ?

— Certainement. Une toute petite. Mais elle deviendra grande. Aussi grande que celle de ton papa.

— Pourquoi on meurt ?

— A cause d'une maladie. Ou d'un accident. On se noie dans la rivière. On tombe d'un toit. Une voiture vous renverse et vous passe sur le corps. C'est pourquoi il faut bien faire attention.

— Et moi... est-ce que je meur... mour... mourirai ?

Rosette hésita avant de me répondre. Il eût été facile de rassurer ce drôlet par un mensonge. Mais les maladies ? Mais les accidents ? Elle savait que les enfants, à longueur de jour, par l'eau, par le feu, par le fer, n'ont qu'une pensée, celle du suicide.

— Toi aussi, un jour, mon mignon, malheureusement. Comme tout le monde.

Je fondis en larmes, criant, tapant du pied :

— Je veux pas !... Je veux pas !

Elle me prit dans ses bras, me chuchota dans l'oreille comme un secret :

— Mais seulement quand tu seras très, très vieux. Plein de douleurs. Ton âme sera toute contente de sortir de sa cage et de voler vers le jardin du bon Dieu.

Je me sentis un peu consolé. Avec presque une envie de rire. Car je ne pouvais imaginer qu'un jour je serais vieux et plein de douleurs.

2

Pendant que dans le Cantal se déroulaient ces petits événements, il se passait à Paris de grandes choses. Un assassin avait poignardé le duc de Berry, neveu du roi et son successeur possible. Des comploteurs essayaient de rétablir la République. En définitive, lorsque Louis XVIII mourut en 1824, étouffé par la graisse, c'est son frère qui hérita du trône, sous le nom de Charles X. Cheylade ne recevait que de faibles échos de tout cela. Seules les personnes importantes et instruites, en mesure de lire les feuilles de nouvelles, en étaient bien informées. Cela circulait ensuite de bouche à oreille, multiplié ou raccourci.

Tous les émigrés encore vivants étaient rentrés de leur exil. Notamment le comte Maxime de Lantégy, qui possédait jadis sur le puy de Masseboeuf des hectares de forêts et de pâturages. En revenant d'Angleterre, il les avait trouvés entre les mains de paysans qui prétendaient les avoir achetés comme biens nationaux, sans pouvoir toujours en apporter les preuves écrites. Entouré de ses fils, de son frère, de ses neveux, armés de fusils et de bâtons, le comte avait chassé à coups de trique ces propriétaires vrais ou faux, qui étaient retournés à leurs étables, mal soutenus par le gouvernement en place. Ils étaient retombés dans leurs anciennes conditions de fermiers ou de métayers. Monsieur de Lantégy aimait à se promener à cheval sur ses terres récupérées, toujours bien encadré. S'il lui arrivait de rencontrer une cavalière de son monde, il la saluait jusqu'à terre de son chapeau à plumes.

— C'est mon côté mousquetaire, se plaisait-il à dire.

Il aimait aussi employer une expression qui remplissait ses fermiers d'une stupeur admirative :

— Jarnicoton, la belle enfant !... Jarnicoton, quelle chaleur !... Jarnicoton, comme j'apprécierais un verre de vin frais !...

Sans bien comprendre ce que le mot signifiait, par pure imitation de flagornerie, les péquenots se mirent à l'employer au petit bonheur. Ce qui leur valut un jour une réprimande du curé Tréboule :

— J'entends parfois dans vos propos, mes très chers frères, un terme qui me déplaît fort et qui n'est, ni plus ni moins, qu'un abominable blasphème. Je ne sais où vous l'avez pris. Mais lorsque vous vous exclamez : « Jarnicoton ! », savez-vous que c'est une façon déguisée de dire : « Je renie Dieu » ? Je vous prie donc de compter ce terme parmi vos péchés capitaux lorsque vous viendrez à confesse. Et plus encore, je commande d'y renoncer !

C'est que le père Tréboule appartenait au

« parti prêtre », comme l'appelaient ses adversaires. Afin de restaurer la religion catholique en même temps que la monarchie, il exigeait sans faute les jeûnes, les abstinences, les quatre-temps, les vigiles, l'avent, le carême. Il interdisait les jeux publics, les danses, les spectacles. Il fourrait son nez dans les familles, dans les auberges, sur les champs de foire.

Monsieur de Lantégy avait une autre marotte : il s'intéressait aux minéraux. On le voyait souvent, un piochon à la main, gratter le sol, en extraire des blocs noirs, gris ou bigarrés dont il remplissait un sac. Il prétendait que toutes ces montagnes pointues qui composaient le Cantal étaient une famille de volcans et volcanetons. Endormis pour le moment, ils pouvaient se réveiller un jour. Le dimanche, au sortir de la messe, il aimait à rassembler ses « sujets » sur le parvis de l'église afin de leur tenir des discours politiques ou scientifiques. Et ces braves gens l'écoutaient sagement pour ne pas lui déplaire. Il comparait la société française à une créature vivante dans laquelle on trouvait une tête : le roi ; un cœur : la magistrature et la noblesse ; des veines, des muscles, des glandes : les artisans, les paysans, les ouvriers, les commerçants. Tout cela fonctionnait bien depuis des siècles, jusqu'au jour où la Révolution était venue mettre les muscles à la place du cœur et le cul à la place de la tête. Heureusement, les organes vitaux avaient repris leur place normale depuis 1815. Les péquenots riaient de ses propos, même s'ils ne les comprenaient qu'à moitié. Ils confondaient particulièrement artisans et artisons ; ces derniers étaient les bêtes minuscules qui poudrent les fromages anciens et leur confèrent une saveur spéciale. Ils se demandaient comment les artisons pouvaient être associés aux commerçants et aux ouvriers.

Dans ses explications, le comte affirmait encore que les couleurs ont une signification profonde. Le bleu est celle de la vie, pour la raison que les veines bleuissent après la mort, la vie montant à la surface des corps pour s'évaporer et regagner le ciel. Le blanc est la couleur des lys choisis par nos rois pour leur pureté. Le rouge est celle du sang, de la révolution, de la violence. Voilà pourquoi il choisissait de mettre sur son drapeau personnel le blanc et le bleu seulement. Son chapeau était en effet orné de plumes bicolores. Bref, monsieur le comte de Lantégy était aux yeux de tous fou comme une chèvre. Mais il avait l'appui du gouvernement de Charles X et chacun lui portait soumission.

A l'âge de six ans, vers 1830, j'aimais passionnément ma petite sœur Justine. Lorsqu'on me demandait, par jeu, si je pensais me marier quand je serais grand et quelle fille j'épouserais, je n'avais qu'une réponse : Titi, car tel était son diminutif familial. Ce qui suscitait chez les adultes de grands éclats de rire.

— Voyons, dit grand-mère Rosette, un garçon n'épouse pas sa sœur !

— Pourquoi ?

— C'est interdit par les tribunaux. Tu comprendras plus tard.

— Les tribunaux, qu'est-ce que c'est ?

— Les hommes qui vous envoient en prison.

Je ne voyais pas les motifs de cet interdit et me sentais prêt à le braver. Les autres gars de Cheylade, comme j'ai dit, m'appelaient Jean-Fille. Je m'efforçais pourtant de faire pratiquer à ma sœur les jeux masculins. Les quilles, la lutte, les gobilles. Dans des écorces de sapin, j'avais découpé les éléments d'un char avec ses roues pleines et son timon ; taillé de même des vaches dont les cornes et les pattes étaient des bûchettes qui restaient difficilement enfoncées, de sorte que je devais souvent les remettre en place. Nous leur donnions les noms traditionnels : Clermonte, Barrade, Marronne, Princesse. J'appris à Titi à les piquer avec un aiguillon, tandis que devant je les tirais au bout d'une ficelle, en criant :

— Barrade ! Marronne ! Bougresses ! Remuez-vous un peu !

Avec des galets plats cueillis dans la Rhue, nous jouions aux palets ; et je m'arrangeais, à force de maladresse, pour la laisser gagner presque toujours.

Nous ne sommes jamais allés à l'école ni l'un ni l'autre. Notre mère, fille d'un instituteur, n'en voyait pas la nécessité. C'est elle qui nous apprit l'alphabet, l'écriture et le calcul. Elle nous apprit pareillement les travaux de femme. J'ai toujours su, je sais encore tricoter les bas, les chaussettes, les mitaines avec quatre ou cinq aiguilles ; je pourrais, si nécessaire, en faire mon gagne-pain.

Le soir, elle nous mettait tout nus dans un baquet et procédait à notre toilette. Chose assez exceptionnelle dans les familles auvergnates de cette époque. C'est ainsi que je fis une découverte : Justine ne possédait pas comme moi un petit robinet pour tomber de l'eau. Je pensai qu'elle avait cassé et perdu le sien de même que mes vaches perdaient quelquefois leurs cornes. Je posai d'ailleurs la question à notre mère :

— Qu'est-ce qu'elle a fait de son robinet ?

Et elle, rouge jusqu'aux cheveux, m'expliqua que les filles en sont dépourvues, qu'elles doivent s'accroupir pour tomber de l'eau, tandis que les garçons restent debout, se tournant contre un mur ou contre un arbre. Je ressentis cette position verticale comme une supériorité de mon sexe. Entre gars de mon âge, nous pratiquions un concours dont je sortais souvent vainqueur : à celui qui pisserait le plus loin. Il m'advint même une chose étonnante. Une fois que j'étais ainsi occupé, un rayon de soleil traversa ma pluie jaunâtre et produisit un arc-en-ciel le temps de sa durée. Je me demande encore si beaucoup de garçons, beaucoup d'hommes au monde peuvent comme moi se vanter d'avoir un jour pissé un arc-en-ciel. Quant aux filles, n'en parlons pas.

Après le bain du soir, notre mère nous couchait, revêtus d'une chemise longue et raide, dans le même lit. On gazouillait un moment. Sous le linceul, nos pieds se livraient à des batailles et à des chatouillements, mêlés de cris et de rires.

— Dormez, nom de Dja ! s'exclamait Félicie. Sinon, je vous estrangouille !

Cela provoquait d'autres hilarités, parce que

nous savions bien qu'elle n'avait pas réellement l'intention de nous estrangouiller.

— Au moins, fermez les yeux, nom de Dja !

Ce « nom de Dja » (nom de Fouet) était un juron adouci de même que « Jarnicoton ». Mais Justine ne pouvait s'endormir que si sa main se trouvait blottie dans la mienne. Elle la réclamait :

— Main !

Je la lui accordais. Et nous nous enfonçions ensemble doucement dans les rêves des anges.

Au matin, je me réveillais en général avant elle. Je m'asseyais dans le lit pour la regarder avec ravissement dormir encore. Entourée de ses boucles blondes, le nez retroussé, avec des cils d'une telle longueur qu'ils couvraient la moitié de ses joues. Enfin, elle ouvrait les yeux à son tour, me voyait, me souriait. Tantôt bleus, tantôt verts, tantôt violets, ils changeaient de nuance suivant l'humeur du ciel. Pareils à ces pierres barométriques qu'on voit roses sous le soleil, indigo sous la pluie. Ses dents de lait étaient légèrement espacées comme celles d'un engrenage. Son rire rappelait le ruissellement d'une cascade.

Elle apprit à chanter en même temps qu'à parler, même s'il lui arrivait de corriger quelque peu les paroles :

J'ai descendu dans mon jardin
Pour y cueillir un gros marin.
Gentil coquicot, mesdames,
Gentil coquicot nouveau.

Tout le monde trouvait ces déformations amusantes et jolies. A deux ans, elle s'exprimait comme un avocat ; à quatre, comme un ministre.

Nous étions aussi inséparables que la main droite et la main gauche. Indispensables l'un à l'autre. Je la protégeais de tous les risques. Des plantes qui piquent. Des animaux qui pincent ou qui mordent. Ainsi le jour où notre coq s'élança sur elle, bec en avant, en poussant son cri de guerre. Elle courut se réfugier dans mes jambes. Et moi de m'adresser au volatile :

— Tu as tort de l'embêter. Quand elle sera grande, elle mangera tes deux cuisses !

Et le coq de s'écarter, honteux et confus.

Je la gardais aussi des autres gamins du village qui cherchaient à lui tirer les cheveux ou les oreilles. Non qu'ils lui voulussent spécialement du mal, mais parce que les garçons — vu qu'ils ont entre les jambes un *bitili* (c'est le nom qu'ils donnent à ce robinet caché) — sont en droit de tourmenter les filles qui n'en ont pas.

Cette même année 1830, une révolution parisienne renversa en trois journées d'émeute le roi Charles X et lui donna pour successeur son petit-cousin Louis-Philippe. Ce fut aussi, disait-on, une révolution contre l'Eglise trop arrogante. Durant ces trois journées « glorieuses », l'archevêque de Paris s'était prudemment réfugié à la campagne ; les émeutiers avaient jeté dans la Seine les meubles, les vêtements, les missels de sa résidence. Dans certaines provinces, on avait renversé les calvaires. Le Cantal, en revanche, s'aperçut à peine du bouleversement, excepté son chef-lieu, Aurillac, où les gendarmes furent provisoirement consignés dans leur caserne et remplacés par les pompiers. Excepté aussi quelques arbres de la Liberté plantés çà et là. Toutes les croix de carrefours restèrent debout. Le changement le plus visible fut le retour du drapeau tricolore. Au bout de la hampe, un coq posait une patte sur un globe portant la mention *LIBERTÉ* ; l'autre s'appuyait sur *ORDRE PUBLIC*.

A Cheylade, un événement beaucoup plus important changea l'existence de Félicie et de ses enfants. Depuis le décès de mon père Jean-Marie, quinze mois plus tôt, la famille ne mangeait à sa faim que grâce au secours de Rosette, la veuve du brigand. Lorsqu'il lui arrivait de rendre visite à sa bru, ce qui ne lui coûtait que quelques pas, elle l'entreprenait pour lui démontrer la nécessité de faire un second mariage :

— Vous ne pouvez rester seule, ma pauvre, pour élever vos deux enfants.

— J'ai trop de chagrin.

— Du chagrin, j'en ai autant que vous. C'est mon pain quotidien. Mais si je n'étais pas là pour assurer le vôtre...

— J'ai des poules, des lapins, un jardin...

— Et si vous tombiez malade, qu'arriverait-il ? Qui donc vous soignerait ?

— Vous, peut-être.

— Je ne suis pas éternelle. Vous avez besoin d'un homme à vos côtés.

Félicie, tout éplorée, finit par se laisser convaincre tout de même :

— Amenez-moi quelqu'un. Je vous laisse le choix.

Rosette prit le temps d'y réfléchir. De rencontrer du monde. De consulter Joséphine et Marceau. Elle fit enfin cette annonce :

— Je vous ai trouvé la personne. Elle doit vous convenir en tout point. Un veuf comme vous, mais sans enfants. Trente-cinq ans.

— Dix ans de plus que moi.

— L'âge de la sagesse.

— Quel métier ?

— Charretier. Il a deux chevaux. Il transporte toutes sortes de choses. Et même des personnes quand ça se présente. Il habite Saint-Hippolyte.

— Un Gastou ?

Tel était le surnom qu'on donnait aux gens de cette paroisse voisine parce que leur saint patron se nourrissait de *gastes*, de petits pois en gousses, de même que son confrère saint Léger s'était nourri d'alises.

— Les Gastous, dit Rosette, ne sont pas plus mauvais que les autres. Celui-ci a bonne réputation. Il s'appelle François Mavel. Là-bas, tout le monde le connaît. Je vous l'amènerai.

La présentation se fit un dimanche. Le prétendant arriva dans une charrette, derrière un cheval qu'il avait orné de roses et de pompons. C'était un gaillard bien charpenté, large d'épaules, coiffé d'un bonnet bleu retombant sur l'oreille, comme s'en coiffaient les hommes qui allaient sur les routes. Sous le nez, une moustache blonde du plus bel effet, dont les bouts se relevaient lorsqu'il souriait. Il avait les dents blanches et fortes, même s'il lui en manquait deux sur le côté gauche. En hommage aux dames qui le recevaient, il avait apporté non pas un bouquet mais un pain de sucre. De forme conique, enveloppé d'un papier violet portant la mention *Sucre de canne Le Morne-Rouge*.

— Je transporte de tout, confirma-t-il, de la farine, du vin, du sucre. Celui-ci vient de la Martinique.

Félicie connaissait de nom cette île française où les hommes et les femmes vivent presque nus. Elle remercia vivement. François fournit même un petit marteau à panne coupante pour le débiter et il montra la façon de s'en servir. Justine et moi eûmes droit tout de suite à un éclat de sucre ; nous nous sentîmes aussitôt pleins d'amitié pour ce Gastou qui apportait des choses si douces.

Chacun parla un peu de sa vie. Félicie raconta comment elle avait connu enfant Jean-Marie lorsqu'elle venait manger la soupe des Codier ; comment il l'avait enlevée sur son coursier à la manière de la demoiselle aux cheveux d'or ; comment elle lui avait appris les lettres et les chiffres ; en quelles tristes circonstances il s'était noyé dans la Rhue. François narra de même sa rencontre avec la pauvre Baptistine, recueillie dans sa charrette sur la route du Claux un jour de pluie ; comment elle était morte de couches en donnant naissance à un drôlet qui n'avait pas voulu vivre et avait été enterré huit jours après elle. Rosette écoutait tous ces récits sans rien raconter d'elle-même ni de son malfaiteur.

Ce dimanche-là, il ne fut pas question de mariage. Avant de prendre congé, Mavel demanda simplement s'il pourrait venir une autre fois. Les deux femmes le lui accordèrent. Pendant les huit jours qui suivirent, on mangea et l'on but sucré chez les Codier.

La semaine suivante, le charretier reparut avec un second cadeau alimentaire : un fromage. Non pas la pièce de soixante livres qui se produisait dans les mazucs, trop énorme pour une seule famille ; mais un fromage rond comme une assiette, épais de deux largeurs de doigt, peu connu dans le Cantal puisqu'il était fabriqué dans le département voisin sous le nom de saint-nectaire. Il expliqua qu'il ne fallait pas en enlever la croûte, mais la racler doucement avec le couteau, faire tomber le gris jusqu'à atteindre le doré, sinon l'on perdait le meilleur. La pâte, onctueuse, fondante, avait un goût de noisette.

Dans ces conditions — mais la chose était prévue et préparée — François Mavel fut invité à table, ce qui donna l'occasion à Félicie de montrer ses talents de cuisinière et de pâtissière. Elle servit du *pounti* dans lequel le lard salé, les feuilles de blette et les pruneaux font bonne association ; du museau de cochon aux choux ; du gigot de chèvre ; des fromages divers ; de la tarte aux airelles qui fait la langue violette. François eut l'air d'apprécier tout ce fricot. Quand on en fut au dessert, il prit enfin la parole :

— Madame Rosette, madame Félicie...

L'émotion l'étranglait, les mots lui restaient dans la gorge. Il but un peu d'eau et retrouva la parole. Sa spécialité, trouvant que ça faisait plus instruit, était de prononcer des liaisons inattendues :

— Je suis-t-un homme pas bien instruit, qui sait pas bien causer... Pour vous dire... pour vous dire...

Nouvelle gorgée d'eau :

— ... vous dire que je suis pas venu-z-ici pour des prunes.

— C'est pas la saison ! fit Rosette en éclatant de rire.

— Mais pour demander-z-en mariage madame Félicie.

Après ce gros effort, il sortit son mouchoir à carreaux et s'épongea le front. Félicie avait mis une main devant sa bouche comme font les femmes pour feindre la surprise. Rosette l'encouragea :

— C'est à toi de répondre.

Et la jeune veuve :

— J'ai deux enfants, un drôle et une drôlette.

— Je les affectionnerai comme s'ils étaient miens.

— Tout le monde dit que vous êtes un brave homme, ajouta Rosette.

Il haussa une épaule. Un silence s'établit. Un long silence. L'horloge sonna trois coups. François trouva enfin une autre chose à dire :

— Je gagne bien ma vie. J'ai-z-une maison avec jardin, j'ai deux chevaux du Cantal, je manque pas d'ouvrage. Celle qui m'épousera aura jamais faim et sera pas malheureuse.

Nouveau silence. On entendit ronronner le chat sur les genoux de la grand-mère. Félicie comprit qu'elle ne pouvait plus retarder son oui ou son non. Pour ce, elle tendit la main à François, il la prit et la baisa. Puis il s'avança vers les deux marmots, les enferma ensemble dans ses bras puissants, nous caressa les joues de ses moustaches. Il embrassa de même la belle-mère.

Le mariage fut célébré quelques semaines plus tard. Dans la discrétion. Il n'y eut que vingt-quatre invités, en comptant le curé, son vicaire et le sacristain. Ce samedi-là, deux douzaines de personnes, donc, faisaient le pied de grue devant la mairie, fouettées par un petit vent glacial qui descendait du puy Mary. Personne ne manquait, sauf le promis lui-même. Et l'on se demandait ce que signifiait ce retard. Ou cette absence. Avait-il réfléchi, changé son fusil d'épaule ? Renonçait-il maintenant à ce mariage depuis longtemps préparé ? Les invités murmurants observaient les deux bouts de la route. Le maire, Maxime de Lantégy, commença de s'impatienter :

— Vous êtes sûrs que François Mavel... ?

— Le voilà ! cria-t-on. Il arrive !

En effet, une voiture montait de Saint-Hippolyte. Chacun reconnut l'homme qui fouaillait son cheval. L'instant d'après, la voiture s'arrêta, François sauta à terre, tout poudreux.

— Pardon, excuses ! J'ai-z-eu à faire une livraison urgente de farine. Les boulangers ne peuvent pas attendre.

— Vingt minutes de retard seulement ! souligna le comte.

— J'en suis bien fâché. Pardon, excuses.

Ses amis le défarinèrent à grandes tapes, soulevant un nuage blanc, ce qui fit rire et ramena la gaieté. Le reste de la cérémonie se déroula selon les règles.

Au cours des mangeailles qui suivirent, Mavel se leva avant les desserts pour remercier la compagnie. Avec la conclusion suivante :

— C'est un grand honneur pour moi de partager mon nom avec madame Félicie présente à mes côtés. Mais j'ai une pensée-z-émue pour son premier époux, Jean-Marie Codier. Je m'efforcerai de donner à sa veuve une part, aussi grande que je pourrai, du bonheur que ce citoyen respectable lui donnait. Et j'ai-z-encore une pensée pour ma première épouse, Baptistine Maisonnobe, morte dans la douleur, mais qui doit se réjouir au Paradis de me voir lui donner une remplaçante aussi-z-aimable...

Il fut fort applaudi. Puis chacun mangea sa part de tourte aux airelles, but un dernier verre et rentra chez soi. Car les noces de deux veufs devaient ressembler quelque peu à un enterrement.

3

Une nouvelle vie commença donc chez les Codier devenus des Mavel. Excepté que les deux drôles conservaient leur ancien patronyme. François quitta Saint-Hippolyte et s'installa dans Cheylade, louant des remises et une écurie pour ses chevaux. Deux robustes cantaliens qui faisaient frémir toute la baraque lorsqu'ils tapaient du pied devant leur mangeoire. J'entrai vite en familiarité avec eux. J'aimais leur odeur forte, un peu poivrée, leur poil doux, le crin de la queue et de la crinière, leurs naseaux humides et palpitants. Et même les énormes boules de leur crottin qu'ils répandaient derrière eux en marchant et dans lesquelles les moineaux venaient picorer. De loin en loin, l'un d'eux souffrait de coliques. Le remède consistait à le promener le long de la route par la bride. Tâche qui m'était généralement confiée et je m'en tirais honorablement. A la grande jalousie d'autres jeunes Cheyladiers qui chantaient derrière eux :

— Voyez la petite bête qui mène la grosse !

François me récompensait d'une caresse sur ma tignasse.

Un petit problème s'était posé à son égard : quel nom les enfants Codier devaient-ils lui donner ? Il trouva la réponse :

— Appelez-moi tonton.

Il m'emmenait volontiers dans ses déplacements. D'abord, sur le siège, à côté de lui. Mais ensuite, il me permit de tenir les guides et de crier de ma voix fluette : « Hue-hop ! » pour faire avancer. « Hââ-tche ! » pour arrêter la marche. « Rrriè ! » pour faire reculer. Le cheval n'avait d'ailleurs guère besoin de commandements ; il savait d'instinct la bonne façon de se comporter. Sauf à un carrefour quand il s'agissait de tourner à main droite ou à main gauche.

Bien raide sur le siège pour ne pas perdre un demi-pouce de ma taille, je regardais les paysages autour de moi. Les montagnes crêtées de blanc dont je connaissais les noms : puy Mary, Griou, Griounou, Bataillouze, Peyre-Arse. Les ruisseaux et les cascades. J'observais les piétons qui s'en allaient gratter la terre, la pioche sur l'épaule, fatigués avant d'arriver à cause de leur longue marche. Des chiens nous aboyaient aux roues ; j'appris en quels termes de mépris il convenait de leur parler : « Charognes ! Saloperies ! Malfaisants ! » Devant moi, la croupe du cheval montait et descendait, au rythme de son pas, luisante de sueur. De temps en temps, pour l'accélérer, je faisais claquer dessus les deux brides en criant :

— Âââ-nen !

Les cantonniers levaient les yeux vers moi, étonnés de voir ce gamin conduire une voiture.

Arrivés à destination, nous chargions ou déchargions. Il s'y trouvait souvent une dame pour m'embrasser et me donner un bouriol au sucre. Nous revenions. Le cheval lâchait des vents qui sentaient l'avoine. Les jantes crissaient sur les cailloux. De retour à la maison, je retrouvais Justine qui me sautait au cou, les yeux humides, comme si je revenais du Maroco.

Pour des raisons mystérieuses, François Mavel et Félicie ne donnèrent naissance à aucun autre drôle ou drôlette qui eût agrandi la famille. Mais, selon sa promesse, le tonton traitait ceux de sa femme comme ses propres enfants. Lorsque je parlais de lui à mes copains, je ne disais ni « mon beau-père » ni « mon oncle », mais simplement « mon père ». Ce « brave homme » n'était pas cependant la perfection. Au cours de ses voyages, il avait une tendance : celle d'accepter un peu trop la boisson qu'on offre aux charretiers. Il lui arrivait même de rentrer en fin de parcours soûl comme une grive. Trois cas pouvaient alors se présenter. Le premier : le vin lui était seulement monté aux oreilles ; François était alors d'humeur pâteuse, débonnaire ; il riait pour un rien, sa moustache se soulevait ; il ne demandait qu'à répandre sa gaieté, donnait à tous de petits noms gentils. Le second : le plus redoutable ; l'ivresse le rendait méchant, agressif ; il lui arrivait d'envoyer voltiger la vaisselle ; les enfants pleuraient, Félicie se blottissait dans un coin, le chat disparaissait sous le vaisselier. Le troisième : Mavel était tellement bourré qu'il fallait le débotter, le dévêtir, le traîner jusqu'à son lit, sur quoi il tombait comme une masse ; de sorte que pour le tirer du second cas, le mieux eût été de le faire boire davantage afin qu'il passât dans le troisième.

A chacun de ses retours tardifs, Félicie se mettait à la fenêtre pour l'observer de loin et connaître son point de maturité. Quand elle le voyait marcher les bras écartés du corps à la façon de parenthèses, ou carrément tituber, elle s'écriait avec désespoir :

— Il la tient ! Sainte Vierge, il la tient !

Elle parlait de sa pistache, naturellement. Alors commençait la soirée, relativement joyeuse ou douloureuse selon le cas. Le lendemain, lorsqu'il reprenait conscience de ce qu'il avait dit ou fait, quand on lui montrait les morceaux d'assiettes brisées, il demandait pardon, versait une larme, redevenait le « brave homme » estimé de Cheylade et de Saint-Hippolyte.

Malgré la pendaison de Pied-de-Bois, Joli-Cœur et Tricassin, les faits de brigandage n'avaient point disparu sur la route étroite et sinueuse qui escaladait le puy de Massebœuf, loin de tout secours possible. Les voyageurs détroussés se plaignaient ; mais les gendarmes n'arrêtaient que des vagabonds inoffensifs. Devant l'accumulation des lettres et des plaintes, le préfet Edouard François Désiré Delamarre, nommé en 1833 à Aurillac, se préoccupa de régler ce problème de circulation et demanda des solutions aux divers ingénieurs du département. Ce petit homme tout habillé de gris, de même que compère Guilleri, compensait sa courte taille par des poses de souveraine autorité. Ex-notaire à Caudebec, promu sous-préfet de Clamecy grâce à une lointaine parenté avec le ministre Bignon, il avait été présenté en termes acides par *Le Patriote* du Puy-de-Dôme, organe d'opposition légitimiste :

> « Une fois sous-préfet, ayant du foin à la crèche, comme on dit, il songea à le manger... il lut *Le Constitutionnel* et apprit par ce digne journal le goût du roi de son choix (Louis-Philippe) pour la maçonnerie. Cet avertissement fut pour lui un trait de lumière ; il songea que faire un pont serait aller au liquide. Alors, il fit un pont. Au même instant, la croix d'honneur brilla à son habit... Dès lors, une insatiable ambition de moellons, de ciment, de fil de fer dévora son cœur. On dit que monsieur Delamarre allait poser la première pierre d'un Hôtel de Ville ; ce qu'apprenant, le roi de son choix, ébahi de cette passion pierreuse, l'envoya à Aurillac pour bâtir... ou plutôt démolir, je crois. »

Douze projets lui furent présentés pour réduire la nocivité du Lioran, dont six avec souterrain et six par détournement. Delamarre se rendit sur place en calèche. Il eut ainsi l'occasion de constater par lui-même l'âpreté de la route qui grimpait au col de Font-de-Cère. Les cantonniers lui firent remarquer qu'en hiver elle devenait impraticable. Chaque ingénieur lui démontra la supériorité de son projet. Le plus insensé semblait être celui qui proposait d'ouvrir une tranchée qui partagerait Masseboeuf comme une citrouille sur une profondeur de cinq cents mètres ; les déblais en seraient si volumineux qu'ils construiraient une autre montagne. Le plus raisonnable lui parut être celui d'une galerie souterraine qui prendrait la route de Murat au pied du Bec de l'Aigle, traverserait le puy, aboutirait sous le Griou en amont des Chazes. Cela représentait un chantier considérable et d'un prix exorbitant.

Les opposants ne se gênèrent pas pour dire que le préfet amusait le monde avec sa galerie. Mais ce dernier terme commençait à céder la place à celui de *tunnel*, venu d'Angleterre, depuis que les Londoniens en avaient creusé un sous la Tamise ; mot d'ailleurs emprunté au français *tonnelle* qui signifie, comme chacun sait, « longue voûte en berceau faite de lattes sur lesquelles on fait grimper des plantes ».

Ayant consulté les maires des communes avoisinantes, le préfet put constater une acceptation générale, mais des dissensions sur le tracé de la nouvelle route qui résulterait nécessairement du projet. Chacun accusait son voisin de vouloir canaliser à son profit le flot nouveau du commerce. L'idée de la galerie ne souleva pas non plus l'enthousiasme du ministre parisien des Travaux publics à cause de son prix : environ douze cent mille francs.

Les financiers de Louis-Philippe faisaient aussi la sourde oreille, étourdis qu'ils étaient par les réclamations des viticulteurs qui exigeaient l'accroissement du protectionnisme contre l'invasion du thé anglais. « Le thé, déclaraient leurs porte-parole, nuit au caractère naturel de notre population, en ce qu'il donne à ceux qui en font un usage fréquent la froideur des hommes du Nord ; tandis que le vin répand dans l'âme une douce gaieté, une hilarité qui contribuent à donner aux Français ce caractère aimable et spirituel qui les distingue des autres nations. » Faibles producteurs de vin, les Cantaliens intéressaient peu les autorités parisiennes. Il ne restait plus à Delamarre qu'à trouver sur place une partie de la somme.

Il envoya un vibrant plaidoyer à tous les propriétaires, forestiers, commerçants, industriels, éleveurs, intéressés par son projet routier, depuis Lempdes jusqu'à Maurs et Laroquebrou :

> « Entre le Plomb du Cantal d'une part et d'autre part le puy Griou et la Roche de Vascivière s'insinue la haute vallée au fond de laquelle coulent en sens inverse la Cère et l'Allagnon. Par là passe nécessairement la route qui joint l'Auvergne basse et l'Auvergne aquitaine. Le col du Lioran, à 1 250 mètres d'altitude, freine terriblement le flot des voyageurs et des marchandises, au grand détriment de toute la province. Si bien que nombre d'habitants, mal nourris par ces terres ingrates, doivent les quitter

pour d'autres départements français, souvent pour l'étranger. Cette émigration forcée est une perte de vie et de richesse, car beaucoup ne reviennent pas. Ajoutez à cela l'insécurité qui règne en permanence sur ces sommets trop propices au brigandage. Et vous comprendrez l'intérêt que peut offrir le creusement d'une galerie souterraine à travers le puy de Masseboeuf. Des milliers de mètres cubes de terre et de rocs seront remués. Ces travaux seront l'entreprise française la plus grande du XIXe siècle et n'auront de comparables dans l'histoire que les pyramides d'Egypte. Je suis sûr que vous aimez assez votre petite mais glorieuse Patrie pour la soutenir moralement et financièrement. Pendant plusieurs années, elle fournira du travail à de nombreux Cantaliens actuellement réduits à la mendicité. Il en résultera une œuvre d'art remarquable que viendront emprunter, admirer de nombreux étrangers. Le Cantal changera de face. La pose de la première pierre sera comme le baptême de sa prospérité. Vive l'Auvergne ! Vive le tunnel du Lioran ! »

Signé Edouard François Désiré Delamarre, préfet du Cantal.

Après l'envoi de cette circulaire, monsieur Delamarre invita dans sa préfecture les conseillers généraux afin d'envisager avec eux les mesures à prendre, susceptibles d'entraîner l'adhésion du Ministère. Soutenu par beaucoup de hochements de tête dubitatifs, beaucoup de murmures et de grommellements, le président du Conseil général leva la main pour exprimer l'opinion de l'assemblée : le Cantal acceptait l'idée de ce percement, mais pas autre chose qu'une participation de sa part purement symbolique, car le tunnel favoriserait de nombreux autres départements, sinon la France entière. En conséquence, tout le royaume devait payer. On remua des chiffres. On compara le budget du Conseil aux douze cent mille francs à trouver : même s'il y passait tout entier, il ne couvrirait qu'une modeste part de la dépense.

Un des conseillers, Maurice Lherme, qui exerçait à Salers la profession commerciale d'habilleur, et qui se faisait souvent remarquer par ses critiques, suggéra d'établir une taxe exceptionnelle qui frapperait les plus riches propriétaires du département.

— Et comment saurons-nous qui sont les plus riches ?

— En demandant à tous les électeurs (moins de deux mille sur une population de deux cent soixante mille habitants) d'évaluer et de déclarer le montant de leur patrimoine. La taxe sera proportionnelle à ce montant.

Cette proposition souleva une tempête de ricanements, d'exclamations furieuses. La propriété, comme l'avait imprimé la *Déclaration des droits de l'homme et du citoyen*, est un droit inviolable et sacré. Par conséquent, la faire connaître est une violation inadmissible. Il n'était pas nécessaire de demander un vote ; l'agitation des bras et des têtes montrait assez que l'idée de l'habilleur suscitait une réprobation unanime. Le Conseil leva la séance sans rien décider.

Le lendemain, seconde réunion. D'autres suggestions furent émises. Une des plus singulières : établir une taxe sur les chapeaux. Pas sur tous, seulement sur les chapeaux hauts de forme, souvent ornés de rubans, que promenaient les monarchistes notoires dans les rues de la ville. L'idée provoqua bien des rires, mais ne fut pas votée.

Après trois jours de délibérations, le Conseil proposa une participation de trois mille francs récupérable sur les charbons de terre, combustible fort détesté dans ce pays de bois et forêts.

Pendant l'hiver 1836-1837, une terrible maladie frappa certaines zones du département. Son nom seul produisait une sorte de hoquet rien qu'à le prononcer : croup. Il atteignait seulement les enfants de moins de quinze ans. Son début était marqué par une toux aboyante et rauque, qui se voilait peu à peu. La voix du malade s'enrouait, finissait par perdre sa sonorité, devenait chuchotement. Bientôt, il subissait des crises de suffocation, de plus en plus fréquentes. Il finissait par mourir étouffé. C'est que cet horrible mal provoquait au fond du gosier la formation de membranes qui petit à petit obstruaient les voies respiratoires : le « trou de la prière », comme disait grand-mère Rosette pour désigner ce que les médecins appellent la trachée-artère. S'il lui arrivait de tousser lorsqu'elle buvait une goutte d'eau : « Elle s'est trompée de trou, expliquait-elle entre deux quintes. Elle a pris le trou de la prière. »

Dès l'apparition des premiers symptômes, il était conseillé de donner à l'enfant deux cuillerées d'huile d'olive chaude additionnée de sucre ; ou bien du lait chaud avec du miel. Comme la maladie était fort contagieuse, les parents devaient, à titre préventif, traiter leurs drôles de la manière suivante : allumer un feu de charbon de bois, par exemple dans une de ces chaufferettes que les vieilles femmes emportaient à la messe et sur quoi elles posaient leurs pieds ; jeter sur les charbons une poignée de soufre en poudre ; obliger les gamins, en les tenant par la nuque, à respirer la bouche ouverte la fumée et la chaleur de ce brasier : elles avaient quelquefois la propriété d'empêcher la formation des membranes, avec l'aide de la Sainte Vierge. Juste le temps de réciter un *Je vous salue*.

Mais où trouver du soufre ? Les épiceries de campagne n'en débitaient point. Il avait d'ailleurs une mauvaise réputation car le diable, prétendait le curé, répandait une odeur sulfureuse chaque fois qu'il sortait de son enfer, plusieurs personnes se vantaient de l'avoir rencontré, en rêve ou en vrai ; aussi, parce qu'il servait à fabriquer la poudre noire ; enfin parce que l'on enduisait jadis une chemise de soufre à l'usage des hérétiques condamnés au bûcher. Ce sont des choses qui se racontent aux veillées, même si on ne les a jamais vues ; qui se transmettent de génération en génération afin qu'elles ne s'oublient pas. Le soufre aurait manqué dans Cheylade sans le service des colporteurs. On ne sait où ils s'approvisionnaient ; mais, ayant appris que le croup menaçait les petits Cheyladiers, on les vit paraître avec, dans leurs hottes, des sacs remplis de poudre jaune. Chaque famille en voulut. Certains en achetaient des livres et des kilos, malgré les protestations des vendeurs :

— Il vous suffit de deux poignées. Laissez-en pour les autres.

Résultat : le prix de la poudre jaune atteignit celui de la poudre d'or. Il n'y en eut pas pour tout le monde. On se battit autour des Pieds-Poudreux ; si bien qu'ils renoncèrent à ce commerce. Sans doute avaient-ils épuisé leurs stocks.

L'affreuse maladie se promena de village en village, frappant les uns, épargnant les autres. Les mères interdisaient à leurs drôles de mettre le nez dehors. A force de *Je vous salue*, Rosette et Félicie réussirent à la tenir hors de leurs maisons jusqu'au mois de février 1837. Le 5 de ce mois, jour de la Sainte-Agathe, la petite Justine se mit à aboyer comme un pauvre chiot malade. Le cœur de sa mère se gela dans sa poitrine. Le front de la fillette brûlait sous la main. On lui avait pourtant fait respirer les vapeurs du soufre et du charbon ardents. Chaque jour, on avait supplié la Vierge. La mère de Jésus souffrait-elle de surdité ? Ou bien était-elle à ce point assourdie de prières qu'elle ne savait plus où donner de la tête ? Jusqu'à ce jour, comme il était de tradition dans la famille et dans le Cantal, Félicie avait cru à l'existence de Dieu, de son Fils, de Marie, de Joseph, de Léger, de tous les saints. Cru à leur promesse et à leur bonté. *Demandez et l'on vous donnera*. Cru à la messe, à l'eau bénite, aux chandeliers, à la confession, à la pénitence. Lors de la mort de Jean-Marie, son premier époux, elle n'avait pas eu le loisir d'implorer. A présent, elle se rattrapait :

— Sainte Vierge, je ne vous ai jamais rien demandé d'important. Ecoutez-moi, Sainte Mère de Jésus, vous qui savez ce que c'est que de perdre un enfant. Protégez la vie de ma Justine, je vous en supplie à genoux. Laissez-moi cette petite que j'aime plus que mes yeux. Et je vous promets de ne plus jamais pécher.

Mais quels péchés commettait-elle, pauvre sainte femme ? Des gourmandises, des colères, de courtes envies !

Le médecin de Riom vint à cheval et prescrivit les remèdes habituels : l'huile d'olive chaude, le lait miellé. Les suffocations ne faiblissaient point. La mère et le « tonton » restaient des heures agenouillés près du lit de la petite, tenant dans les leurs ses mains brûlantes. Depuis l'entrée du croup dans leur foyer, ils ne dormaient pratiquement plus. Félicie ne s'écartait que pour préparer mes soupes. Dans la journée, afin de m'épargner la vue de ma sœurette, on me recommandait d'aller chez ma grand-mère ou chez un de mes oncles.

Félicie entra dans l'église pour prier saint Léger. Celui-ci la considéra avec une telle froideur qu'elle se demanda si elle devait porter créance à ce morceau de bois, à cette histoire d'alises dont il se serait nourri dans le Bois-

Grand. A Cheylade, pourtant, il était inimaginable de ne pas croire en Dieu, au diable, à ses pompes et à ses œuvres. Elle s'agenouilla aussi devant une image de Marie :

— Sainte Vierge ! Faites que je continue de croire en vous !

Quand elle eut prononcé du bout des lèvres ces mots, elle se mit à trembler de leur audace. De leur absurdité. Le monde pouvait-il exister sans l'action d'un Créateur ? Les saints évangélistes, Matthieu, Marc, Luc, Jean, qui avaient raconté la vie, les miracles et la passion de Jésus, étaient-ils de saints menteurs ? Et Jésus avait-il pu venir sur terre sans les « entrailles » d'une mère ?

Elle se hâta de rentrer chez elle, craignant une punition du Ciel.

Le lendemain, Justine était au plus mal. On rappela le médecin riomois qui arriva au bout de quatre heures. Dans son lit, la peucherette ouvrait la bouche pour respirer comme une carpe hors de l'eau. Accroupi sur elle, il y colla ses lèvres et souffla pour essayer de déchirer les membranes. Après de longs efforts, il retomba sur le derrière, serrant une petite main qu'il couvrait de baisers.

— C'est fini, murmura-t-il. Elle est avec les anges.

Je vis ma petite sœur toute blanche, froide, le nez pincé. Comprenant qu'elle était morte, je poussai des hurlements, me cognai la tête aux montants du lit, il fallut me retenir de m'assommer, je voulais mourir avec elle.

L'église était remplie de Cheyladiers. Beaucoup de femmes pleuraient parce qu'elles avaient aussi donné un enfant au croup, à ce monstre qui se nourrissait de chair fraîche comme l'ogre de Jeannot et Jeannette. François soutenait Félicie. Elle portait la robe noire qui lui avait servi après le décès de Jean-Marie, toutes les familles avaient en réserve des vêtements de deuil. On souhaitait m'épargner en me laissant chez mes cousins. Pas question. Je voulus souffrir et pleurer comme les autres, et embrasser le petit cercueil fleuri de roses blanches en papier, puisque la saison n'en produisait pas de vraies. On réussit tout de même à m'emmener hors du cimetière avant l'enfouissement.

Dieu que la maison parut vide, sans les gambades, les cris, les rires de Justine ! Même le chien Nadaou, ainsi baptisé parce qu'il était né comme le Christ un jour de Noël, semblait désorienté. Il cherchait partout sa petite maîtresse, flairant son odeur sous les meubles, dans la cour, dans le jardin. Au terme de sa quête, il finissait par s'endormir devant la cheminée, d'un sommeil gémissant.

Un samedi soir, dans l'église pénombreuse, Félicie s'approcha du confessionnal. D'autres pénitentes la précédaient, assises sur les bancs, occupées à préparer leur contrition. Quand vint son tour, elle céda sa place deux ou trois fois, pas encore prête. Elle finit par se résoudre, s'enfonça dans l'encoignure où flottait une odeur de péchés. Au bout des préliminaires coutumiers, elle entra tout de suite dans le vif du sujet :

— Mon père, je ne crois plus en la Sainte Vierge.

Gaspard Tréboule en eut le souffle coupé. Elle l'entendit haleter derrière son grillage de bois. Il finit par retrouver l'usage de sa langue :

— Mais alors... mais alors... pourquoi venez-vous ici vous confesser ?

— Je ne viens pas vraiment me confesser.

— Vraiment pas ?... Vous êtes sûre de ne pas en avoir besoin ?

— Je suis venue plutôt pour m'entretenir avec vous.

— Je vous écoute, ma pauvre Félicie.

Naturellement, il l'avait reconnue, comme il reconnaissait tous ses pénitents. Elle hésita, cherchant ses mots. Par bonheur, fille d'un maître d'école, sa tête en était remplie.

— Je ne peux plus croire en la Sainte Vierge parce qu'elle ne m'a pas exaucée malgré les promesses de son Fils. Je lui avais demandé de protéger ma Justine, et elle l'a laissée mourir. Ou bien elle n'existe pas. Ou bien elle est sourde. Ou bien elle n'a pas de cœur. Ou bien elle n'a pas de pouvoir auprès de son Fils. Depuis des nuits, je tourne et retourne tout ça dans ma tête. Je ne connais plus le sommeil.

Tréboule soupira. Il se trouvait une fois de plus face au problème de la mort, nulle part expliqué par les Ecritures de façon satisfaisante. Il le débattait souvent avec lui-même. « Eve a été condamnée à mourir parce qu'elle avait mangé du fruit de l'arbre qui se trouvait au milieu du Paradis terrestre, malgré l'interdiction de son Créateur. La peine de mort pour un péché de gourmandise ? Cela se conçoit-il ? — Oui, parce que l'interdiction venait de Dieu et qu'il n'est pas de plus grave péché pour l'homme que de désobéir à Celui qui l'a pétri de ses mains. On appelle cela le péché originel dont nous lave le baptême. — Il ne nous en lave pas, puisque les baptisés meurent comme les autres. Et les animaux ? — Ben quoi, les animaux ? — Ils sont aussi condamnés à mourir. Ont-ils également commis un péché originel ? — Tout ce qui vit, même les plantes, est condamné à mourir. Il n'y a pas de vie éternelle, excepté après la vie terrestre, dans le Jardin du Seigneur. — Circonstance aggravante. Dieu dit : *Dominez sur les poissons de la mer, sur les oiseaux du ciel et sur tous les animaux, et sur les plantes, afin qu'ils vous servent de nourriture*. Ainsi, Dieu a voulu que les animaux se dévorent les uns les autres, que les forts mangent les faibles, que l'homme mange de leur substance et que quelques-uns mangent aussi de l'homme. Y a-t-il plus grande barbarie que cette nécessité de s'entre-dévorer ? »

Gaspard Tréboule servit à Félicie les réponses préparées dans les séminaires :

— Votre petite est à présent bien au chaud dans les bras du bon Dieu tandis que nous grelottons sur la terre. Elle ne sera plus atteinte par aucune des misères qui nous menacent...

— N'était-elle pas au chaud dans mes bras ? Il a suffi d'une maladie pour l'emporter et elle s'est éteinte après beaucoup de souffrance. Elle ne pouvait plus respirer. Dieu n'est pas bon. S'il était bon, il l'aurait prise doucement.

— Elle ne connaîtra pas la vieillesse.

— Ni la jeunesse. Elle est morte à dix ans. Je ne peux pas croire non plus à la bonté de la Sainte Vierge. C'est une invention des prêtres.

— Vous pensez que Jésus est né dans une rose ?

— A-t-il seulement jamais existé ?

— Vous doutez de tout, ma pauvre Félicie. Vous devenez une païenne.

— Appelez-moi comme vous voudrez.

— La douleur vous aveugle. Pourtant, réfléchissez. Si vous espérez revoir un jour votre petite Justine, il vous faut croire au Jardin du Seigneur, au Paradis, à la vie éternelle. C'est le seul moyen. Sinon, que sommes-nous sur terre ? Des grains de poussière. Je vais vous avouer une chose : il m'arrive à moi aussi, de loin en loin, d'avoir des doutes. Ensuite, je me réfugie dans mon église. Je regarde saint Léger. Je regarde le plafond avec tous ces jolis sujets qui y sont peints. Je regarde les pierres taillées et posées les unes sur les autres. Et je me dis : « Pauvre Gaspard ! Tu te crois plus fin que les hommes qui ont bâti cette église ! Que toutes les personnes qui, depuis dix-huit siècles, ont mis leur espérance en Jésus et en sa Mère ! » Et la conclusion m'oblige à penser : « Pauvre Gaspard ! Tu n'es qu'un imbécile. Fais ton signe de croix et ne pense plus à autre chose. C'est le signe de croix qui fait croire. » Et voilà ce que je vous dis pareillement, ma pauvre Félicie. Je ne vous confesse pas. Mais faisons ensemble le signe de croix et récitons une prière. C'est la seule ressource que nous avons contre le malheur et contre la mort.

Ainsi firent-ils. Et Félicie, quoiqu'elle ne fût convaincue qu'à demi, récita avec lui *Je vous salue Marie pleine de grâce...* Et tous les soirs, comme auparavant, tandis que Mavel ronflait à ses côtés, elle prononça les mêmes paroles.

4

Depuis le départ de Titi, je ne pouvais plus vivre à Cheylade. Trop de choses dans la maison me la rappelaient. Ma mère possédait une relique personnelle qu'elle ne confiait à personne : une touffe de ses cheveux blonds, noués d'un fil blanc, enfermés dans une boîte de fer qui avait jadis contenu des pastilles à la menthe. Elle ouvrait la boîte en cachette, y enfonçait le nez, y déposait un baiser. Elle me laissait la triste disposition de tout le reste : ses vêtements, ses sabots, ses jouets, son chapelet, deux modestes poupées de son confectionnées par la grand-mère, ses *Fables* de La Fontaine, sa place à table.

Je révélai à mes parents que j'entendais quitter la maison, non pas pour n'y plus revenir, mais pour échapper à ces souvenirs. Ils devaient me trouver un travail hors du village. Cela ne m'empêcherait pas de revenir de temps en temps.

A treize ans, j'aurais pu entrer en apprentissage chez un artisan. Tonton Mavel, y ayant réfléchi et connaissant mon amour des animaux, pensa me mettre au service de l'élevage. Il rencontra en son château le comte de Lantégy, possesseur de plusieurs fermes. Ils convinrent tous deux de m'employer, lors de la prochaine estive, au mazuc de Poniac qui est accroché aux pentes du cirque de l'Impradine. En qualité de boutilier dont l'état, justement, est de n'avoir aucune qualité, comme le mousse sur un bateau.

— Et que lui donnerez-vous en gages ? osa demander François.

— Des gages à un gamin de treize ans ? fit le comte en levant les sourcils. Jarnicoton ! Il sera nourri, logé, chauffé, et tu prétends encore que je lui verse de l'argent ?

— Pour l'encourager, monsieur le comte. Seulement pour l'encourager.

— On verra ça la seconde année s'il donne satisfaction.

— Rien la première ?

— Nous en reparlerons à la Saint-Géraud.

Mon beau-père se contenta de cette vague promesse. Quoi qu'il en fût, j'étais content de partir. Il ne restait plus qu'à attendre le printemps et la Saint-Urbain. La veille de ce jour, je fus transporté en charrette jusqu'à la ferme de la Jarige d'où devait partir le troupeau. Je fus présenté au vacher, un homme grand, maigre, boiteux, avec un collier de barbe, nommé Couriol. Il me regarda un long moment bien dans les yeux comme s'il voulait m'acheter. Puis il sourit, découvrant une bouche où manquaient beaucoup de dents, et me tendit sa main ouverte. Cette espèce de gorille m'agrippa et me serra si fort que je poussai un cri de douleur. Ce qui fit rire tout le monde, maîtres et valets.

— C'est pour t'avertir, expliqua le comte, que tu devras lui obéir exactement.

Je secouai ma main et sentis les larmes me mouiller les cils. C'est ainsi que commença mon service de boutilier.

Après la longue ascension des pentes abruptes que dominait la pyramide du puy Mary, nous atteignîmes le mazuc de Poniac abandonné depuis l'année précédente. Sous une motte de terre qu'il connaissait, Couriol retrouva une tige de fer toute rouillée, en forme d'S, mais dont un des crochets était plus petit que l'autre : la clé du mazuc. Il l'introduisit dans un trou de la porte, farfouilla dedans jusqu'à accrocher la queue du verrou. L'intérieur était tout obscur. Couriol enleva le bouchon de foin qui obstruait le fenestron grand comme une chatière. On y vit un peu mieux. Mais moi, ce que je vis d'abord m'effraya : une ligne de bestioles velues accrochées au plafond.

— Des *ratepenades* ! expliqua-t-il. Prends un balai, fais-les sortir.

J'obéis malgré mon tremblement. Je poussai vers la porte les chauves-souris pendues par une aile.

L'endroit sentait le bois pourri, la cendre froide, le fromage gâté. On lui donna de l'air. Sous les pieds, une trappe accédait à la cave où les fourmes seraient entreposées. Une partie du matériel fromager était bien rangée au fond de la pièce, près de la cheminée, gerles et gerlous, presses, moules. Il faudrait lessiver tout ça. Par bonheur, une source coulait à peu de distance, indispensable à l'estive. Contre le mur opposé, une grande caisse remplie de vieille paille ; à quatre, les mazuquiers y dormiraient, sur de la paille nouvelle. Pressés l'un contre l'autre, chacun profitant des rots, des pets, des agitations de ses voisins.

Les porcelets et la mère truie avaient plus d'espace dans la soue attenante. Ils pouvaient gambader autour de la bâtisse, sans souci du lendemain, nourris d'herbes, d'épluchures et de petit-lait.

Très vite, il fallut construire le parc, procéder à la première traite. J'apprenais toutes les manœuvres, comme si je devais un jour devenir moi-même le vacher d'un mazuc. Autour de moi, le bedélier, chargé du soin des veaux, le cantalès, responsable des fourmes, tous sous le commandement de Couriol. Pendant cinq mois, choses, animaux et gens ici lui appartiendraient. Même le ciel à qui il se permettait de parler. Ainsi quand il le voyait couvert de nuées sombres et sentait l'approche de l'orage, il se juchait sur une roche, tournait sa figure en l'air, disposait ses mains en porte-voix et criait vers cette brouillasse une sorte de poésie propitiatoire :

Brimo, brimoteyro !
Lèboti de dhin lou pra de lo ribeyro !
Ny o oun paoure missadjou
Ké n'o ni sanlhe ni sanlhou,
K'oun tro de tchapel de palho
Oun toutz louz aousels fason batalho...

Brume, brume échevelée !
Lève-toi du pré de la rivière !
Il y a un pauvre berger
qui n'a manteau grand ni petit,
Rien qu'un pauvre chapeau de paille
Où tous les oiseaux font bataille...

Et quelquefois, miracle ! La brume se levait, le soleil paraissait, d'abord jouant à cache-cache, ensuite tout glorieux.

Couriol nous enseigna ces précieuses paroles capables de faire tourner le temps. Je m'essayai à les envoyer au ciel ; mais ma voix n'était pas assez puissante pour produire de l'effet. Au service des trois autres mazuquiers, je faisais de mon mieux pour les satisfaire. Si Couriol n'était pas content de moi, il me payait d'un coup de sabot dans le derrière. Une fois même, son sabot s'envola, je dus courir après et le lui rapporter, au milieu des rires. Si au contraire je lui donnais plein contentement, il posait une main sur ma tignasse, la tirait un peu, comme on flatte un chien. Il accompagnait cette caresse de deux mots qui avaient valeur de compliment :

— Sacré farceur !

Malgré sa rudesse de surface, ce n'était pas en profondeur un méchant homme. A table, il remplissait bien mon écuelle de soupe, disant :

— Faut te nourrir, si tu veux grandir, sacré farceur !

En fin de journée nous étions tous quatre morts de fatigue. Sur ma couche de paille, je plongeais tout de suite dans le sommeil. Tant de besognes m'empêchaient de ruminer mes chagrins. C'est ce que j'avais souhaité. J'en vins non pas à oublier ma petite sœur étouffée par le croup mais à pouvoir supporter son absence.

Nous ne recevions aucune visite. Excepté, tous les quinze jours, celle d'un envoyé du maître qui nous apportait une provision de pain et de lard. A partir de juillet, nous agrémentions nos repas d'un peu de salade, semée dans notre enclos. Bien arrosée, bien fumée, elle poussait vite. Néanmoins, un jour, j'eus l'audace non pas de me plaindre mais de faire la grimace sur notre lard et nos trois soupes quotidiens, qui manquaient de variété. Couriol comprit mon jeu et m'en fit la remarque en se moquant :

— Peut-être tu voudrais de temps en temps de la viande rouge ? Du poulet ? Des ortolans ?

J'osai ouvrir la bouche pour dire que chez moi on mangeait quelquefois du lapin, des bouriols, des carottes, des choux-fleurs. Il aurait pu me répondre : « Fallait rester chez toi. » Il préféra un soir, devant la cheminée, raconter une histoire dans son patois muratais. Car il était de là-bas, on l'avait trouvé devant l'église Notre-Dame-des-Oliviers dans un cabas, abandonné par sa mère. Le curé l'avait ramassé, confié aux bonnes sœurs qui avaient fait de lui ce qu'elles avaient pu. Boiteux de naissance, comme le voulait une chanson narquoise :

A Murat, dessous Bredons.
Un pied court et l'autre long...

Voici donc, traduit en langue française, arrangé et complété par moi, Géraud Codier, le récit que nous fit Couriol des trois mazuquiers d'Albepierre.

« Ils vivaient ensemble chaque estive, comme nous ici — mais nous sommes quatre dans notre mazuc —, sur la pente qui grimpe d'un bon pas au-dessus d'Albepierre, vers le puy du Rocher. Si bien habitués l'un à l'autre qu'ils n'avaient rien à se dire. Le travail commande et chacun allait au sien sans qu'ils eussent besoin de prononcer plus de trois mots dans la journée. Excepté quand l'un éternuait. Alors, les deux autres s'écriaient d'une même voix :

« — Que le bon Dieu t'accomplisse !

« Cela n'arrivait pas bien souvent : ils étaient accoutumés à l'air vif de nos montagnes, n'en étaient jamais surpris et prenaient soin de se purger le nez avec les doigts trois ou quatre fois par jour. C'est une bonne pratique. Vie de crasse et de misère. Comme la nôtre. Tantôt cuits par le soleil, tantôt noyés dans le brouillard, tantôt souffletés par les bourrasques. Vous connaissez bien ces plaisirs. Sans jours de fête, sans dimanches. Cette histoire est vraie comme l'Evangile, je la tiens d'un vacher qui lui-même l'avait reçue de plusieurs autres avant lui, je vous en garantis la sincérité, moi, Marius Couriol, natif de Murat, devant la porte de l'église.

« Un soir, de façon inattendue, Jean-Peyre, l'aîné des trois, fut pris d'un éternuement. Et les deux autres aussitôt :

« — Que le bon Dieu t'accomplisse !

« Et lui de répondre :

« — Je n'ai même pas songé à faire un vœu.

« C'est vrai qu'ils n'avaient guère l'habitude de rêver et de désirer des choses.

« — Pas étonnant, dit le vacher, que le bon Dieu ne nous entende pas et ne change couic à notre vie : nous ne lui demandons jamais rien.

« Par jeu, s'y prenant à l'avance, ils décidèrent de formuler un souhait en cas de nouvel éternuement, afin de n'être pas pris au dépourvu.

« — Moi, dit Célestin, le plus jeune, le plus étourdi, j'aimerais bien être roi. C'est le vœu que je forme.

« Les deux autres éclatèrent de rire, disant que ce vœu était déjà accompli, qu'il était le roi des imbéciles.

« — Parlons sérieusement, dit le vacher. Que ferais-tu si tu étais le roi du royaume ?

« — Ce que je ferais ? Je commanderais à tout le monde. Toi, apporte-moi ma pipe. Toi, apporte-moi mon chapeau. Je me ferais servir chaque soir une soupe dont les trempes seraient des tranches de lard.

« — Hmm ! firent ses collègues avec gourmandise.

« Ils demandèrent ensuite à Toine, celui du milieu par l'âge, le sens de son vœu :

« — A la place de mes sabots, j'aimerais porter des bottes de cuir qui me protégeraient jusqu'aux cuisses, pour ne pas me mouiller dans l'herbe haute. De plus, je garderais les vaches à cheval, pour mieux courir après quand une mouche les pique et qu'elles se sauvent.

« L'aîné, Jean-Peyre, s'exprima à son tour :

« — Ce qui me plairait, c'est de dormir tout mon content sur un lit de plume, avec des couvertures de laine fine. Personne ne viendrait me réveiller le matin. J'aurais même un serviteur pour chasser les mouches de ma figure.

« Les autres l'applaudirent.

« — Et à présent, conclut-il, que le bon Dieu nous accomplisse.

« Inutile de dire que rien ne changea, malgré ces vœux, dans l'existence des mazuquiers, toute pareille à la nôtre. Le seul plaisir qu'ils s'offraient, de temps en temps, était de se laisser rouler comme des tonneaux le long de la pente la plus forte et jusqu'au fond ; il ne restait plus ensuite qu'à en remonter en s'accrochant aux touffes d'herbe. Ils appelaient ce jeu "virer la coupetinle".

« Vers la mi-septembre, alors que chacun, homme ou vache, sentait déjà dans ses membres le chatouillement de plaisir de la prochaine *devalade* vers la ferme, voici que grimpe le chemin pierreux qui conduit au mazuc un cavalier de belle allure, portant chapeau à plumes et barbe fine. C'est l'après-souper, quand la première étoile allume son chaleil. Les trois amis le regardent venir sur sa monture luisante de sueur. Il les salue courtoisement, leur adresse la parole :

« — Je suis un voyageur égaré sur vos montagnes. Me permettez-vous de me reposer cette nuit sous votre toit ?

« — Soyez le bienvenu.

« Il saute de son cheval, qui retrousse les babines sur ses longues dents. Il leur serre le bras en signe d'amitié.

« — J'ai fait un long voyage. Je viens de... par là-haut (et il désigne vaguement l'horizon) et je vais... par là-bas. A présent, je me sens l'estomac vide. Si vous aviez à me proposer quelque chose qui me soutienne, je vous en serais fort obligé.

« — C'est que nous ne sommes pas riches de nourritures. Nous n'avons à vous offrir qu'un restant de soupe au fromage.

« — D'accord pour votre soupe.

« — Comme nous ne possédons aussi que trois écuelles, vous devrez la prendre dans une des trois.

« — Je n'y regarderai pas de si près.

« Jean-Peyre prit la sienne, la moins éraillée, alla dehors lui frotter l'intérieur avec un bouchon d'herbe. De longtemps elle n'avait été si propre. Pendant ce temps, Célestin faisait chauffer l'eau. Toine découpa les taillons de pain gris, étala pardessus les tranches de cantal frais. L'eau bouillante fut versée. Du seigle et de la tomme mariés ensemble, s'éleva une senteur aigre-douce.

« — Par mon ventre, le bon fumet ! s'écria le voyageur.

« On lui tendit la cuillère de bois, on le regarda manger, penché sur l'écuelle. Mais de quel appétit il y allait ! Et quand il eut terminé :

« — Par mes tripes ! Je n'ai jamais rien avalé d'aussi bon ! Pourrais-je en avoir encore ?

« — A votre service.

« Après la seconde écuellée, il en réclama une troisième. On le servit encore. Cependant que les mazuquiers se chuchotaient dans leur patois :

« — *Akeste, co es oun crèbo-fam ! Mondja pa com oun ome. Gola com oun lop !* (Celui-là est un crève-la-faim ! Il ne mange pas comme un homme. Il dévore comme un loup !)

« Quand vient l'heure de se mettre au lit, les mazuquiers lui abandonnent leur caisse de paille et vont dormir dehors, sous les étoiles.

« — Quel est cet étranger, s'interrogent-ils, qui fait si grand cas de notre pauvre pitance ?

« — Probablement quelque pèlerin en route pour Jérusalem. Ou quelque échappé de galère qui a volé des habits, des bottes et un cheval. Ou quelque pénitent qu'on aurait précédemment enfermé quinze jours sous une cuve.

« Le lendemain matin, levés à la blancheur de l'aube, ils le trouvent qui dort encore dans la paille comme un enfant Jésus. Et lorsqu'il sort enfin de sa caisse, il les salue et s'exclame :

« — Chers amis, voilà bien ma meilleure nuitée depuis dix ans ! D'habitude, je me tourne et me retourne dans mon lit jusqu'aux premiers chants des coqs. Ah ! comme j'envie votre existence paisible, sur votre belle montagne ! M'autorisez-vous à rester ici une journée encore ? Une seule journée ?

« Les trois mazuquiers se consultèrent des yeux et dirent oui. Puis chacun se dirigea vers sa besogne. L'étranger les suivait comme un chien suit son maître, essayant de tout faire pour aider l'un, aider l'autre ; retenant à deux mains la queue de la vache toujours encline à fouetter le seau du trayeur ; portant la gerle au moyen de la barre de bois ; courant derrière les veaux pour les ramener, leur parlant comme à des personnes, leur caressant l'échine ou le front. On le vit dresser les panneaux du parc. Tout cela avec un bonheur qui lui éclairait la figure d'une oreille à l'autre. Sur le coup de midi :

« — Quelque chose m'embarrasse, dit-il.

« — Quoi donc ?

« — Ces bottes de cavalier. Ne pourriez-vous pas me prêter des sabots comme les vôtres ?

« On lui en trouva une paire tout éculée, toute fendue, dont personne ne voulait. De pointure trop grande pour son pied, il fallut la rembourrer de foin. Et lui de remercier comme si on lui avait donné je ne sais pas quoi. Le soir, il eut bien les chevilles un peu saignantes ; mais il s'en accusa lui-même :

« — Je manque d'habitude. Ma mère ne m'a pas appris à marcher les jambes écartées.

« Comme la veille, il se gobergea de soupe à la tomme et s'en servit trois bonnes fois. Sa seconde nuit sur la paille fut aussi heureuse que la première. Pendant ce temps, dehors, les mazuquiers regardaient avant de s'endormir la lune pleine, avec le bûcheron qu'on y voit portant un fagot. Eux aussi firent une bonne nuitée, bercés par le chant du rossignol.

« Le jour venu, le voyageur remercia ses hôtes de tous les plaisirs qu'ils lui avaient procurés.

« — Je m'en souviendrai longtemps, promit-il. Et je suis sûr que mon cheval fera de même, car il s'est gavé d'herbe fraîche et a viré la coupetinle tout son soûl. Vous voyez : si j'étais resté un peu plus parmi vous, j'aurais peut-être appris votre patois. Malheureusement, je dois repartir. On m'attend... par là-bas. Pendant ces deux jours, vous m'avez rendu heureux comme un roi.

« Il répéta d'un air entendu : "Comme un roi !" Ensuite, il parla de payement. Tout d'abord, les mazuquiers refusèrent :

« — Notre soupe, Monsieur, n'a pas de prix.

« — Alors, laissez-moi fixer le prix moi-même... Si, si, j'y tiens absolument.

« A chacun, il donna un écu de six livres ; les trois pièces réunies suffisaient presque à payer une vache et son veau.

« — Mais non, Monsieur...

« — Vous trouvez que c'est trop ? Rien ne vous oblige à les dépenser. Gardez-les seulement en souvenir de moi.

« Puis il serra le bras de chacun et repartit comme il était venu. Quand il eut disparu... du côté de par là-bas, ils tournèrent et retournèrent entre leurs mains les pièces sur lesquelles était gravé le profil d'un homme à la barbe fine.

« — Mais c'est lui ! s'écria Célestin. C'est lui tout craché ! Nous avons reçu le roi dans notre mazuc !

« — Tu as raison, dit Toine. Le roi en personne.

« — Et il a trouvé bonne notre soupe, lui qui avait l'habitude des cailles et des ortolans !

« — Et jamais il n'avait aussi bien dormi que sur notre paille, au lieu de ses lits de plume.

« — Et il a préféré nos sabots à ses bottes de cuir !

« — Et nous qui souhaitions avoir ce qu'il avait !

« Aussi, conclut Couriol qui nous racontait ces choses, s'adressant à moi, tu as grand tort de te plaindre de ce que tu trouves ici, en nourriture et en sommeil. Le roi de France n'en a pas autant. »

Je cessai de me plaindre. Pour me consoler, j'allai virer la coupetinle sur la pente de la montagne.

5

Il n'est pas tout à fait vrai que les mazuquiers passaient sans autre divertissement que de virer la coupetinle les cinq mois de leur estive. Certes, à cause du jeune Géraud qui eût gêné les ébats, aucune Marie-Salope ne montait rendre visite à ceux de Poniac ; mais ils avaient en échange la fête des bergers, le dernier jeudi du mois d'août. C'était pour eux l'événement de l'année. Il avait lieu à la Font-Sainte, la Fontaine Sacrée (qui se prononce là-haut *Foui-Sonta*), à peu de distance de Saint-Hippolyte, au pied de Rochemonteix. Il est curieux comme la Mère de Jésus s'est complu à visiter maintes fois l'Auvergne, faisant d'elle une Terre Sainte, laissant des sources guérisseuses en souvenir de son passage. Ainsi fit-elle sur ce flanc de montagne, à 1 200 mètres d'altitude, à une demi-lieue de Cheylade et de Saint-Hippolyte. L'hiver, l'endroit est un désert de neige. L'été, un désert d'herbe, de cette plante rude appelée poil-de-bouc dont les feuilles coupent les doigts comme des lames.

En des temps très anciens, un petit oratoire avait été construit près de la source. Au XVIIIe siècle, il tombait en ruine ; mais l'eau coulait et guérissait quand même. C'est alors, en 1735, que la Sainte Vierge apparut à Marie Galvain. Non pas à une pastourelle à peine sevrée comme Jeanne d'Arc, plus tard Bernadette Soubirous, mais à une robuste mère de famille, sur la trentaine, qui ne craignait pas de retrousser ses manches. La Vierge — sous la forme d'une dame richement vêtue, avec un air de majesté qui inspirait la confiance et le respect — lui parla en ces termes :

— Je veux premièrement que vous reconstruisiez un oratoire convenable au-dessus de la source qui jamais nul mal ne fera, et souvent guérira. Secondement, qu'on m'élève une chapelle au-dessus de ce lieu, à droite sur la plaine, à l'endroit où vous trouverez une pierre marquée d'un signe. Je vous ai choisie pour cette bonne œuvre.

— C'est à moi, pauvrichonne, que vous commandez un travail si long et si lourd ?

— Demandez de l'aide à mes vrais serviteurs. Et rien de ce que vous implorerez en mon nom ne vous sera refusé.

Marie Galvain se met en quête de bonnes volontés. Elle en trouve. Ensemble, ils se font terrassiers, tailleurs de pierre, maçons. Elle se heurte aussi à des opposants, propriétaires des herbages, ils craignent un afflux de pèlerins. Le curé de Saint-Hippolyte lui fait aussi remarquer qu'elle n'a aucune autorisation ecclésiastique pour entreprendre ces travaux. Celle de la Vierge ne suffit pas. Il lui faut encore celle de l'évêque de Clermont, dont le diocèse s'étend alors sur une partie du Cantal. Illettrée, elle prie un ami d'écrire en son nom à ce prélat, qui se trouve être Monseigneur Massillon, renommé pour sa douceur et son courage. On a retrouvé le texte de la supplique :

> *A Monseigneur l'évêque de Clermont-Ferrand,*
>
> *Supplie humblement Marie Galvain, habitante du village de Rastoul, paroisse de Saint-Hippolyte d'Apchon, disant que le zèle dont elle est pénétrée pour la religion et la vénération qu'elle a depuis ses tendres années pour la Sainte Vierge lui ont inspiré les pieux sentiments de la construction d'une chapelle dédiée à Notre-Dame de la Font-Sainte dans le voisinage où l'ancien oratoire est situé. La suppliante, à qui il ne manquait rien pour la construction de ce pieux ouvrage que votre agrément, Monseigneur, vous donna sa requête à ce sujet. Mais un commissaire malintentionné eut la témérité de la cacher à votre Justice, au grand regret de la suppliante, qui avait fait ramasser la pierre nécessaire pour la construction de cette chapelle... Elle a depuis été entravée par des paroissiens et voisins qui, outre diverses menaces qu'ils lui ont faites, lui ont enlevé lesdites pierres...*
>
> *Ce considéré, Monseigneur, il vous plaise d'accorder à la suppliante, en cas d'insuffi-*

sance de fonds, de faire une quête pour la construction de la chapelle où bon lui semblera. La suppliante ne cessera de faire des vœux au Ciel pour la prospérité de votre Eminence[1]...

Suivent les signatures d'une quinzaine de personnes où l'on ne trouve point celle de Marie Galvain pour raison d'illettrisme.

Dans ce texte, il n'est point question d'apparition ni de dialogue avec la Sainte Vierge. Quoi qu'il en soit, Monseigneur Massillon répondit favorablement à la requête. Il fit même don à la suppliante d'une statuette en bois de Marie, tenant l'Enfant Jésus sur le bras gauche. La paysanne se remit à l'ouvrage, avec l'aide de ses fils et de quelques amis dont on connaît les noms : Antoine Faucher, Marguerite Robert, Nicolas Chavaroche, Géraud Tournades, Jean Valarcher, Philippe Fiocres, Jacques Jehan, Jean Refauvelet... Elle mourut avant l'achèvement de sa mission, ne laissant après elle que l'oratoire restauré, couvert de lauzes, portant la date de sa consécration : 1744. Il suffit pour organiser dès lors le *reinage* de Notre-Dame de la Font-Sainte, le premier dimanche de juillet. Le mot s'explique parce que, à l'occasion de cette fête, on choisissait un roi, une reine et un évêque. Non pas élus, mais nommés par le curé de Saint-Hippolyte qui les désignait après avoir mis aux enchères leur titre et leurs attributs, sceptre, couronne, croix, bannières,

1. Cité par Abel Beaufrère. *La Font-Sainte* (Ed. Gerbert, Aurillac).

mitre ; et même le vin bénit qu'ils verseraient et qu'on devait boire dans le creux de la main. Ajoutez quatre porte-images, deux porte-croix, deux porte-enseigne, des dizaines de porte-flambeaux pour la procession nocturne.

Le jour dudit reinage, 2 juillet, la statuette offerte par Monseigneur Massillon quittait l'église de Saint-Hippolyte, sa résidence hivernale, et montait à l'estive. Pendant deux mois, elle protégeait dans l'oratoire hommes et bêtes des orages, des maladies, des accidents. Les vachers et bergers attendaient le dernier jeudi d'août pour lui rendre sa politesse, pour descendre à elle comme elle était montée à eux. La rencontre était préparée par tous les habitants de la région. Des séminaristes venaient même de Saint-Flour afin de rendre aux meneurs de troupeaux un hommage solennel qui leur fît oublier leurs misères coutumières. Des charrettes remplies de pains, de viandes, de bouriols, de cervelas, et aussi de tonneaux de vin coupé, montaient vers la chapelle. Par centaines, les mazuquiers, jeunes et vieux, dégringolaient de leurs mazucs. Ils avaient raccourci leurs tignasses ; s'étaient rasés, lavé la figure et les mains à l'eau de source ; avaient revêtu leurs meilleures hardes ; coiffé leur meilleur chapeau ; chaussé leurs meilleurs sabots, quelques-uns des souliers ferrés, et ils affluaient le parapluie bleu en bandoulière, tous pleins de joie et d'appétit, à l'idée de se graisser un peu les tripes, de se soûler ou de faire semblant. D'avance, ils en riaient, se frottaient les pattes, s'envoyaient des bourrades dans l'échine. Certains n'avaient pas pris tant de précautions : ils arrivaient avec leur face hérissée comme la teigne de la bardane, ou bien rouge et poupine comme le gratte-cul.

D'abord, il leur fallait, tête nue, agenouillés dans l'herbe, assister à la messe en plein air. Réciter les prières à voix haute. Se frapper la poitrine au *C'est ma faute*. Processionner derrière la statue de la Vierge. Pour s'élargir la vue, ils regardaient autour d'eux les sommets aigus des puys, les ruines du château d'Apchon, le calvaire de Rochemonteix. Sur le coup de midi, quand le soleil était au plus haut, ils recevaient enfin les nourritures espérées. Les porteurs de soutane les obligeaient à se mettre en rangs sur quatre lignes. Ils leur lançaient du haut de leurs charrettes des tranches de pain, des morceaux de cervelas, des côtes de bœuf bouilli. Les victuailles pleuvaient parmi ces bras levés, parmi ces mains grippeuses, parmi ces protestations :

— Et moi ! Et moi !... J'ai rien eu !

Il s'ensuivait des empoignades, malgré les cris des prêtres :

— Du calme ! Du calme ! Y en aura pour tout le monde !

A la fin, en effet, chaque poigne avait réussi à saisir deux ou trois morceaux. Les mazuquiers se remplissaient les joues, se bourraient les poches, s'étouffaient de manger sans boire. Alors venait le plus délicat : la distribution du vin. Quoique baptisé d'eau, c'était quand même du jus de la vigne, sanctifié par les paroles du Christ : *Buvez-en tous, car ceci est le calice de mon sang, le sang de la nouvelle alliance*. Afin de recevoir leur part, les bergers faisaient la queue devant trois barils et trois robinets. Chacun remplissait son gobelet, qu'il devait vider instantanément ; puis il s'éloignait en se léchant les babines.

— Si vous avez encore soif, buvez librement l'eau de la Font-Sainte.

Ils ne s'en privaient pas.

En fin de journée, ils se mettaient en route vers leurs mazucs respectifs. Le peu de vin qu'ils avaient bu ne suffisait pas à leur tourner la tête ; alors ils se forçaient pour paraître cuités. Poussant de gros éclats de rire. Chantant des airs fort peu religieux :

Si je voulais, je ferais hou-peleyre !
Si je voulais, je ferais hou-pelà !

Après deux heures de marche ou davantage, ils arrivaient enfin, juste pour la traite du soir et le transport du lait.

Plusieurs années de suite, moi, Géraud Codier, je descendis à la fête des bergers. A partir de 1838, elle connut un notable changement. Grâce aux efforts du père Murat, curé de Saint-Hippolyte, fut enfin achevée la construction de la chapelle voulue par la Vierge, promise par Marie Galvain. Dès lors, la statue offerte par Monseigneur Massillon eut deux domiciles officiels : Saint-Hippolyte l'hiver et la Font-Sainte l'été.

A la fin de l'estive, les mazuquiers redescendaient vers la ferme de la Jarige, avec leurs dernières fourmes. Elles allaient recevoir un complément de maturation dans la cave, avant de partir vers les marchés. Je changeais mes fonctions de boutilier contre celles de valet. La ferme comptait trente-deux vaches rouges, six bœufs ou bouvillons bigarrés, une jument, trois chèvres, douze brebis et quatre ou cinq habillés de soie selon les années. Le logis avait près de trois siècles d'âge, comme l'attestait une date gravée dans le linteau de l'étable : *MDXXXVIII* ; mais celle-ci avait été allongée à plusieurs reprises, c'était une étable gigogne. L'habitation des personnes, elle, n'avait guère changé depuis le temps de sa construction. Le derrière enfoncé dans une pente, elle ouvrait au midi ses fenêtres étroites, sans volets, traversées au rez-de-chaussée par des barreaux de fer hérissés de pointes. Quelques maisons des environs étaient couvertes d'épaisses lauzes de lave, larges parfois d'un mètre et pesant une tonne. La Jarige, elle, conservait son ancien bonnet de chaume, tiré bas sur les yeux du côté de la pluie. Par superstition autant que par économie, les paysans tenaient à ce genre de couvert. Dans les anciens temps de famines, le foin venant à manquer aux bestiaux, il arrivait qu'on dût déchaumer la maison pour en faire manger la paille, en attendant le retour de l'herbe. Cette bonne épaisseur sur leur tête était une réserve de dernier secours. On était content de la savoir là, même si l'on espérait bien ne pas avoir à l'entamer.

Je couchais à l'extrémité du fenil, dans le *tchambarà*, avec deux autres valets. En hiver, on se levait avant le jour. Car *koï lou de mathy ke se fay la dzournada*, c'est le matin que l'on fait sa journée. Les vaches avaient déjà pris le foin de leurs mangeoires. Je les amenais une à une vers les abreuvoirs, creusés dans des troncs de chênes.

Moi, je mangeais bien à ma faim, avec mon compte de pain, de lard, de fromage, de pommes de terre. Ces tubercules, introduits en France non point par Parmentier mais par un moine franciscain du Vivarais vers 1540, avaient mis un terme aux famines. Plusieurs fois dans l'année, je retournais à Cheylade embrasser ma famille. De la Jarige à ma maison natale, la route était longue et malaisée. Un dicton le confirmait : *Per anar ves Tcheylado, Aco monto é aco devalo, E aco duro oun égado*. Pour aller à Cheylade, ça monte et ça descend, et ça dure une bonne chevauchée. Ma chevauchée, je la faisais sur l'âne de saint François, mes deux jambes et mes deux sabots. Puis je revenais sur la même monture.

La route royale 126, de Saint-Flour à Aurillac, n'était pas plus commode que les précédentes. Avant d'être améliorée grâce au percement d'un tunnel, elle eut besoin du concours de deux préfets successifs, de quatre sous-préfets, d'une vingtaine de maires, de trois directeurs des Ponts et Chaussées, d'un ministre des Travaux publics. Et surtout de Dieu le Père en personne. Car c'est lui qui permit, voulant montrer l'intérêt qu'il portait à l'entreprise, qu'un fonctionnaire apparenté au préfet Delamarre par le cousin de sa femme, monsieur de Lasteyras, accédât à la direction générale des Ponts et Chaussées en 1838. Exploitant cette seconde parenté, le préfet du Cantal réussit, après six ans d'efforts et de batailles, à faire accepter son projet.

Une équipe de géologues et de géomètres, munie de marteaux, de chaînes d'arpentage, de théodolites, vint d'abord sur place examiner le terrain, le relief, la nature des sols. Elle rédigea un rapport de quatre-vingts pages avec croquis. Celui-ci fut examiné pendant six mois par le Conseil des Ponts et Chaussées, qui rendit enfin un avis favorable. Les terrains furent achetés par voie amiable ou par expropriation, ce qui engendra de nouveaux mécontentements.

Au mois de juin 1839 furent plantés les premiers jalons. Ils devaient tracer une route nouvelle. Et apporter aussi un changement complet dans l'existence de Géraud Codier.

TROISIÈME PARTIE

1

Il s'agissait d'ouvrir dans le puy de Masseboeuf une galerie longue d'environ 1 400 mètres, large de six ou sept, haute de cinq ou six, par où s'écoulerait dans les deux sens un flot de voitures, de cavaliers, de piétons qui nourrirait d'un sang nouveau les deux Auvergne. La direction de l'entreprise fut confiée à un jeune ingénieur, Adrien Ruelle. Né à Gap (Hautes-Alpes) en 1815, reçu à l'âge de dix-huit ans à l'Ecole Polytechnique, il choisit le corps des Ponts et Chaussées. Nommé dans le Cantal, il se fait remarquer par sa compétence. Pendant des semaines, on voit ce garçon de vingt-quatre ans, à la taille élancée, à la fine moustache, ausculter la montagne, étudier sur place à son tour les roches qui en forment la substance. Trachytes, basaltes, andésites, avec, çà et là, des veines de granit que la nature semble avoir disposées pour renforcer l'ensemble. Rien que du solide. Il en conclut qu'il ne sera pas nécessaire de soutenir la voûte du tunnel par un revêtement de maçonnerie ou par des arcs, comme les voûtes de nos cathédrales. La pierre se soutiendra toute seule. Plus tard, il s'apercevra de son erreur.

Un avis fut publié par voie d'affiches, par les crieurs publics et même par les sermons des curés. Il informait qu'en vue de percer la montagne à hauteur du Lioran, le service des Ponts et Chaussées avait besoin d'ouvriers « sérieux, sobres, travailleurs, dévoués au bien public et au Roi des Français », dans les professions suivantes disposées en colonne sur les placards :

terrassiers
bûcherons
charpentiers
charretiers, avec ou sans chevaux
chauliers
fontainiers
forgerons
maçons
carriers
tailleurs de pierre
manouvriers

Les salaires s'échelonneraient de deux à trois francs par jour, selon les compétences et les besoins de l'entreprise.

Certaines spécialités parurent surprenantes. Chauliers ? Sans doute devrait-on construire des fours à chaux ou à ciment. Fontainiers ? Il y aurait donc à régler et entretenir des fontaines. La nouvelle se répandit dans tout le département. Dans toute l'Auvergne. Dans tout le royaume.

Et même hors de France. En ce début du XIXe siècle, les hommes en quête de besogne ne craignaient pas de s'user les jambes pour aller en trouver à cent lieues de leur domicile. Au cours des neuf ans que devait durer le chantier jusqu'à sa complète finition, on vit arriver des Piémontais, des Bavarois, des Suisses. Ils savaient qu'ils seraient payés en francs Germinal, la monnaie la plus respectée de l'Europe malgré la chute de son créateur Napoléon. Il vint même des Polonais qui n'avaient pas de patrie. Et pas de livret, document indispensable à tout ouvrier, délivré par le maire de sa commune, sur lequel figuraient les emplois précédents, avec dates et appréciations des patrons successifs. Ces apatrides furent embauchés tout de même, après avoir fait leurs preuves, à des salaires réduits.

Et les Français ? Des Poitevins, des Bretons, des Berrichons. Et aussi, naturellement, des Auvergnats, accourus des villages voisins. Ces derniers se révélèrent les moins assidus. Présents l'hiver, ils se raréfiaient au printemps pour disparaître presque lorsque les travaux agricoles avaient besoin de leurs bras. Tandis que l'effectif moyen s'élevait à quatre-vingts ou quatre-vingt-dix personnes, il tombait à quarante à la saison chaude, malgré les augmentations de salaires promises par les Ponts et Chaussées.

François Mavel me fit la proposition de partir ensemble nous engager au Lioran. Entré dans ma seizième année, je m'enflammai tout de suite à l'idée de quitter les vaches et le mazuc, d'échapper à la puanteur des étables, de pouvoir dire un jour à mes petits-enfants : « J'ai percé une montagne ! » D'aller gagner enfin un peu d'argent qui m'appartiendrait en propre, cela entrait dans nos conventions :

— Je ne te demanderai pas un sou sur tes gages, promit le tonton. A la fin du chantier, tu pourras confier tes sous à un notaire qui te versera des revenus.

— Des revenus ?

— C'est-à-dire qu'il te rendra plus que tu ne lui auras donné. Cela s'appelle le fruit de la somme. L'argent produit un fruit comme le pommier produit des pommes.

Autre argument de Mavel :

— Et nous aurons le plaisir de travailler côte à côte. De nous tenir compagnie. De nous secourir en cas de besoin !

Il me prit la nuque dans sa main et m'embrassa sur le front. Je nourrissais pour mon « oncle » une très vive affection. Pardonne-moi, Jean-Marie Codier, toi qui fus mon père véritable avant de te noyer dans la Rhue et le passé, pardonne-moi si je n'ai jamais éprouvé pour toi beaucoup de sentiment. A peine un regret conventionnel lorsque grand-mère Rosette me disait :

— Ton pauvre père faisait ainsi... Ton pauvre père avait de grandes qualités... Ton pauvre père par-ci... Ton pauvre père par-là...

Il était parti trop vite. Peut-on avoir du sentiment pour quelqu'un que l'on n'a jamais connu ? L'amour entre en vous par les yeux, par le nez, par les mains, par les oreilles. Il naît des paroles qu'on entend, des caresses qu'on reçoit, de l'odeur même de la personne, on n'aime point quelqu'un qui sent mauvais. Lorsque François Mavel prenait ma nuque dans sa paume, sa force pénétrait ma tête et sa douceur mes pensées, je le sentais mon père autant qu'il est permis.

Cette comparaison m'amène à penser que je n'ai jamais pu accomplir le premier commandement de Dieu, malgré les exhortations du catéchisme.

Un seul Dieu tu adoreras
Et aimeras parfaitement.

Tant qu'il ne s'agit que d'adorer, la chose est facile. Les signes de croix, les génuflexions, les chandelles allumées, l'eau bénite, la pièce de monnaie dans le plateau de la quête, tout cela ne coûte guère. Mais aimer, c'est autre chose. Je sais ce que je dis. De tout mon cœur, j'ai aimé ma sœur Titi. Je la humais comme une rose. Je m'emplissais les yeux de ses sourires, les oreilles de sa voix. Je la tenais sur mes genoux. Quand elle est morte, j'ai cru devenir fou de douleur. Dieu nous l'a prise, lui qui nous l'avait donnée. Quel est ce père qui reprend ses cadeaux ? Je n'aime pas Dieu, ne l'ayant jamais vu, jamais senti, jamais rencontré, jamais entendu. On me dit qu'il est un pur esprit, dépourvu de substance, une sorte de vapeur plus puissante que celle des locomotives. Mais puis-je m'éprendre d'une vapeur incolore et inodore ? Pourtant, je vais à la messe, je mouille deux doigts dans le bénitier, je me signe, je l'adore, mais je ne mets dans ces gestes aucun amour. Seulement de l'obéissance à la règle, aux ordres du curé Tréboule. Quand je mourrai, Dieu n'aura rien à me reprocher : je me suis confessé, j'ai communié, j'ai fait pénitence. Rien que mon manque d'amour. Si quelqu'un venait me dire un jour que ni lui ni sa famille, Jésus, la Vierge, les saints, n'existent, n'ont jamais existé, qu'ils sont une pure invention des prêtres, je me mettrais à rire et je penserais de ces derniers : « Depuis deux mille ans, nous ont-ils bien carottés ! »

En résumé, pour en revenir à mon père naturel, je confirme que je n'avais pas eu le temps de m'attacher à lui, à sa voix, à ses mains, à son odeur. En revanche, j'affectionnais mon second père. J'admirais sa force, et sa vaillance, son adresse à coltiner les sacs de blé, à rouler les tonneaux, à « biller » les chargements de bois. Lorsqu'il parla de mettre son métier et ses chevaux au service de l'entreprise pharaonique, j'acceptai avec une reconnaissance infinie. De l'emploi de tranche-fumier à celui de tranche-montagne, la promotion était immense.

Il nous fallut dire au revoir à la famille. Ma mère pleura comme si nous partions pour le Maroco. Grand-mère Rosette me fit deux recommandations :

— Une : surveille bien le « tonton ». Retiens-le un peu de boire. Les hommes de vin sont des hommes de rien. Deux : chaque soir, avant de t'endormir, n'oublie pas de réciter un *Je vous salue* et un *Notre-Père*.

Quoique veuve d'un brigand de grand chemin, elle était, comme j'ai dit, une championne de l'adoration. En complément, elle me remit un boursicot de cuir contenant cinq pièces de vingt sous en argent ; les plus difficiles à dépenser si on ne les convertit pas en menue monnaie, car alors celle-ci vous file entre les doigts tels des grains de sable.

François avait obtenu du maire de Cheylade deux livrets, l'un pour lui, l'autre pour moi. Nous sommes montés dans la charrette qui nous a transportés jusqu'au hameau du Lioran. Trois maisons dont deux auberges. Nous nous sommes présentés à l'ingénieur Commier, chargé du recrutement.

— Je suis charretier de profession, a dit le « tonton ». J'ai une grande expérience des transports, des chevaux, des tombereaux, des haquets. Et je peux vous louer mes deux bêtes.

Il s'agissait de deux gros-culs, peu sensibles au froid comme au chaud, pareils à celui que montait Napoléon et qu'il appelait Cantal. Avant de donner sa réponse, monsieur Commier s'intéressa d'abord à eux, les examinant longuement de la queue à la tête, y compris dans la bouche. Il en vint ensuite à Mavel. En moins de dix minutes, le charretier et ses chevaux furent engagés au tarif de cent quatre-vingts sous par jour, à savoir neuf francs dans la nouvelle monnaie.

— D'accord, dit François. Mais j'ai aussi mon garçon à vous proposer. L'un ne va pas sans l'autre.

Le regard de l'ingénieur se promena sur moi,

comme il avait fait sur les animaux, sans toutefois me faire ouvrir la bouche.

— Que sais-tu faire ? me demanda-t-il.

C'est le tonton qui répondit à ma place :

— Il a travaillé jusqu'à présent dans les fermes. Mais il accepte n'importe quel emploi, même celui de manouvrier.

— Son âge ?

— Dix-huit ans, dit François en mentant quelque peu.

— Je le prends au tarif de trente sous par jour.

— Les affiches en promettaient au moins quarante.

— Il ne sait rien faire ! Il sera augmenté lorsqu'il aura appris quelque chose.

Nos deux noms furent couchés sur la liste des engagés, nous y ajoutâmes notre signature.

Les premiers à cracher dans leurs mains furent les charpentiers. Ils construisirent quatre baraques pour un total de cent ouvriers qui, en fait, ne fut jamais atteint. Installées le long de la route ancienne, deux côté Murat, deux côté Aurillac, mais en retrait, pour ne pas gêner la circulation des voitures qui continuait pendant les travaux, par le col de Font-de-Cère. Des marchands ambulants profitaient d'ailleurs de tout ce monde pour apporter du solide, du liquide, des objets d'usage courant, couteaux, peignes, rasoirs, encriers.

Les quatre murs de chaque loge étaient faits d'une double cloison de planches, clouée sur des montants enfoncés dans le sol. L'intervalle était rempli avec de la terre glaise bien pilonnée, semblable à celle dont on fait le pisé. Le toit à pente unique, orienté vers le midi, comprenait pareillement deux épaisseurs ; entre elles, une couche de mousse et de sciure formait une isolation plus légère. Couvrant le tout, des mottes de terre renversées, herbe en dessous, comme celles qu'on trouvait sur les mazucs. Pas de cheminée, pas de chauffage ; un poêle aurait risqué d'incendier la construction. Deux fenêtres garnies de vitres vergées, sans volets. Le mobilier : vingt-cinq lits-caisses, remplis de paillasses ; aux murs, des rayons de planches nues pour recevoir la gamelle de fer, l'écuelle de terre cuite, la cuillère et la fourchette de chaque occupant ; au milieu, deux longues tables de sapin sur lesquelles les aubergistes apportaient les chaudronnées de soupe et autres fripes qu'on leur commandait. Dix sous par jour pour la nourriture complète, vin non compris. Cela entamait sérieusement les salaires. Aussi les Auvergnats domiciliés dans le voisinage préféraient-ils assurer eux-mêmes leur subsistance. D'autres achetaient du pain aux ambulants, du fromage aux mazuquiers.

Et la toilette ? Les fontainiers captèrent des sources, installèrent des bacs où les chevaux pouvaient s'abreuver, les hommes se débarbouiller. En hiver, l'eau gelait ; beaucoup d'ouvriers préféraient demeurer dans leur crasse et leur barbe qui les tenaient chaud. Le dimanche matin, un barbier monté de Fraisse-Haut proposait ses services : deux sous la barbe, trois sous les cheveux, quatre sous la totale. En été, aux jours les plus chauds, après leurs treize heures de labeur, beaucoup allaient se tremper tout nus dans les eaux de l'Allagnon ou du Viaguin. Ils s'étendaient ensuite sur l'herbe encore chaude pour se sécher. C'était notamment le cas des Piémontais qui semblaient avoir besoin de l'eau autant que les poissons.

Quant aux besoins hygiéniques, rien n'avait été prévu. Autour du chantier, la campagne était assez vaste pour accueillir toutes les offrandes. L'herbe et les feuilles fournissaient les torche-culs. Des raffinés descendaient se tremper le derrière dans la flotte. Les montants rencontraient les descendants, ce qui donnait lieu à des échanges de propos intéressants :

— Alors, vous en venez ?

— Pardi ! Et vous, vous y allez ?

— *Aco digadjo è cousta re.* Cela dégage et ne coûte rien.

D'autres encore préféraient les altitudes. Ils gravissaient les pentes de Massebœuf, s'accroupissaient derrière les genêts. Certaines surfaces sentaient la merde plus que le parfum des fleurs. Et l'on devait bien regarder où l'on posait ses sabots pour éviter les glissades.

Les chevaux — huit de trait, quatre de chevauche — logeaient dans deux écuries, confiés aux soins de leurs propriétaires ou de palefreniers. L'ingénieur en chef se fit construire un petit chalet surplombant la vallée du Viaguin ; des journalistes malintentionnés, se rappelant les châteaux ruinés qui dominent la vallée du Rhin, le baptisèrent Ruelle-Burg. Ils en vinrent même à surnommer le Gapençais monsieur Lohengrin.

A Géraud Codier et François Mavel fut attribuée la baraque numéro 2, côté Murat. Nous nous y trouvions sous l'autorité d'un « piqueur », agent assermenté placé sous les ordres du conducteur de travaux. Cet intermédiaire, un autre Haut-Alpin originaire de Veynes nommé Pellerin, nous lut minutieusement — pour le cas où nous n'aurions pas su le déchiffrer — un règlement en dix-huit points affiché à la porte de la baraque.

... Article 12. Afin que le logement des ouvriers soit constamment propre, chaque homme à son tour sera tenu de le balayer à midi, sous peine d'une amende de 1 franc. Une liste arrêtée par le piqueur attaché aux travaux, indiquant ceux qui seront de semaine, sera placardée dans le dortoir. Chaque jour, le piqueur visitera le logement pour s'assurer de sa propreté...
Article 13. Les vols entraîneront immédiatement le congédiement du fautif et sa remise à la maréchaussée.
Article 14. Le piqueur a la responsabilité des levers et des couchers, fixés à 5 heures du matin et à 10 heures du soir les jours ouvrés, à minuit les dimanches et jours fériés.
Article 15. Si un homme en état d'ébriété fait du scandale ou produit du désordre, il lui sera infligé une amende de 2 francs la première fois, de 4 francs en cas de récidive.
Article 16. Aucun animal domestique ne sera toléré dans le logement...

En fait, après quelques mois d'usage, les baraques furent pleines d'animaux domestiques, puces et punaises. Car, au sens propre du terme, « qui vit dans la maison », nulle bête n'est plus domestique que ces insectes. Apportées par on ne sait qui, d'origine suisse, piémontaise, polonaise ou auvergnate, les punaises logeaient dans la paille des lits-caisses ; on ne parvenait à s'en débarrasser qu'en brûlant de temps en temps le contenu des paillasses et en le remplaçant par de la paille fraîche ; les puces trouvaient refuge entre les lames des planchers : lorsqu'un rayon de soleil frappait directement ces interstices, on les voyait bondir très haut, jouer entre elles à saute-mouton.

Article 17. Il est fait défense aux cantinières de donner à boire aux ouvriers hors les heures des repas, si ce n'est les dimanches et jours de fête jusqu'à 8 heures du soir...

Le premier coup de pioche fut donc donné le 10 mai 1839, assené par le préfet Delamarre en personne, côté Murat, dans l'alignement précis de l'axe médian du futur tunnel, suivant les indications d'Adrien Ruelle. Le fer de l'outil n'arracha qu'un peu de terre molle et noire dans laquelle la bruyère enfonçait ses racines. Pour atteindre le roc, un terrassier prit la pioche des mains du préfet et sapa plusieurs minutes. Le basalte apparut enfin, sombre, veiné de gris, aussi frais qu'au jour de son effusion. Des maires se pressaient autour du représentant de Louis-Philippe, ceux de Murat, de Laveissière, de Saint-Jacques-des-Blats, de Vic, d'Aurillac ; et aussi le sous-préfet de Murat, une douzaine de gendarmes, une autre de fonctionnaires.

La fosse devint si profonde qu'on y eût enterré un âne la queue levée. Monsieur Delamarre s'avança jusqu'au bord. Il tenait dans ses bras, comme un nouveau-né, une boîte de plomb. Elle devait être enfouie dans ce trou afin de faire connaître aux générations futures, dans un siècle, peut-être dans dix, les origines de l'œuvre grandiose qui commençait ce jour. Il avait écrit au ministre des Travaux publics pour solliciter une médaille symbolique dont il avait dessiné les possibles avers et revers. Sur une face (il n'avait pas osé se représenter lui-même), la montagne du Lioran ; sur l'autre, la bouche de la galerie. Il avait marqué en pointillé la place d'une légende qu'il souhaitait latine, dont le sens eût été approximativement : *Tunnel du Lioran, le plus long de France. Delamarre préfet. Année 1839.* Après deux mois d'attente, le service des médailles s'était limité à lui adresser une médaille déjà gravée, passe-partout, représentant le profil piriforme de Louis-Philippe, avec son célèbre toupet, commémorative de la cinquième année de son règne. Delamarre s'était contenté de déposer dans la boîte de plomb un parchemin sur lequel, à l'encre de Chine et en langue française, l'entreprise était décrite. Le coffret fut déposé au fond du trou, recouvert de pierres et d'une couverture de mortier à la chaux. Tout le public applaudit. Puis Delamarre remonta sur son cheval et repartit pour Aurillac.

2

Alors commença la vraie besogne des tranche-montagnes. A la vérité, deux percées devaient se faire en même temps, l'une au-dessus de l'Allagnon, l'autre au-dessus du Viaguin, affluent de la Cère. Avançant l'une vers l'autre suivant les tracés déterminés par Adrien Ruelle, elles se rencontreraient, s'il avait visé juste, au cœur du puy de Massebœuf. Qu'il eût visé faux paraissait à tous invraisemblable. Mais si la chose se produisait, il n'aurait plus, déshonoré, qu'à se passer au cou une corde de chanvre, faute de porter épée comme le cuisinier Vatel. L'ensemble des travailleurs formait donc deux équipes séparées par mille quatre cents mètres de terre et de rocher. Elles ne communiquaient guère, excepté les dimanches et jours de fête dans les auberges du Lioran, des Chazes, de la Remise, de Bourgeade. Embarrassées souvent par les langages, où s'affrontaient le français, l'auvergnat, l'italien, l'allemand, le polonais. Face à tous ces étrangers, les hommes du pays montraient quelque arrogance, bien qu'ils ne fussent pas toujours les plus nombreux, parce que l'entreprise avait lieu sur leur terre. Le vin du dimanche soir aidant, il en résultait des disputes ; parfois même des battostes où l'on se distribuait cordialement des coups de poing et des coups de trique. Jamais rien de grave cependant. Les couteaux ne sortaient pas des poches.

Les Polaks étaient les plus gros buveurs, suivant leur réputation. Ils ne se contentaient pas du vin bleu — de la piquette — que leur servaient les cantinières ; ils demandaient aussi de la blanche qu'ils appelaient *woudka* et qu'ils avalaient debout, d'un seul trait, aussi facilement que si c'eût été de l'eau bénite.

Les Bavarois étaient les plus gros mangeurs. Ils s'empiffraient de *truffes*, de boudin, de pieds de porc dont ils broyaient les osselets entre leurs dents. Ils ne fréquentaient pas beaucoup les autres ouvriers, restaient entre eux, jouant aux cartes en poussant des exclamations incompréhensibles et d'énormes éclats de rire. Le soir, près de la fontaine, avant de se coucher, ils avaient une pratique répugnante : ils se lavaient les dents. Avec une petite brosse qu'ils se fourraient dans la bouche. La mousse savonneuse débordait et leur coulait dans la barbe. C'était vraiment dégobillatoire et personne ne songeait à les imiter. Mais ils étaient sur le chantier les plus forts manieurs de pic et de pioche.

Les Piémontais, bons travailleurs également, apprirent au contraire très vite à s'exprimer en français. Vrais montagnards, ils aimaient aux heures de repos grimper au sommet de Massebœuf d'où l'on a une vue magnifique sur tout le Cantal, sur les vallées, sur les mazucs et les troupeaux. Là, face aux montagnes, ils entonnaient en chœur des chants de leur pays qui s'envolaient au loin, réveillaient les échos tapis dans les grottes et transformaient le paysage en salle de concert.

Deux Suisses partageaient notre chambrée. Ils avaient le don des langues, s'exprimaient en allemand avec les Bavarois, en italien avec les Piémontais, en français avec les Auvergnats. Chose étonnante et presque scandaleuse : ils n'aimaient pas le fromage de la région, les belles tranches découpées au fil par les cantinières dans les meules de cantal.

— Qu'est-ce qu'il a, notre fromage ? s'étonnaient ces dames.

— Il est trop fort. Il sent les chaussettes sales, répondait le Suisse appelé Jean Chappuis. On trouve dedans des poils de vache.

— Parbleu ! On ne peut pas y trouver des poils de chèvre !

— Chez nous, en Suisse, le fromage est propre, doux, léger. Il fond dans la bouche comme du sucre. Je sais ce que je dis : j'ai travaillé trois ans comme gruyer.

— Gruyer ? Qu'est-ce que c'est ?

— Je fabriquais le fromage que nous appelons gruyère, à côté de la ville qui porte le même nom.

Dans la région, personne ne connaissait ce mot ni ce produit. Jean Chappuis promit qu'un jour, quand la galerie serait terminée, il essaierait de faire du fromage suisse avec du lait auvergnat.

La journée commençait donc à cinq heures, hiver comme été, car si l'on n'avait pas la lumière du soleil, on avait celle des lampes. Elle durait jusqu'à dix heures du soir, avec une coupure d'une heure à midi. Dans chaque baraque, levé avant les autres, le piqueur allumait les deux quinquets à huile suspendus aux solives. Au moyen d'allumettes au phosphore qui flambaient au moindre frottement. N'importe qui les fabriquait. Des marchands les proposaient dans les campagnes aux cris de :

— Allumettes sèches ! Allumettes sèches ! Un sou les vingt !

Il arrivait parfois qu'un de ces artisans prît feu avec son stock. Pellerin avait coutume de les frotter à la cuisse de son pantalon, en levant le genou, comme s'il voulait lancer une ruade. Ces manœuvres étaient accompagnées d'exhortations traditionnelles :

— Debout, bande de feignants !... Debout, bande de propariens !

Il était quatre heures et demie. Les dormeurs s'arrachaient à leur pucier, quasiment tout vêtus en hiver, presque nus en été, le corps marqué de rougeurs. Quelques-uns allaient à la fontaine pour un peu de toilette. Ils se débarbouillaient à la manière cantalienne : crache en l'air, passe au travers. Les cantinières arrivaient avec leurs chaudrons de soupe. Elles procédaient à la distribution dans les écuelles. Penché sur la sienne, chacun la lapait à grand bruit. Certains en redemandaient.

D'autres rotaient ou pétaient, ce qui mettait un peu de gaieté.

Le piqueur tirait de son gousset une de ces grosses montres rouges appelées oignons. A cinq heures moins cinq, il ordonnait :

— A l'ouvrage, tas de cagnards !

Nous nous enfoncions dans la nuit en hiver, nous dirigions vers le modeste halo de la lanterne suspendue à une potence qui marquait la bouche de la percée. Les charretiers, comme François Mavel, arrivaient peu après avec leurs chevaux aux oreilles courtes, au poitrail arrondi, attelés à des véhicules qui s'appelaient ici des *charrilles* ou des *barcelles* suivant leurs dimensions. A caisse basculante, aux parois divergeant quelque peu vers le haut, armées de pièces métalliques. Moi, Géraud Codier, j'étais déjà à pied d'œuvre. Mon travail consistait à charger à la pelle la terre et les menus débris de roc dans les tombereaux. Quand le chargement atteignait le haut des ridelles, François prenait son cheval par la bride et allait basculer ces décombres sur la pente qui descendait vers l'Allagnon, aux endroits désignés par les ingénieurs. Ainsi, à force de déblai, une route nouvelle se greffait sur la 126. D'autres charrois se déversaient sur l'ancienne chaussée afin de l'élargir. Car un des effets du percement était non seulement de raccourcir le voyage, mais aussi d'améliorer la voie montante et la descendante.

Une maison se commence par le bas (les fondations) et s'achève par le haut (la toiture). Un tunnel se commence par le haut (la *couronne*) et se termine par le bas (le *revanché*). Ainsi procédait-on, du moins, en 1839. Les ouvriers de la couronne étaient choisis pour leur force et leur résistance. C'étaient ordinairement des mineurs venus de Brassac ou de Pologne, habitués à travailler sur les genoux ou sur le ventre, à creuser leurs trous de taupe au moyen du pic acéré des deux bouts, à manche de buis, court ou long suivant les nécessités. Mais le charbon est tendre, et dur le basalte. Le pic ne suffisait pas toujours à détacher les blocs. Il fallait recourir à la barre à bout affilé qu'on glissait dans les *levaisons*, les fissures, et sur laquelle, à l'autre extrémité, le mineur faisait levier. A grands efforts qui lui arrachaient du ventre des rugissements. Sa percée n'avait jamais plus de deux mètres de hauteur. Quand il sentait que la pierre allait se décoller, il devait prendre le large, à temps pour ne pas la recevoir sur la tête. Il poussait ensuite le bloc détaché et le faisait glisser sur la pente d'accès. Ceux d'en bas le recevaient, le brisaient, l'évacuaient, ou bien le mettaient en stock pour les utilisations futures. En certains endroits, contre le basalte rétif, on employait des coins de fer enfoncés au maillet. En hiver, quand le froid pénétrait profondément dans la galerie, des coins de chêne gorgés d'eau. Insinués dans les levaisons, ils gonflaient sous l'effet du gel et faisaient péter la roche.

A vingt pas en arrière et en dessous, d'autres piocheurs creusaient le revanché. Plus commodément, parce qu'ils pouvaient travailler debout, lever le pic très haut et l'abattre de toutes leurs forces. Mais la substance attaquée n'était pas plus tendre qu'à la couronne, c'étaient les mêmes basaltes, les mêmes trachytes. Quand le bloc, déjà demi-séparé à la barre-levier, refusait obstinément de se décoller, les tranche-montagnes enfonçaient par-derrière une sorte de peigne métallique auquel ils attelaient un couple de chevaux. Les bêtes s'arc-boutaient sous les coups de fouet et finissaient par arracher le morceau.

Vers midi, lorsque sonnaient les angélus aux églises les plus proches, le chantier s'arrêtait. Les hommes refluaient vers leurs baraques où ils prenaient leur repas. Même cérémonial le soir à six heures. Retour au chantier jusqu'à dix. Ils avaient ensuite le droit d'aller dormir. Géraud et le tonton couchaient côte à côte. Avant de fermer les yeux, je récitais un *Je vous salue* et un *Notre-Père*, comme promis à grand-mère Rosette.

Ainsi allait le percement des deux galeries. A petit train : on avançait en moyenne de cinquante centimètres par jour de chaque côté. Une simple division permettait de calculer qu'il en faudrait au moins mille quatre cents pour achever l'ouvrage. Quatre années complètes.

Le dimanche, jour chômé, beaucoup de curieux venaient des environs voir l'état des travaux. A pied, à cheval, en diligence. Plus aucun brigand de grand chemin ne les attaquait, l'entreprise avait mis cette engeance en fuite. Les ouvriers, eux, s'égaillaient dans les bourgs, descendaient même jusqu'à Murat. Les plus pieux allaient entendre messe à Saint-Jacques-des-Blats. Le village portait ce nom à cause de ses toits de chaume qui laissaient croire qu'à mille mètres d'altitude des blés — des seigles — avaient jadis eu l'audace de pousser. Après l'*Ite missa est*, les hommes du Lioran remplissaient les auberges où ils consommaient en boisson une partie de leur salaire. Ils rentraient le soir soûls jusqu'aux cheveux, bras dessus, bras dessous, s'étayant les uns les autres, criant des injures aux montagnes, aux torrents, à l'Auvergne, aux ingénieurs, aux Ponts et Chaussées. Les piqueurs fermaient les yeux et les oreilles à ces retours du dimanche soir et n'appliquaient pas les amendes prévues. S'ils l'avaient fait, ils risquaient de perdre la moitié de leurs effectifs.

Le 30 septembre 1839, le préfet Delamarre vint poser la première pierre du portique nord. C'est-à-dire de la façade qui devait encadrer la bouche du tunnel. Le dessin de cet encadrement dépendait du profil qui était donné à la voûte. Adrien Ruelle avait longtemps hésité. Serait-il roman ? Ogival ? Il avait finalement opté pour une demi-ellipse, forme communément dite « en anse de panier », pour des raisons d'économie et de résistance des matériaux. Laissant le soin aux architectes et aux maçons de se déterminer, monsieur Delamarre vint donc sceller la première pierre. Il avait invité à la cérémonie tous les maires, tous les notables. Il en vint quelques-uns, des fonctionnaires militaires ou civils en service commandé ; mais pas un Aurillacois, pas un Sanflorain. On se lassait des inaugurations.

Dans une des baraques, il y eut tout de même

un vin d'honneur et des discours. L'ingénieur Commier avait en charge de manier l'encensoir :

— De même que Louis XIV disait : « Il n'y a plus de Pyrénées », on pourra bientôt dire : « Il n'y a plus de puy de Massebœuf. » Grâce à monsieur Delamarre, préfet du Cantal. Cette remarquable entreprise éternisera son nom dans les annales de la haute Auvergne. Sa mémoire y vivra aussi longtemps que des voyageurs emprunteront le tunnel du Lioran...

Après lui, monsieur Violle, conseiller de préfecture, emboucha la trompette de la poésie :

Toi que l'ardeur du bien enflamme,
Laisse là les vaines clameurs.
Delamarre, que ta belle âme
S'entrouvre à l'amour de nos cœurs.
Vois le succès qui te couronne !
Entends les louanges que donne
Tout un peuple reconnaissant...

Monsieur Fontanier, maire de Moissac, en rajouta :

Delamarre, pour toi dans la postérité,
Quel beau titre de gloire et d'immortalité !
Sois toujours de ton roi le serviteur fidèle,
Et toujours les succès couronneront ton zèle.

Le préfet écouta ces louanges les larmes aux yeux. Elles le consolaient de l'ingratitude de ses administrés.

L'hiver de 1839 commença fin novembre et fut des plus rudes. Des chandelles de glace pendaient de la voûte. Mais c'était la période où les ouvriers mettaient le plus d'ardeur au travail, seul moyen qu'ils avaient de se réchauffer. Décembre, du moins, fut égayé par deux fêtes. La première, le 4, celle de sainte Barbe. Une vierge chrétienne et martyre, décapitée par son propre père, qui, peu de temps après, fut frappé par la foudre ; de sorte qu'elle a été choisie pour patronner tous ceux qui ont affaire au feu, canonniers, pompiers, mineurs. Ces derniers, au Lioran, n'étaient qu'une dizaine ; ils entraînèrent cependant les autres dans la célébration. Elle se fit naturellement dans les auberges, avec les effets que l'on peut imaginer.

La Noël fut la seconde fête. Tous les tranche-montagnes, sans une seule exception, assistèrent aux messes de minuit. Même les Bavarois et les Suisses qui s'avouaient protestants. Comme aux catholiques, les curés leur distribuèrent des morceaux de brioche bénite. Le trésorier de l'entreprise accorda une gratification de quarante sous à chaque travailleur pour qu'il pût arroser comme il faut la naissance du Christ.

Après quoi, les charpentiers, les terrassiers, les mineurs, les maçons, les manouvriers retournèrent à leur galère. Le brouillard givrait leurs barbes et leurs moustaches. Plusieurs toussaient à fendre l'âme. Monsieur Commier, pris d'humanité, les enleva des postes les plus durs pour les mettre au revanché. Ils y respiraient moins la poussière de la roche, mais devaient patauger dans l'eau des suintements. Ce qu'ils perdaient par le haut, ils le retrouvaient par le bas. Deux Piémontais se mirent à cracher le sang. Une cantinière leur fit boire des tisanes très chaudes arrosées d'eau-de-vie. Mais Edoardo brûlait sous la main comme un tison. On se décida à appeler le médecin de Laveissière. Il arriva à cheval trois heures après. Il lui posa des sangsues sur la poitrine. Ces vaillantes chenilles se gonflèrent de sang mauvais, et le malade fut sauvé. Les occupants de la baraque se cotisèrent pour payer les honoraires du docteur. Cela inspira au piqueur Pellerin une excellente idée : celle de fonder une caisse de secours mutuel, alimentée par des prélèvements sur les salaires et par les amendes infligées aux contrevenants. Dès lors, ce fut une bonne action de ne pas balayer la baraque aux moments réglementaires, ou de se faire prendre en état d'ébriété.

Au mois de mai 1840, les ingénieurs et géomètres ayant bien pris les mesures du travail accompli, on s'aperçut que le creusement des deux galeries avait seulement avancé de cent vingt mètres. A ce compte-là, les Ponts et Chaussées calculèrent que la percée complète exigerait non pas quatre mais bien dix années de labeur. Et dix années de financement ! Un inspecteur arriva de Paris. Il sonda les cœurs et les rochers. Pour conclure :

— Cette entreprise menace de devenir une

catastrophe ! Il faut changer les hommes ou arrêter les travaux.

Son rapport aboutit au départ du préfet Delamarre, expédié à Mont-de-Marsan, remplacé par monsieur de Bantel. L'initiateur du tunnel prit la fuite discrètement avec sa famille le 11 juin, se bouchant les oreilles pour ne pas entendre le couplet que ses adversaires lui chantèrent le long du Gravier, sur l'air de *Monsieur Dumollet* :

Bon voyage, maudit préfet !
Loin du Cantal fuis avec ton bagage.
Bon voyage, maudit préfet !
Va-t'en au diable et ne reviens jamais.

Son successeur fit remarquer tout de suite ses compétences à diriger un département essentiellement agricole. Un jour qu'il se promenait à pied en tenue ordinaire, sans chapeau haut de forme, sans rosette rouge à la boutonnière, il s'arrêta devant un char tiré par un couple de bœufs.

— Vous avez là une belle paire de vaches, dit-il, s'adressant au paysan. Elles doivent vous produire beaucoup de lait.

Et l'autre, comprenant à qui il avait affaire :

— Oui, monsieur. Beaucoup. Mais pas de bonne qualité.

3

Il y eut une période de fortes pluies. La route royale 126 devint un bourbier. Sous la galerie, l'évacuation des suintements ne posa pas de problème du côté Viaguin : la pente de la chaussée l'assurait d'elle-même. Au contraire, côté Allagnon, les piocheurs pataugeaient certains jours jusqu'aux mollets. Adrien Ruelle recruta dans les communes avoisinantes les pompes à bras des pompiers. Disposées tous les cent mètres, elles aspiraient les eaux boueuses et les rejetaient à l'extérieur grâce à des chéneaux de planches fixés aux parois. La manœuvre de chacune exigeait l'emploi de deux hommes relayés toutes les heures. Ce système permettait d'évacuer au total un hectolitre par minute.

Le tonton et moi, nous nous accommodions de cette situation. Nos deux chevaux également. Le dimanche matin, des mains du trésorier, nous touchions notre salaire de la semaine. Nous inscrivions sur un calepin le montant des sommes et les enfermions dans un coffret de fer dont Mavel se servait depuis toujours dans son entreprise de transports et qu'il dissimulait dans une cachette connue de lui seul. Je profitai cependant d'un peu de mes gains pour m'acheter un couteau Laguiole et une paire de brodequins : forts souliers à tige, à semelles cloutées, qui me protégeaient le pied, la cheville et le bas de la jambe. Le marchand me fit prendre une pointure au-dessus de la mienne, disant :

— Tu n'as pas fini ta croissance. Tes pieds grandiront encore.

Par-dessus le marché, cet homme me remit une boîte contenant de la graisse de pied de bœuf.

— Enduis-les avec ça de temps en temps pour qu'ils gardent leur souplesse.

Il m'en coûta deux mois de salaire ; mais ainsi chaussé, je pus braver les boues du revanché.

Dans le logement numéro 2, je me liai d'amitié avec un garçon prénommé Annet. Originaire de Saint-Hippolyte comme François, donc mangeur de pois, il n'aurait pas dû fréquenter un mangeur d'alises. Mais le hasard ordonne quelquefois les amitiés les plus improbables. Dormant sous la même toiture, mangeant à la même table, accomplissant à peu près les mêmes tâches, nous parlions exactement le même patois. Grâce à cette communauté de langage, nous nous moquions dans notre jargon de tous ceux qui en employaient un autre ; non seulement des Polonais, Piémontais et Suisses, mais aussi des Auvergnats de Condat, de Riom ou de Saint-Flour. Car chaque patoisant nourrit la conviction que son dialecte est le seul vrai, le seul bon ; que tous les autres ne sont que galimatias de barbares. Ainsi, pour de simples questions de mots, naissent souvent les haines et les guerres.

Entre Annet et moi-même, au contraire, tout allait pour le mieux. Le *Gastou* avait un an de plus que le *Cagadrinlhe*, ce qui lui permettait de prononcer de temps en temps la phrase traditionnelle :

— Tu me dois le respect !

En souriant. Au physique, nous ne nous ressemblions que par l'âge. Plutôt maigre, élancé, large d'épaules le Cheyladier ; assez court, potelé, les joues rouges son confrère, et sans une trace de barbe, alors qu'un semblant de moustache ombrait déjà la lèvre de Codier. Mais des deux, c'est la voix d'Annet qui avait le plus de gravité masculine ; il aurait eu l'organe approprié pour chanter, un jour d'enterrement, le *Dies irae* des sacristains. Il expliquait ainsi cette raucité :

— Etant gamin, j'ai eu le croup. J'en ai réchappé, mais il m'est resté comme une déchirure dans la gorge.

Ce détail m'émut aux larmes, en me rappelant ma sœur étouffée par le même mal à l'âge de dix ans. Je vis dans Annet une sorte de résurrection de la malheureuse Justine et reportai sur lui un peu de la tendresse que j'avais nourrie pour la petite disparue.

Hors nos parties de fou rire aux dépens des barbares, nous aimions avoir ensemble de longs entretiens. Annet n'avait fréquenté aucune école ; je lui faisais la leçon dans nos heures de repos, le soir après la soupe, ou le dimanche au cours de nos promenades. On s'asseyait sur deux pierres voisines, on regardait au loin les bois, les mazucs, les pâturages, les sublimes rougeurs du soleil couchant. Ou bien tout près les oiseaux, les insectes, les plantes et plantules. Je donnais les noms de quelques-unes : la lunetière, qui pousse sur les rochers nus et doit son nom aux fruits à deux lobes ronds qu'elle produit ; le gant de Notre-Dame, dont les feuilles velues, pareilles à celles de l'ortie, se consomment en purée ; la centaurée, dont l'infusion guérit les yeux malades ; l'épilobe rose, qui soulage la colique ; la gentiane, dont les racines donnent de l'appétit à ceux qui en manquent ; le gaillet, où les abeilles puisent leur miel ; l'ail des ours, qu'on mange cru dans la salade... Ainsi, chaque plante des montagnes a ses vertus. Une personne bien avisée pourrait se nourrir avec les seules herbes cantaliennes, comme font les chèvres et les chamois. Je tenais mon savoir botanique de ma mère Félicie Pichon, qui le tenait de son père l'instituteur. Un herbier faisait partie du patrimoine familial.

Annet ouvrait tout grands ses yeux et ses oreilles, et s'émerveillait :

— Tu en sais plus que les maîtres d'école !

Mais lui-même n'avait pas la tête vide. Il était entre autres choses un spécialiste du temps qu'il faisait ou qu'il allait faire. Il regardait le ciel, et avait toujours un commentaire judicieux :

— Il pleut et il fait soleil, le diable tire sa femme par l'oreille... Où le soleil éclaire, la lune n'a rien à faire... An pluvieux, an malheureux...

Brouillard de puy, mets-toi au lit ; brouillard de combe, mets-toi à l'ombre... Quand la bise devient pluie, ça pisse comme une truie...

Outre ses dictons météorologiques, Annet possédait l'art de travailler au couteau. Dans les écorces et dans le bois, il découpait des roues à aubes, des charrettes et tout le mobilier d'une maison en miniature. Avec des branches de noisetier encore en sève, il faisait des sifflets et des flûtes à trois trous ; la grande difficulté consistait à séparer l'écorce de l'aubier ; il fallait la battre sur toute sa surface avec le manche d'un couteau, ni trop fort ni trop doux ; et pour faciliter le décollement, Annet chantait des paroles incompréhensibles :

Lèbo, lèbo, estuflo !
Mitoune lo truffo,
Dicoulo lo rutcho...

Avec des joncs, il tressait des paniers et des cages. D'un brin d'herbe, il tirait un mirliton. Chacun apprenait à l'autre ce qu'il savait.

Nous nous racontions nous-mêmes comme on raconte l'histoire des trois mazuquiers d'Albepierre. Je parlais de mon vrai père Jean-Marie Codier, dont je me souvenais à peine, parce qu'il s'était noyé dans la Rhue en 1829. J'évoquais la mémoire de mon grand-père Pélage qui avait combattu sous l'empereur Napoléon et perdu un pied en Egypte. Je m'abstins d'ajouter que Pélage avait fini au bout d'une corde. Sa femme Rosette était une bonne grand-mère ; mais elle avait la hantise de la maladresse qui provoque des accidents, et parfois la mort, comme ç'avait été le cas de Jean-Marie.

— Eloigne-toi de cette table ! criait-elle à son petit-fils. Tu vas renverser la bouteille !... Descends de cette chaise, tu vas tomber... Pose ce couteau, tu vas te blesser...

Et immanquablement, il renversait la bouteille, il tombait de la chaise, il s'entaillait le doigt. Rosette inspirait des catastrophes comme la foudre provoque des incendies.

De son côté, Annet évoquait Saint-Hippolyte et sa famille. Sept frères et sœurs. « Comme les sept plaies d'Egypte ! » disait son père, illettré, mais attentif aux sermons du curé. Pour vivre, ils avaient seulement quatre vachettes, deux rouges et deux bigarrées, qui donnaient plus de bouse que de lait. Deux œuvres de terre en location, c'est-à-dire autant de surface qu'en pouvait labourer un araire pendant deux journées. Dans leur jeune âge, dès qu'ils savaient tenir un aiguillon, les enfants entraient en service dans les fermes environnantes. Mais ensuite, ils allaient gagner leur pain ailleurs. Les deux aînés, âgés de vingt-sept et vingt-cinq ans, étaient partis en direction de Bordeaux pour travailler les vignes. Ils avaient oublié de revenir. Et même de renvoyer un peu d'argent. Ce qui explique que le père s'écriait, lorsqu'il était en colère :

— Oh ! Bordeaux de Bordeaux !

Sans doute ne les reverrait-on jamais. Les deux suivants, Jacques et Martin, pratiquaient le métier de *rasségaïres*, de scieurs de long. Eux partaient et revenaient. Maintenant, Annet était content de gagner un peu d'argent sans aller aussi loin. Il lui arrivait, de temps en temps, le dimanche, de descendre à Saint-Hippolyte pour passer trois heures dans sa famille.

Côté Viaguin, se produisit un éboulement de la voûte qui coûta la vie à un ouvrier et en blessa six autres. Le mort était un Polonais nommé Henryk. Il fut enterré à Saint-Jacques-des-Blats, tous les tranche-montagnes assistèrent à ses obsèques. Dans l'église, ses compatriotes chantèrent un hymne auquel personne ne comprit rien. Puis ils embrassèrent le cercueil et le frappèrent de leur front à la manière polonaise. Ses effets, ses économies furent enfermés dans un sac ; ils promirent de le transporter en Pologne au terme des travaux et de le remettre à sa famille. Je fus pris d'une grande pitié pour Henryk, pour cet homme sans patrie dont le corps devrait pourrir et se dissoudre en terre étrangère. Monsieur Adrien Ruelle n'assista pas aux funérailles, car il était ce jour-là retenu à Aurillac pour ses affaires ; mais il fit déposer un bouquet blanc et rouge, aux couleurs de la Pologne, un pays qui n'existait plus. Les blessés furent soignés sur place, à l'infirmerie, par les médecins locaux, aux frais des Ponts et Chaussées. Le trésorier confia la somme de cent cinquante francs aux Polonais, destinée à la veuve d'Henryk.

Le plus surpris de l'accident fut l'ingénieur Ruelle. Il avait estimé que la roche était assez compacte pour n'avoir pas besoin d'arcs, d'étais ni de revêtement. C'était sans compter sur les filons de granit qui, au lieu de renforcer l'ensemble, lui donnaient de la fragilité. Partout où le granit apparaissait, il fallut le couvrir d'une chape de ciment. Un mélange obtenu par la cuisson de chaux et d'argile. Ce qui donna de la besogne aux fours à chaux de Laveissière. L'application du mortier exigeait du boisage. Les forêts avoisinantes fournirent le matériau. Ainsi, la percée du tunnel continuait d'enrichir toute la région.

L'année 1841 amena deux autres changements d'importance. Quatre cent cinquante mètres de galeries avaient déjà été creusés. Afin de faciliter l'évacuation des déblais, les ingénieurs imaginèrent de remplacer les tombereaux, dont les roues creusaient dans le revanché des ornières profondes, par des rails en bois et des wagonnets. François Mavel n'y perdit pas néanmoins son emploi : attelés les uns aux autres, les trains de wagonnets étaient tirés par des chevaux.

La seconde nouveauté, lourde de conséquences, fut l'emploi de la poudre noire. Elle réduisit la peine des mineurs et augmenta le rendement. Dès lors, les Brassacois devinrent les premiers ouvriers de l'entreprise et reçurent les plus gros salaires. Leur outil principal : la barre à mine ou *fleuret*, une tige d'acier de section carrée, longue d'un à deux mètres, épaisse de deux à trois doigts, pointue sur le devant. Un forgeron était chargé d'entretenir cette pointe. Le mineur cognait à l'autre extrémité au moyen de la *massette*, lourde de cinq livres. La pointe rongeait le roc, le pénétrait jusqu'à atteindre une entaille dans la tige, à soixante centimètres. L'homme manœuvrait la barre jusqu'à ce que la forure atteignît le diamètre du poing. Il évacuait les éclats et la poussière avec la *curette*, une sorte de cuillère à long manche. Pour absorber toute trace d'humide, il essuyait les bords avec de l'étoupe ou de la mousse sèche. La charge de poudre, enfermée dans une cartouche de gros papier, était alors introduite dans la cavité, bien tassée avec le *bourroir* en bois. Le mineur la perçait par l'action de l'*épinglette*, une longue baguette de cuivre jaune, terminée par une boucle. Dans ce qui restait du couloir, il enfilait une série de cornets, les *canettes*, tapissées intérieurement de poudre durcie. Elles recevaient enfin une mèche de chanvre enduit de bitume, inventée par l'Anglais William Bickford. Le chef mineur soufflait dans une trompette pour dire : « Eloignez-vous ! » Les ouvriers trop proches couraient aux refuges, des sortes de grottes ménagées dans les parois du tunnel. Le chef allumait son briquet, approchait du cordon le point rouge de son amadou, le bickford commençait à grésiller. Lui-même avait dix secondes pour courir se mettre à l'abri. L'explosion se produisait, remplissant la galerie de sa fumée. Les pierres pleuvaient, bombardaient le fond et les flancs. Les ouvriers sortaient de leurs refuges en toussant et se remettaient à l'ouvrage.

La poudre arrivait de Saint-Etienne par charrois, dans des fûts en bois de cinquante kilos. Pendant tout le temps que dura le percement, il s'en brûla quatre-vingt mille charges, représentant quarante tonnes. Les blocs extraits de cette façon atteignirent soixante mille mètres cubes.

A la fumée des explosions, les lampes à huile accrochées aux voûtes ajoutaient la leur. Une fumée âcre, rappelant celle du lard rance dans la poêle. Plus on s'enfonçait dans la montagne, plus l'atmosphère devenait irrespirable. Parfois, la lumière des quinquets ne s'apercevait pas à deux mètres. Il fallait travailler à tâtons. Un journaliste écrivit qu'il avait vu « de pauvres ouvriers à la physionomie torturée qui gagnaient dans cette tombe le pain de leur famille ». Par chance, certains jours, le vent s'engouffrait dans les parties creusées, rebondissait contre le fond, chassait provisoirement ce brouillard. Les bouches des deux demi-galeries le vomissaient, on le voyait sortir en rasant le sol. Pendant quelques heures, les tranche-montagnes respiraient mieux.

Au cours de l'hiver 41-42, beaucoup souffrirent de la gorge et de la poitrine. Alors se produisit une chose inouïe : les hommes organisèrent une *coalition*. C'est-à-dire un embryon de syndicat. Fréquents avant 1789 dans les usines, les ateliers, les moulins à papier, sur les ports, ces « complots ouvriers » avaient été interdits par la Révolution ; ils restaient cinquante ans plus tard passibles des tribunaux, parce qu'ils entravaient la liberté du travail. Un jour d'avril 1842, les piqueurs remarquèrent un rassemblement à la sortie méridionale du tunnel.

— Qu'est-ce que vous fichez là, bande de cagnards ? s'informèrent-ils. Qu'attendez-vous pour vous rendre au boulot ?

Il y eut des murmures dans le groupe ; mais personne n'osait répondre. Un Brassacois nommé Saintagne ouvrit enfin la bouche :

— Nous voulons parler à monsieur Ruelle.

— Monsieur Ruelle est à Vic. Il ne sera ici que dans deux ou trois heures.

— On attendra.

— Vous pouvez l'attendre en travaillant, tas de feignants.

— On ne travaillera pas tant qu'on ne lui aura pas parlé.

— Mais, mais, mais ! fit un piqueur. C'est une grève !

— Appelez ça comme vous voudrez.

Et monsieur Commier, d'une voix terrible :

— J'ordonne à tous et à chacun de se rendre à son poste !

— Et moi, cria le mineur de Brassac, j'ordonne à tous et à chacun de rester les bras croisés.

— Je me souviendrai de toi, Saintagne. Tu entraves la liberté du travail.

— Je veux seulement défendre notre liberté de respirer.

— Qu'est-ce que ça veut dire ?

— Nous nous expliquerons devant monsieur Ruelle.

Les grévistes passèrent la matinée à parlotter. Ceux du côté nord, informés de ce qui se passait côté sud, se joignirent dans leur ensemble au mouvement. Quelques-uns essayèrent de travailler, des Polonais et des Bavarois, qui ne comprenaient pas le motif de la coalition. On le leur expliqua par paroles et par gestes. Ils finirent par se joindre aux autres.

Vers midi, monsieur Ruelle descendit de son cheval devant la bouche méridionale. Il accepta d'entendre les coalisés.

— Monsieur, dit Saintagne, la moitié de mes camarades toussent du matin au soir. A cause de la fumée des lampes et de la poudre.

— Il n'y a pas de poudre sans fumée. Vous ne pouvez pas travailler sans lampes dans un souterrain. Que puis-je faire ?

— Nous donner davantage de repos.

— Qu'entendez-vous par là ?

— Deux jours par semaine au lieu d'un seul.

— Ce serait pour vous une journée de plus sans salaire.

— Nous acceptons cette réduction.

— Mais on prolongerait de plusieurs mois la durée du percement. Je ne pense pas que mon ministre soit d'accord. Dans les rapports que je lui adresse, je souligne toujours la résistance et le courage de mes ouvriers auvergnats. Ne craignez-vous pas de perdre votre bonne réputation ?

— Nous craignons de perdre notre santé. Et peut-être notre vie.

— Il faut que je consulte mes supérieurs. Et d'abord le directeur départemental des Ponts et Chaussées. Je vous donnerai sa réponse dans quelques jours. En attendant, reprenez votre travail. Et armez-vous de patience.

La patience auvergnate est aussi remarquable que la vaillance, sa collègue théologale. On peut la constater en maintes occasions. Sur les champs de foire, lorsque Joannès veut vendre sa vache Rosalie. Des acquéreurs possibles s'approchent d'elle, la considèrent, la palpent aux bons endroits. De longues discussions s'engagent entre le vendeur et l'acheteur. Joannès ne tarit pas de louanges sur sa bête ; l'autre ne tarit pas de critiques : elle a une corne un peu basse, le poil raide, la queue détournée, la vulve qui bâille, on peut compter ses côtes. Ils en viennent à parler monnaie. Joannès en prétend douze pistoles, l'autre en propose huit. On barguigne, on barguigne, on barguigne. On arrive presque à un accord, il ne reste plus que quarante sous à partager. Et l'acheteur s'en va :

— Je vois que vous voulez ramener votre vache chez vous. Comme il vous plaira.

Un troisième Auvergnat s'interpose. Il rattrape le fuyard, le tire par la peau du cou. La discussion reprend, sur le quart d'une livre et la moitié de ce quart. L'entremetteur arrange les choses, finit par obtenir un accord que scelle la *patche*, le pacte, paume claquant contre paume.

La patience est aussi la première vertu de nos femmes. A faire longuement cuire, à petit feu, dans la marmite de terre, les pois secs, durs comme chevrotines, mais qui finissent, à force d'y réfléchir, par s'amollir, par devenir doux et sucrés en compagnie d'un jarret de porc. Patience à supporter leurs hommes, à les servir à table, à les regarder s'empiffrer assis tandis qu'elles mangeottent debout près de la cheminée, avec une tranche de pain gris en guise d'assiette.

Patience de tous à endurer la pauvreté, les douleurs, la neige, la canicule, les deuils, les solitudes et notre sœur la mort corporelle.

Patience que mit l'Auvergne à construire le puy de Dôme, le puy Mary, le plomb du Cantal, le puy de Massebœuf.

Les mineurs et terrassiers auvergnats attendirent avec patience la réponse à leur demande. Elle vint d'Aurillac au bout d'une semaine, par la bouche d'Adrien Ruelle :

— Mon directeur départemental ne peut accepter votre prétention à un second jour de repos hebdomadaire. En revanche, il vous accorde une heure de plus pour votre repas de midi. Sans diminution de salaire. Vous bénéficierez donc d'une coupure de deux heures.

— Est-ce qu'elle nous empêchera d'attraper la crève ? demanda Saintagne.

— Ce n'est pas garanti. Mais mon directeur ne peut pas faire mieux.

Il leur conseilla contre la crève de boire du vin chaud. Les cantiniers en fournissaient à deux sous le bol. La coalition s'arrêta là.

Monsieur Ruelle se préoccupa quand même de l'aération. (Il disait l'aérage.) Des ventilateurs extérieurs furent installés. Formés de roues à aubes enfermées dans un tambour, actionnées à la main par deux hommes se relayant, ils communiquaient avec le tunnel au moyen de troncs d'arbres évidés. Ils pouvaient aspirer un mètre cube d'air vicié par seconde.

— Vous voyez, dirent les piqueurs, que nos chefs font tout ce qu'ils peuvent pour votre santé et votre bien-être.

Cette sorte de tarare était une belle invention. L'homme à la manivelle travaillait à l'extérieur du souterrain, hors de ses fumées, car elles s'évacuaient au-dessus de sa tête. Aussi beaucoup de manouvriers demandaient-ils cet emploi. Monsieur Commier choisissait les moins costauds. Annet Sargalhol et Géraud Codier, par le mérite de leur jeunesse, y furent employés plusieurs semaines. Travailler au percement du tunnel devint pour nous un plaisir. Après chaque pause, Annet crachait dans ses mains. Je négligeais cette précaution : mes paumes étaient devenues aussi dures que des semelles. Tous les quarts d'heure, nous changions de tour. Puis nous dûmes laisser la place à d'autres et retourner sous terre.

4

A la fin de l'été, ma grand-mère Rosette faisait de la « confiture de soleil ». Pour ce, le premier ingrédient était un demi-pain de sucre, réduit en menus morceaux, sacrifié en période chaude au profit des jours froids. Le second était composé de tous les fruits gratuits qu'elle pouvait recueillir, pommes et poires tombées, mûres, airelles, framboises, gratte-cul. Et pour donner à tout cela la dorure qui justifiait « confiture de soleil », elle ajoutait des tranches de potiron. Oui, du bon gros potiron, rouge en surface et jaune en profondeur que nous mangions habituellement en soupe avec du lait, et dont la saveur fadasse se diluait dans la douceur des autres ingrédients. Elle mettait ce mélange à mijoter dans une bassine de cuivre jusqu'à ébullition. Alors, de grosses bulles montaient et explosaient à la surface. C'était le moment de remuer la pâte avec une longue cuillère de bois, tandis que toute la maison s'emplissait du parfum des fruits et du sucre. Même les voisins en profitaient, et soupiraient :

— Ça y est ! Rosette Codier fait sa confiture de soleil.

Après cette lente cuisson, elle remplissait à la louche de petits pots de terre appelés *topines* ou *topinous*, posant par-dessus des rondelles de papier blanc imprégné d'eau-de-vie, coiffant le pot avec un parchemin et une ficelle. Le meilleur moment, pour Justine et pour moi, venait quand elle nous demandait de bien lécher la bassine, la cuillère et la louche. Les enfants, me semble-t-il, ont été inventés spécialement pour récurer les fonds de casseroles. A la fin de ces manœuvres, les topines prenaient place sur un rayon, le plus haut de la cuisine, hors de portée de notre gourmandise. Elles y restaient intouchées jusqu'en décembre. On décoiffait la première à l'occasion de la Noël. Elle ensoleillait notre modeste réveillon, après la messe de minuit.

J'ajoute que lorsque nous entendions à l'église le prêtre s'écrier, les mains jointes et regardant le ciel, *Confiteor Deo omnipotenti*, je crus longtemps qu'il demandait à Dieu de la confiture.

J'adorais cette grand-mère, Rosette Germain, malgré ses avertissements : « Tu vas casser la bouteille !... Tu vas renverser la salière !... Tu vas tomber sur le nez !... » presque toujours suivis d'effet. Veuve à quarante ans, après la pendaison de son brigand de mari, elle avait élevé seule ses trois gamins, Jean-Marie, Joséphine et Marceau. Et quand mon père périt dans la Rhue, elle s'occupa aussi de sa veuve éperdue de douleur, et de ma sœur, et de moi-même. Sans négliger ses autres petits-enfants.

A cinquante ans, elle prit son visage définitif. Surmonté d'une coiffe blanche dont deux pans retombaient par-derrière sur ses épaules. Ridé comme un porte-monnaie. Au milieu de tous ces plis, émergeaient les pommettes, lisses, roses, que j'aimais embrasser lorsqu'elle me disait :

— Fais-moi ici un *poutoun*.

Et je lui en faisais dix.

Fille de pauvres, elle se nourrissait pauvrement malgré le butin que lui avait laissé son mari. Son plat préféré était la *pascada*, sorte de grande crêpe dorée sur les deux faces dans la poêle. Comme tous les Auvergnats, c'était aussi une grande mangeuse de soupes. Elle préparait la sienne le matin — pain, eau bouillie et fromage —, avalait le contenu de son écuelle, mettait le reste dans une soupière sous l'édredon de son lit qui la conservait chaude jusqu'aux deux repas suivants.

Elle mélangeait le français et le patois, appelait ma sœur *Parpalhol* (Papillon). Mais si elle me voyait courir dans le bourg, elle me traitait de *rodacareyra*, de rôdeur de chemins. Son grand plaisir était de nous prendre tous deux sur ses genoux que nous sentions pointus sous la robe et de nous faire réciter avec elle le chapelet qu'elle égrenait de son pouce. Les seules paroles de bon langage qu'elle connût. Nous ne comprenions rien à cette *Marie pleine de grâce* qu'elle nous demandait de saluer douze et quinze fois. A la sixième, Justine s'endormait, la tête appuyée contre son ventre. Je résistais jusqu'à la dixième. Rosette continuait seule. A la fin, elle nous transportait sur son lit où nous poursuivions notre sommeil.

Elle habitait tout en haut de Cheylade, nous tout en bas, derrière l'église. Un jour que je regardais par la fenêtre de notre premier étage, je la vis descendre avec sa coiffe à pendants, ses sabots de noyer, tenant à la main une topine de confiture. Fou de joie, je m'élançai dans l'escalier pour courir à son devant. Aussi maladroit que mon père Jean-Marie, je trébuchai au fond de l'escalier et partis la tête la première. Je tombai et m'assommai sur les pierres du ruisseau. Rosette me releva tout sanglant, me lava, me mit sur le front une feuille de lys conservée dans l'huile, m'enveloppa la tête d'un énorme pansement. Pendant quinze jours, avec ce turban, j'eus l'air d'un habitant du Maroco. A présent que j'en suis bien guéri, vieille barbe octogénaire, si je tâte de l'index la courbure de mon front, au-dessus du sourcil droit, j'y sens la petite dépression qui me reste de cet accident. Témoignage de l'affection que je portais à grand-mère Rosette. Et chaque fois que je pense à elle, les larmes me montent aux yeux.

Je racontais tous ces détails à mon camarade Annet. C'était un ami exceptionnel parce qu'il connaissait l'art d'écouter. Lui-même n'était pas trop enclin aux confidences, il fallait les lui arracher. Interrogé sur les confitures qu'on pouvait trouver chez lui, il m'avoua qu'il n'y en avait d'aucune sorte, faute de sucre.

— Vous ne mangiez donc jamais sucré ?

— Nous avions trois ruches qui nous donnaient du miel. Mais ma mère l'économisait. On l'employait uniquement pour les tisanes. Une année, les abeilles n'ont rien produit. Elles nous boudaient parce que nous avions oublié de leur faire porter le deuil.

— Quel deuil ?

— Celui de mon grand-père, décédé à quatre-vingt-douze ans. On aurait dû attacher un morceau de ruban noir au sommet de chaque ruche pour les informer du décès, parce qu'elles font partie de la famille. On l'a négligé. Alors, très fâchées, elles n'ont rien donné. Faut les comprendre.

La famille paysanne, en effet, dans le Cantal embrasse aussi bien les personnes que les animaux. Les poules, les cochons entrent dans la cuisine, mangent les épluchures qui traînent et chient au coin de la cheminée. C'est vous dire s'ils se sentent chez eux. Les chats dorment sur les lits. Les chiens posent leur tête sur les sabots du maître. Quand celui-ci vient à avaler sa chique, on en voit qui perdent l'appétit et se laissent mourir aussi, de languison. Les vaches sont de bonnes servantes. Le soir de la Noël, les bœufs dans leur étable se mettent à parler entre eux et annoncent le temps qu'il fera dans l'année à venir. Les hirondelles reviennent chaque printemps nicher sous la même poutre. Les moineaux, les rouges-gorges frappent du bec aux carreaux pour demander un peu de pâture. Le matin de la Saint-Antoine, le curé de la paroisse, accompagné de deux enfants de chœur, l'un porteur d'un seau d'argent, l'autre d'une corbeille, cogne aux portes, entre dans les maisons pour bénir tout ce qui vit. L'aspersoir joue son office de l'étable au clapier. L'eau bénite protège les bêtes des maladies et des accidents. En remerciement, le paysan lâche quelques sous dans la corbeille. Nul n'oserait refuser cette cérémonie, par crainte de la morve, du charbon, de la scrofule et autres pestilences.

Le curé n'avait point béni les hommes du tunnel. Ils furent frappés d'une maladie épouvantable : la fièvre typhoïde. Causée par les eaux souillées de l'Allagnon ou du Viaguin dans lesquelles les cantiniers lavaient leurs salades. Caractérisée par des douleurs intestinales, des troubles nerveux, une éruption de taches rosées ; et surtout une fièvre dite cynique : le malade montrait les dents comme un chien furieux. Ardente le soir, provoquant des grelottements et des délires, elle s'atténuait le matin, puis reprenait en fin de journée. Deux, puis six, puis douze, puis trente-six ouvriers en furent atteints. Les médecins, fort démunis, ordonnaient des bains froids, suivis d'enveloppements de couvertures jusqu'aux yeux. On les réunit dans une seule baraque, avec, pour toute nourriture, du bouillon de légumes passé.

L'épidémie remplit la région de terreur. Les médecins, les cantiniers ne respiraient plus qu'avec un mouchoir noué sur la bouche. Et les prêtres se déguisèrent pareillement lorsqu'ils vinrent impartir leur extrême-onction. Trois malades moururent dans la même semaine.

Le mal dura près de deux mois. Les survivants en sortirent très affaiblis, et ne purent reprendre le travail que longtemps après. Pendant cette période de chômage, ils ne touchèrent aucun salaire ; mais la caisse de secours mutuel leur versa une indemnité de vingt-quatre francs, correspondant à huit jours d'activité. Annet Sargalhol et François Mavel furent épargnés par la fièvre ; Géraud Codier la contracta. La Sainte Vierge me permit de m'en tirer sans trop de mal.

Tout le temps que dura le percement du tunnel, il y eut aussi cent cinquante blessés, dont cinquante-six graves : bras et jambes cassés, crânes fendus, épaules démises. Un des cas les plus singuliers fut celui de Jacob Méry. Originaire de Saint-Etienne, il avait son langage propre :

— Ouilla ! Vois-tu-le ! Vois-tu-me-le ! Ce pichorgne !

On avait parfois besoin d'un interprète. Il racontait des histoires *irrésistables*. Ainsi, celle de son grand-père dont il avait un jour débouché les oreilles :

— Y avait bien cinquante ans que ce vieux-là s'était pas nettoyé les tuyaux. Beausseigne, il entendait plus rien. Imagine tout ce qui pouvait y avoir dedans ! Moi, je suis venu avec une seringue. J'y ai versé de l'eau tiède. Aucun résultat. Puis, de l'eau chaude. Et moi, à tenant, à tenant, toujours à le seringuer. Tout par un coup, ça s'est mis à sortir. Des gros catons tout noirs. Des catons ! Et encore des catons ! Incroyable !

Tu peux pas te figurer ce qu'on peut trouver dans une oreille au bout de cinquante ans ! J'ai vu le moment où j'allais y retrouver la clé de la cave que j'avais perdue la semaine d'avant !

Autre talent de Jacob Méry : il chantait. En travaillant, en marchant, en pissant. Son répertoire : *Plaisir d'amour*, *Paris sur le petit pont*... Mais aussi des chansons très scandaleuses : *Dansons la carmagnole, Un jour la sœur Charlotte*. Bref, c'était un garçon fort sympathique, mais un peu encombrant.

— Si un jour vous venez chez moi, à Saint-Etienne, dans le quartier du Soleil, promettait-il, je vous ferai connaître la grande vie.

Or il lui arriva un accident. Une pierre lui tomba sur la tête. Elle aurait pu l'estourbir ; elle se contenta de lui faire perdre un peu l'esprit. Au commencement, on le garda dans la baraque-infirmerie près d'autres blessés. Pendant trois jours, il resta muet, une poche de glace sur le front. Puis il retrouva la parole. Non pour parler, mais pour chanter. Du matin au soir, on en entendait de toutes les couleurs. Et après chacune, il s'applaudissait :

— Bravo, Jacob ! Continue, Jacob !

Il fit d'abord rire ses voisins de lit. Puis il devint insupportable. Le médecin le fit transporter à l'hospice Saint-Gal, près de Murat, sous la direction des sœurs de saint Joseph, dites du Bon Pasteur. En temps normal, la maison recevait une douzaine de pauvres. La fièvre typhoïde et les accidents leur envoyèrent beaucoup de monde. Les religieuses recevaient des Ponts et Chaussées une rétribution de quatre-vingts centimes par jour et par hospitalisé.

Les premières heures, Jacob se tint tranquille. Mais le soir même, son naturel de chanteur reprit le dessus. Et d'en sortir de très belles ! Et de s'applaudir ! On lui donna des doses d'opium pour le contraindre à dormir. Sitôt réveillé, inspiré sans doute par les voiles des bonnes sœurs, il en débitait d'épouvantables, dont une revenait constamment. On dut placer de garde près de son lit la religieuse la plus vieille, dressée à lui fermer la bouche d'une main pour retenir les paroles obscènes :

Sœur Marie-Jésus,
Plus d'un l'aura vu,
A du poil au...
Sœur Florence-Agnès,
Je vous le confesse,
A des plis aux...

— Taisez-vous donc ! criait la vieille nonne. Taisez-vous donc !

Il n'était pas nécessaire en effet que tout Saint-Gal et tout Murat fussent informés.

5

A cause de l'absentéisme des hommes dû aux maladies et aux accidents, l'année 1842 avait pris du retard sur les précédentes. Le 4 décembre, les mineurs célébrèrent néanmoins dans l'allégresse leur Sainte-Barbe, à Vic-sur-Cère ceux du Viaguin, à Murat ceux de l'Allagnon. Adrien Ruelle fut de la fête. Il y prononça un discours admiratif sur le travail accompli, au terme duquel il demanda une sorte de serment du Jeu de paume :

— Un mauvais sort s'est acharné contre nous en cette année 42. Je suis certain que vous aurez à cœur de rattraper ce qui n'a pu être fait dans les délais impartis. De mon côté, je me suis engagé auprès de mes supérieurs pour que dans un an à ce jour le Lioran soit percé de part en part. Jurez-moi solennellement que vous ferez tout pour que mon engagement soit honoré !

Ils levèrent la main droite, criant :

— Je le jure !

— Un tranche-montagne, ajouta-t-il, respecte ses serments.

Chacun leva son verre à la future galerie. Un modeste festin suivit, au cours duquel beaucoup de bouteilles furent vidées. Avant de se séparer, les mineurs chantèrent leur hymne corporatif, écrit par un poète anonyme, sur la musique de *La Marseillaise* :

Allons, mineurs de la percée,
Le grand jour vient de se lever.
Sous la barre à mine embrasée,
La montagne va s'éventrer. (bis)
Oyez, de la roche profonde,
Sourdre comme un bruit de canon.
De nos frères de l'Allagnon,
C'est la foudre qui tonne et gronde.
A l'œuvre, les mineurs !
Multiplions les coups !
Frappons ! Chargeons !
Le Lioran s'entrouvre devant nous !

Un autre couplet évoquait par le menu la besogne des poseurs de poudre :

Mineur, retire l'épinglette
Et le bourroir, son compagnon.
Dispose avec art la canette,
Et qu'à l'appel de l'Allagnon (bis)
Le feu du Viaguin réponde.
Bientôt, par l'effort de nos mains,
Nous ouvrirons un beau chemin
Qui rapetissera le monde...

Au milieu de tous ces vaillants, je me rappelle d'étranges figures, comme le Stéphanois Jacob Méry et ses chansons paillardes ; comme le Suisse Jean Chappuis qui voulait apprendre aux Auvergnats à faire le fromage. Une des plus étonnantes, celle de Guillaume Rolland, un gars de vingt-cinq ans venu de Lacalm en Aveyron pour participer à la grande entreprise. Il se présenta à monsieur Commier avec des coupures de journaux qui parlaient de lui ; avec aussi une décoration à cinq rayons doubles et ruban rouge épinglée sur la poitrine. Il n'était pas question de refuser un emploi à un chevalier de la Légion d'honneur ; il fut tout de suite engagé comme piqueur, c'est-à-dire contremaître. Qui était donc ce Rouergat ? Jeune paysan enrôlé par le tirage au sort, on l'envoie guerroyer en Algérie. Il y apprend à sonner du clairon, ce qui lui donne l'occasion d'accomplir un acte de bravoure peu ordinaire. Avec quelques autres soldats, il était tombé aux mains d'Abd el-Kader, notre grand ennemi. Celui-ci lui intime l'ordre de sonner la retraite pour décourager le gros du régiment français. Pensant que l'émir n'a aucune connaissance en matière de musique militaire, au lieu de jouer *tata-rara... tata-rara...*, il joue *tatata-rarara... tatata-rarara...* C'est-à-dire qu'il sonne la charge au lieu de la retraite. Soulevés par ces notes, les chasseurs français sortent de leurs retranchements et s'élancent vers ceux d'Abd el-Kader. L'émir a cependant le temps de s'enfuir à cheval, emmenant ses prisonniers. Voyez à quoi peut tenir une victoire ou une défaite : à quelques notes de musique. Au camp de Mouloudja, Guillaume Rolland et ses compagnons furent condamnés à mort. Le Rouergat parvint à s'échapper en se déguisant en chèvre ; les autres furent fusillés. Sa sonnerie de clairon vint aux oreilles du père Bugeaud qui, aussi sec, lui foutit la Légion d'honneur. Rentré en France, il chercha du travail et en trouva au Lioran. Il gardait en permanence sa médaille sur l'estomac, excepté pour dormir. Ce qui nous remplissait tous de la plus vive admiration. Pour nous commander, il avait à peine besoin d'ouvrir la bouche ; sa seule présence, un seul regard suffisaient à mettre les choses en ordre.

Une autre curiosité : Joseph Baduel, le louvetier. Avant le Lioran, il gagnait sa vie en chassant les loups. C'est que, dès le crépuscule, nous entendions encore ces bêtes hurler dans les bois, s'appeler, se répondre comme les coqs au petit jour. Ils venaient rôder jusqu'à la porte des étables. Dans les pâturages, les troupeaux savaient se défendre, employant une tactique qui rappelait la tortue des légions romaines. Dès qu'elles sentaient l'approche des fauves, les vaches commençaient à s'ébrouer, à s'agiter fiévreusement. Lorsqu'elles les voyaient, elles poussaient un brame, un appel vers les autres qui les amenait à se grouper, flanc contre flanc. Forte de son nombre, cette masse faisait face aux loups, les cornes en avant. C'était un affrontement farouche, un bruit assourdissant de sonnailles secouées, de naseaux soufflants, de mugissements. Les attaquants finissaient par battre en retraite. Le troupeau se dirigeait vers le parc, les mères alarmées appelaient leurs veaux. Mais la fuite des fauves n'était qu'une ruse. Profitant de cette débandade, ils revenaient, sautaient à la gorge de la dernière vache sans que ses compagnes, sourdes aux beuglements qu'elle poussait, viennent à son secours. Tout se passait comme si l'instinct maternel l'emportait sur l'instinct de solidarité.

Les voyageurs qui montaient vers le Lioran faisaient parfois de mauvaises rencontres : les loups couraient près de leur voiture, à peine écartés par le fouet des postillons. Les armes à feu étaient rares, la poudre chère. On se débarrassait de ces sales bêtes en creusant des trappes : la *goufio* était une fosse profonde de dix mètres, plus large à la base qu'à l'ouverture, tel un entonnoir renversé. On la recouvrait de branchages légers ; la neige venait achever le camouflage. En guise d'appât, l'on disposait par-dessus quelque bête crevée ; ou mieux, la délivrance des vaches, ce sac visqueux qu'elles rejettent après la naissance du veau et dont les loups sont friands. Quand l'un d'eux tombait dans la goufio, pendant des heures il s'épuisait en bonds inutiles, s'engluant dans la boue du fond et ses propres urines. Il ne restait plus aux chasseurs qu'à venir le cueillir, le capturer au bout d'une corde à nœud coulant. Telle était la spécialité de Joseph Baduel. Tous les hivers, il en attrapait plusieurs ; il les étranglait, les écorchait, vendait leur peau et touchait une prime. Par exception, il gardait vivante la bête la plus horrifique, lui passait une muselière et un collier, calmait sa nervosité à coups de bâton. Il la promenait de foire en foire, de village en village, de ferme en ferme. Dès qu'ils sentaient son odeur, les chiens s'affolaient, se démenaient, sautaient par-dessus les barrières. Les enfants lui faisaient cortège, d'abord effrayés, puis audacieux. Ils avançaient la main, touchaient le poil raide du captif, palpaient ses os pointus, lui tiraient les oreilles. C'était donc là le monstre dont leur mère les avait si souvent menacés ?

— Tu ne manges pas ta soupe ? Si j'appelle le loup, lui, tu verras qu'il la mangera. Et toi avec !

Les drôles pouvaient à présent se revancher de leurs cauchemars. A la fin, Baduel tendait une bourse et ramassait les pièces de la quête. Rentré chez lui, il enfermait le loup dans sa remise. Et la marmaille venait encore de loin en loin lorgner par les fentes du bois si elle pouvait apercevoir le terrible vaincu, lui jetant des bouts d'os et des railleries.

Baduel avait épousé Marianou, une gaillarde aussi louve que son gibier. Ils vivaient ensemble dans une cabane au milieu de la forêt, sans échanger dix mots chaque journée. En compensation, ils échangeaient volontiers des torgnoles ; les forestiers entendaient des hurlements qui sortaient de leur tanière ; mais personne ne songeait à s'en mêler.

Baduel se plaisait à nous raconter en quelles circonstances il avait — provisoirement — renoncé à ses loups et à sa louve. Une nuit qu'il revenait à sa cabane plein de mauvais vin, au lieu de l'accueillir par des beignes et des injures comme elle faisait habituellement dans ces conditions,

Marianou le persuada d'aller faire une petite promenade avec elle dans la forêt.

— Ça te fera passer ta pistache. Après, tu dormiras tranquille.

Les voici donc ensemble bras dessus, bras dessous, comme deux amoureux, en balade parmi les arbres au clair de lune. Elle connaissait le terrain aussi bien que lui, chaque tronc, chaque buisson, chaque souche. Sans qu'il en ait conscience, elle le mène au bord d'une goufio ancienne, encore vide de tout gibier. D'une poussée, elle l'envoie dedans. Il y tombe en lâchant d'affreux jurons. Sans se faire grand mal. Entre lui et elle, comme on peut imaginer, il a dû y avoir de la discussion :

— Aide-moi à sortir. Tu sais bien que tout seul, jamais je pourrai.

— Tu te trouves fort bien là où tu es. Ça t'apprendra à rentrer chez toi gonflé comme une outre.

— Marianou... mon amie... ma femme bienaimée... ne me laisse pas là. Va plutôt chercher un voisin pour me tirer de cette goufio, avec une bonne corde.

— Je n'en ferai rien. Faut que tu te souviennes de la leçon.

— Tire-moi de là, grande salope !

Elle est partie. Elle l'a laissé trois jours en effet dans la fosse à loup, lui apportant chaque matin un pain et une bouteille d'eau. Il a eu beau hurler, appeler au secours, personne d'autre ne s'est hasardé à venir voir.

Au bout des trois jours, elle a envoyé ses deux

frères. Ils ont sorti le louvetier, couvert de boue et de crotte, méconnaissable. Il a chassé Marianou de leur cabane, est redevenu célibataire, il ne s'est plus intéressé aux loups. Pour changer d'existence, il s'est engagé dans le percement du tunnel. Mais il a gardé sur lui une odeur fauve.

François Mavel, mon quasi-père, était aussi, comme je m'en aperçus au fil de nos conversations, un drôle de citoyen. Dès son enfance, dans ce pays de vaches, il s'était pris d'amour pour les chevaux. Après 1815, il avait été palefrenier et cocher au service de monsieur de Lantégy revenu d'Angleterre. Il couchait dans la paille au fond de l'écurie et veillait sur ses bêtes comme sur des frères cadets. Il était ensuite passé au service d'un maquignon nommé Delpirou, qu'il accompagnait dans les foires et qui lui enseigna toutes les ruses du maquignonnage. Comment on rajeunit un cheval en lui limant les dents, en lui teignant le poil. Comment, à l'inverse, on déprécie une jument qu'on voudrait acheter en lui enfonçant discrètement sous la queue une épingle, ce qui la rend comme folle. Et autres astuces abominables. Lorsqu'il avait conclu de bonnes affaires, Delpirou avait comme premier souci d'enivrer son commis et de le ramener à la maison aussi soûl qu'une grive.

— Te faut apprendre à pinter, mon compagnon, lui recommandait-il. Pour savoir résister aux offres. Ça fait partie du métier.

François inventa des moyens. Le plus simple consistait à faire semblant de boire, à vider son verre dans les pots de fleurs de l'auberge. Les géraniums et les hortensias en prenaient la crête rouge.

Un soir qu'ils s'en revenaient entre chien et loup, tous les deux, Delpirou s'arrêta pour poser culottes derrière une haie. Lorsqu'il se fut dégagé les boyaux, il fouilla dans sa poche, sous la blouse, afin d'y prendre un des papiers dont il se munissait toujours pour cette éventualité. Il se torcha donc, puis regagna la charrette. Or le lendemain matin, passant à pied par hasard près de ce même lieu, François remarqua quelque chose de bleu là où Delpirou s'était accroupi. Il s'approche. Et que voit-il ? Non pas un chiffon de vieux papier sur son dépôt, mais un billet de la banque de France. Un billet de cinq cents francs, avec la figure de l'Agriculture et de l'Industrie ! Il le dégage de l'ordure, l'essuie délicatement dans l'herbe, le fait sécher au soleil. Le billet ne perd point ses couleurs et redevient comme neuf. Sans doute le maquignon s'aperçut-il qu'il lui manquait de l'argent ; mais il avait les poches tellement bourrées qu'il en fit son deuil.

A quelque temps de là, François Mavel abandonna son service chez lui. Avec ce qu'il avait récupéré, il acheta un cheval et se mit à son compte, libre de ses mouvements. Cette histoire est conforme au récit qu'il m'en a fait lui-même, au Lioran, un soir après la soupe, en tête à tête. Eclairés par la lune qui se levait au-dessus du Plomb. Nous en avons ri tous les deux, car c'est plaisir que de voler un voleur. Il arriva à cette conclusion :

— On dit que l'argent n'a pas d'odeur. Je peux te garantir que c'est vrai, pourvu qu'il soit bien lavé.

Parmi tous les tranche-montagnes, celui pour qui, dois-je l'avouer ? j'éprouvais le plus d'intérêt n'était autre que le fils de ma mère. Moi-même, Géraud Codier, rejeton d'un pauvre artisan noyé dans la Rhue. Petit-fils d'une part d'un maître d'école, d'autre part d'un brigand de grand chemin. Royaliste par le premier, serviteur dévoué de Louis-Philippe ; napoléonien par le second. Avant d'entrer au service des Ponts et Chaussées, j'avais été trois ans boutilier pendant l'estive, bon à tout faire dans un mazuc, valet de char et d'araire les autres saisons. Sans autre salaire que le pain que je mangeais. Sous le tunnel, je gagnais trente sous par jour, portés à quarante au bout de dix-huit mois. Après paiement de ma nourriture, j'économisais cinq à six francs par semaine. Au terme du percement, j'espérais être à la tête d'un capital de six cents francs, sans compter les intérêts que me verserait le notaire de Cheylade, maître Roger Julhes.

— Tu t'appelles Géraud et moi Roger. La queue de ton nom est la tête du mien. La queue du mien te sert de tête, m'avait-il fait remarquer.

Cette singularité nous rendait un peu parents. Chaque semestre, le fruit s'ajoutait à l'arbre. Que pourrais-je faire de tant d'argent ? Le donner à ma mère, tout ou partie ? Elle m'avait souvent déclaré qu'elle n'entendait point être nourrie par son fils. Elle continuait d'ailleurs de recevoir les subventions de Rosette Codier.

— Garde-le pour monter ton ménage, un jour.

Dans le tunnel, je ne m'étais pas contenté de pelleter ou de tourner la manivelle des pompes à air. En regardant les spécialistes, en leur prêtant la main, j'étais devenu un peu maçon, un peu forgeron, un peu charpentier, un peu mineur. Entre tous ces métiers, je pourrais choisir celui qui fournirait du pain à ma future famille. Mon avenir se présentait sous un bon jour. Je ne demandais qu'à suivre la consigne impartie par le ministre Guizot : « Enrichissez-vous par l'épargne et par le travail. » Alors se produisit un accident qui devait accélérer les choses.

J'étais en train de pousser un wagonnet chargé de terre avec l'aide d'Annet Sargalhol, mon meilleur camarade. Un rail de bois, pourri par l'humidité, ayant cédé sous les roues, le chariot se renversa et nous couvrit de son chargement : trois tonnes de déblai. Je me dégageai assez vite de cette alluvion. Lorsque je pus me relever, encore étourdi, je m'aperçus que mon frère de galère, Annet Sargalhol, gisait encore, inanimé, sous un monceau de terre. Ses pieds seuls en dépassaient. Je le saisis par là, je le tirai à l'air libre. Penché sur lui, je le débarrassai de tout ce qui l'empêchait de respirer, lui tapotant les joues, l'appelant doucement :

— Annet ! Annet ! Réveille-toi !... Ouvre les yeux !...

Ses joues étaient d'une douceur étonnante, sans la moindre trace de barbe, alors que moi, son cadet d'une année, je pouvais m'enorgueillir de quelques poils sur ma lèvre supérieure. Une blessure saignait sur son front. J'ouvris sa chemise, j'en écartai les bords. Il commença de bouger un peu.

Alors, j'eus de la peine à croire ce que je découvrais. Ce que je sentais sous mes paumes.

Annet Sargalhol était une fille.

6

Qui étaient donc ces Sargalhol ? Avec le peu de ressources dont ils disposaient, les parents avaient trouvé le moyen d'engendrer onze enfants. Par bonheur, quatre étaient morts en bas âge. Deux étaient partis pour Bordeaux. Les deux fils suivants, Jacques et Martin, manquaient six mois de l'année, comme l'exigeait leur métier de scieurs de long. Puis venait Annette. Puis des jumelles au bout de la nichée. Aux scieurs, le travail ne manquait point, pourvu qu'ils fussent aux bons endroits. Ils fournissaient les voliges, les planches, les chevrons, les solives nécessaires au bâtiment. Les bancs, les dossiers, les bordages, les membrures de la marine. Ils nourrissaient de grandes espérances dans les besoins en traverses des chemins de fer.

Annette (véritable nom d'Annet, le faux garçon) connaissait par cœur leur vie et leurs voyages, cent fois racontés par ses frères. Ils avaient coutume de partir à Notre-Dame de Septembre, le 8 du mois, à pied, et de revenir l'année suivante à la Saint-Jean d'été. Chacun emportait deux chemises de chanvre, un pantalon de serge pour le dimanche et un de toile pour la semaine, un sac de chanvre fait d'un vieux *linceul* cousu, dans lequel ils coucheraient au milieu de la paille. Et deux paires de chaussettes spéciales avec une semelle double ou triple. Leur outillage : une hache emmaillotée et la *rassiègo*, la scie enveloppée de serpillières. La lame en était fixée suivant la plus longue médiane ; à une extrémité, un tendeur à écrou lui donnait la raideur nécessaire. Les *rasségaïres* allaient toujours par paires, comme les bœufs de labour, bien habitués l'un à l'autre. Chaque scieur avait sa spécialité. Jacques, l'aîné, le *chevrier*, se tiendrait en haut, sur le tronc à débiter, en chaussettes pour ne pas glisser sur le bois écorcé. Martin, le *renard*, serait en bas ; c'est lui qui fournirait le plus gros effort puisqu'il tirerait à soi la scie dont les dents, en forme de bec de perroquet, mordraient seulement dans la descente. Les charges se trouveraient ainsi réparties : au renard, l'ahan, la sueur sur tout le corps, la sciure dans les yeux malgré le grand chapeau ; au chevrier, l'aplomb à conserver sur son baliveau, la responsabilité de la lame, l'incommodité des pieds déchaux.

Ce dernier devait son nom à la *chèvre* sur laquelle ils travaillaient. Elle se composait d'une poutre grosse comme la cuisse, longue de quatre à cinq mètres, reposant sur le sol par une extrémité, tandis que l'autre portait à hauteur d'homme sur deux pieds écartés. Là-dessus, les scieurs hissaient la bille à débiter : une moitié devait dépasser la tête de la chèvre. Au moyen de chaînes, ils liaient ensemble la chèvre et la moitié arrière du baliveau. Dans cette posture, la machine ressemblait alors à un canon de forteresse braqué vers les nuages bas.

Avant d'installer la bille sur cet affût, il fallait d'abord l'écorcer à la hache ; puis la ligner à l'aide d'un cordeau bien tendu, tracer sur l'aubier les deux raies noires que la lame devrait suivre. Le chevrier composait lui-même son encre, en délayant dans un peu d'eau la cendre d'un brandon de paille.

L'un avançant, l'autre reculant, les deux frères atteignaient le milieu de la bille. Ils la déliaient de ses chaînes, lui faisaient faire un demi-tour, l'enchaînaient de nouveau et recommençaient le sciage sur l'autre moitié. Grâce aux lignes d'encre, ce second passage de la lame aboutissait très exactement en face du premier. Cependant, le chevrier l'arrêtait à un doigt de distance. Il descendait de son perchoir, retrouvait ses sabots. Il achevait la coupe à la hache. Une petite bavure restait au milieu du baliveau, preuve que l'ouvrage avait été fait non point à la scie mécanique mais à celle des scieurs de long.

Dans les forêts des Vosges, du Morvan, du Bourbonnais ou de l'Auvergne, la brigade des rasségaïres besognait du lever au coucher du soleil. Ils logeaient dans une baraque construite de leurs mains. Chauffée par un poêle à bois. L'un d'eux, généralement le plus jeune, était chargé de préparer la soupe. La marmite était suspendue à trois piquets en faisceau, hors de la cabane. Quand la nuit tombait, ils prolongeaient leur journée en travaillant au clair de lune pour préparer le lendemain ; ils tronçonnaient au passe-partout, pratiquaient l'écorçage et le lignage. Après douze ou treize heures de cette galère, ils s'arrêtaient enfin pour dormir dans leur sac.

A la fin de la campagne, ils emballaient leurs outils et reprenaient le chemin du Cantal, avec leurs économies. Sans eux, la famille Sargalhol n'aurait jamais vu une pièce d'argent, ni de face ni de profil. Ne pouvant se faire scieuse de long, Annette avait suivi leur exemple en s'engageant à percer le Lioran.

Ils arrivaient à temps pour les travaux agricoles de la saison chaude. Quand venait le moment de moissonner le seigle et le blé noir, ils changeaient d'outil et prenaient la faucille. Tandis que la main gauche tenait la javelle, la droite manœuvrait le *volan*. Il arrivait parfois que sa lame courbe mordît un peu de l'autre main. Et l'on disait que pour devenir un bon moissonneur, il y fallait neuf blessures. Jacques et Martin étaient de bons travailleurs en toutes choses. Grâce à leur pécule, grâce aux vaches, aux poules, aux lapins, aux cochons, personne ne manquait de pain chez les Sargalhol.

La seule calamité de la famille était la présence de trois filles.

A nourrir trois fois par jour. L'habillage comptait peu, car il venait de hardes anciennes dont elles tiraient du neuf. Annette, seize ans en 1839, l'aînée des trois, était une gaillarde bien charpentée, les épaules larges, la voix un peu grosse. Si bien que ses compagnes de Saint-Hippolyte se moquaient d'elle, disant qu'elle était un garçon manqué. Pur mensonge, car elle avait des goûts bien féminins, à la cuisine, à la toilette, à la quenouille. Son teint vif et frais témoignait pour elle ; elle était assez fière de sa peau lisse, de ses longs cils et surtout de sa chevelure, noire, épaisse, massive, qui, lorsqu'elle dénouait son chignon, lui tombait dans le dos telle une cataracte. Mais il est vrai qu'aux bals de campagne, dans les granges ou sous les tilleuls, les gars ne l'invitaient guère à danser, comme s'ils avaient eu peur d'une cavalière si vigoureuse. Elle devait donc danser avec ses frères, et taper avec eux du talon aux bons endroits :

Finie ma bourrée.
Laissez reposer
Vos pieds !

Au mois d'avril, parut devant l'église un coupeur de cheveux. Non point un perruquier apte à raccourcir les tignasses masculines. Peu d'hommes fréquentaient les barbiers-coiffeurs. Les maris se faisaient tondre par leurs femmes, car elles savaient manier les ciseaux. La perruquerie était dans les campagnes un métier de misère, ceux qui l'exerçaient pratiquaient aussi une autre profession, forgerons, bourreliers, cordonniers. L'homme qui s'installa devant l'église était d'une autre sorte. Accompagné de sa propre épouse, maîtresse d'un étal où figuraient diverses marchandises d'agrément, dentelles, pièces de tissu, coiffes, foulards, mouchoirs, éventails. Derrière elle, une sorte de paravent opaque, où étaient représentés une bergère et ses moutons.

Bien connu de la paroisse, il venait tous les printemps, à l'époque où l'on a coutume de tondre les brebis. Pour allécher la clientèle, il jouait dans un mirliton des airs connus, *Auprès de ma blonde* et *Malbrough s'en va-t-en guerre*. Attirés par la musiquette, hommes et femmes se rassemblaient autour de lui. Il écartait alors son flûtiau pour prononcer un discours avec l'accent de Marseille :

— Mesdames ! Mesdemoiselles ! Car ici je ne m'adresse pas aux messieurs. Vous avez sur la tête une richesse que vous ignorez : votre chevelure. Permettez-moi de vous la demander. Elle me servira à faire des perruques pour les chauves. C'est une grande humiliation que d'avoir le crâne nu. En m'accordant l'usage de vos cheveux, vous consolerez ces infortunés. Vous accomplirez une œuvre de charité admirable. Ce ne sera pas pour vous un cruel sacrifice, puisque vos cheveux repousseront. En échange, je vous donnerai de belles pièces d'argent. Et par-dessus le marché, un cadeau parmi les objets exposés sur cet étal. N'hésitez pas, mesdames, mesdemoiselles ! Apportez-moi vos cheveux pour consoler les chauves !

Il terminait dans son langage marseillais :

— *M'abèze comprengù ? O m'abèze pas* ?

Toutes ces dames l'avaient fort bien compris. L'une d'elles osa s'avancer. Il la fit asseoir derrière le paravent aux moutons, celui-ci servait à ménager la pudeur des tondues. Pendant ce temps, les autres femmes examinaient avec des yeux brillants d'envie les marchandises exposées sur l'étal.

Au bout d'un moment, on vit reparaître la cliente, la tête enveloppée d'un fichu — cadeau du tondeur — qui cachait sa mutilation. Il tira de sa bourse les pièces d'argent convenues, les glissa dans la main de la patiente. Elle s'enfuit, rouge de honte, sous les ricanements de quelques hommes.

Après ce coup d'essai, beaucoup de femmes s'éloignèrent, pleines d'écœurement et de regret. Il en resta quelques-unes. Dont Annette Sargalhol. L'idée de gagner quelques pièces blanches qui fussent bien à elle, non à la famille, la tentait. Elle se sentit prête à sacrifier son chignon. Quant aux moqueries des garçons, elle y était habituée et les prenait avec défi.

Trois filles passèrent avant elle derrière le paravent ; elles choisirent leur cadeau à la va-vite et s'enfuirent tête basse.

Vint son tour. Le Marseillais osa porter la main sur sa tête. Ses cheveux ruisselèrent.

— *Boudie !* fit-il sans s'expliquer davantage.

Et après un moment :

— Combien en veux-tu ?

— Dix francs.

— Fan de chichourle ! Tu es bien gourmande !

— C'est dix, ou je m'en vais.

— Tu ne sais pas, ma belle, le prix des choses. Je t'en donne cinq.

— Au revoir, monsieur.

— Attends un peu. Ne fais pas la boudenfle. Je t'en propose six.

— J'ai tout dit. A la prochaine.

— Ecoute. Je vais jusqu'à huit francs. Un bel écu de cinq et trois pièces de vingt sous. Mais je n'irai pas plus loin.

Elle réfléchit. Avec huit francs, elle pouvait s'offrir une paire de bottines. Elle finit par accepter. Il disposa une serviette sur ses épaules. Un moment après, elle perçut le crissement que faisaient les ciseaux en entrant dans ses cheveux. Et c'était comme s'ils étaient entrés dans sa chair. Silencieusement, elle se mit à pleurer, sans s'opposer à la mutilation. Quand ce fut terminé, voyant ses joues mouillées, l'homme prononça quelques mots de consolation, l'appelant « ma minotte », disant que ses cheveux repousseraient encore plus épais et plus beaux qu'avant. Il lui mit sur la tête un foulard de dentelle, pour dissimuler sa nudité. Elle s'enfuit, serrant les pièces blanches dans sa main, sans choisir d'autre cadeau.

Retour au bercail. Autre drame. Le père Sargalhol prétendit que l'argent qu'elle avait gagné en vendant ses cheveux fût versé dans la boîte de fer où sa femme Albine gardait le pauvre trésor de la famille. Il y eut là-dessus une longue discussion sous le chaleil :

— Tes frères donnent bien une partie de ce qu'ils ont gagné comme rasségaïres. Nous vivons tous sous le même toit. Nous partageons le même pain. Nous devons aussi partager ce qui se gagne.

La mère soutint la cause d'Annette, disant que

cet argent lui appartenait en propre ; que ce n'était pas la même chose que partager le fruit de son travail ; que ses cheveux étaient son bien personnel de même que ses yeux, ses dents, ses oreilles ; qu'elle gagnait le pain qu'elle mangeait en filant la laine, en gardant les vaches au pré, en soignant les cochons, en l'aidant à toutes les besognes domestiques. Le vieux ne voulut pas en démordre ; il menaça de chasser sa fille si elle ne lui remettait pas la moitié des huit francs que lui avait donnés le Marseillais. Annette dut y consentir. Adieu les bottines !

Quelques semaines plus tard, le curé de Saint-Hippolyte informa ses paroissiens qu'on allait creuser une galerie dans le puy de Masseboeuf ; que les Ponts et Chaussées recherchaient de la main-d'œuvre masculine : qu'elle serait payée de deux à trois francs par journée de douze heures, suivant les spécialités. Annette dressa l'oreille à ce discours. Puisque beaucoup la considéraient comme un garçon manqué, puisque à présent elle avait perdu ses cheveux de femme, pourquoi ne pas se faire passer pour un homme et offrir ses bras au chantier ? Elle consulta sa famille. Tous furent d'accord, excepté les deux petites sœurs qui voulaient la garder ou partir avec elle. Le père discuta longtemps. Comme pour les cheveux, il exigeait la moitié de ses gains.

— Pourquoi la moitié, dit Albine, puisqu'elle se nourrira toute seule ?

Il se contenta du quart. Ses frères lui procurèrent des pantalons, des chemises, des vestes qu'elle ajusta à sa taille. Elle se fit faire un livret de complaisance par le maire, un petit-cousin d'Albine. Son père la bénit en lui recommandant de revenir une fois par mois avec ses économies pour les mettre à l'abri des voleurs. Elle embrassa la famille et se mit en route, toute seule comme le Juif errant.

Elle marcha dix heures avant d'atteindre, par le col de Rombière, le village du Lioran. Monsieur Commier l'engagea comme « tâcheron » à quarante sous par jour sous le nom d'Annet Sargalhol.

7

Ayant découvert que mon meilleur camarade était une fille, je refermai sa chemise d'une main tremblante. Bouleversé par cette douceur et cette fragilité. Puis je trempai mon mouchoir dans l'eau de la fontaine, lui lavai le visage et le cou. La blessure du front saignait encore faiblement. Je déchirai un morceau de ma propre chemise, lui fis un bandage. Elle commençait à bouger. Enfin ses yeux s'ouvrirent. Elle sortit de son assommement. Je l'aidai à se relever.

— Je t'emmène à l'infirmerie. Tu as bien droit à des soins. A un peu de repos.

L'après-midi du même jour, elle reparut la tête enturbannée et prétendit reprendre son travail. Monsieur Commier fut d'accord. Il n'aimait point payer le personnel à ne rien faire.

Nous reprîmes notre compagnonnage. Dans les jours qui suivirent, nous fûmes, avec d'autres, employés à remplacer les rails de bois par des rails de fer. Ces voies débordaient largement hors des galeries et s'enfonçaient dans la montagne au fur et à mesure de la percée. Si bien que lorsque celle-ci fut achevée, elles eurent une longueur totale de 2 500 mètres, donc un kilomètre de plus que le tunnel.

En apparence, rien n'avait changé dans les relations amicales d'Annette et de Géraud. Je devinai qu'elle s'était déguisée en garçon afin d'être acceptée sur le chantier et je ne me sentis pas le droit d'avoir surpris son secret. Mais cette réserve permanente me touchait si profondément que je ne comprenais plus ce qui se passait dans mon cœur. Je me mis à bredouiller, à perdre le bon usage de ma langue. Annette s'en étonna. Elle crut que cet embarras était une conséquence de l'accident.

Dans la baraque numéro 2, qui était à la fois notre réfectoire et notre dortoir, je remarquai les précautions qu'elle prenait pour se déshabiller, pour se débarbouiller, pour paraître exactement comme les autres tâcherons. Avec terreur, j'imaginai ce qui pourrait arriver si ces hommes découvraient qu'une fille couchait parmi eux.

Au bout de huit jours, elle ôta son turban et reprit le chapeau de feutre dur des mineurs et des terrassiers. Chaque corps de métier avait sa coiffure. Aux forgerons allait la casquette à pont. Aux voituriers, comme François Mavel, un bonnet de laine. La plupart en bourraient la coiffe pour se protéger des chutes de pierres. Les ingénieurs se distinguaient à leur chapeau haut de forme.

Annette et moi chargions et wagonnions les déblais de la couronne et du revanché. On triait et entassait les bonnes pierres pour en former de vraies murailles. La terre était déversée sur les rives de l'Allagnon ou mise en réserve en vue d'élargir la route 126. Les autres nous voyaient toujours ensemble. Au commencement, François Mavel s'étonna de cette amitié ; mais ensuite, comme elle ne faisait tort ni à l'un ni à l'autre, il finit par la trouver naturelle entre deux garçons du même âge.

Les soirs d'été, après la soupe, nous continuions nos promenades sur les pentes du puy de Massebœuf, tandis que d'autres jouaient aux cartes ou fréquentaient les auberges. Avec cette différence qu'Annette parlait presque seule à présent et que moi, j'écoutais. Un soir, elle osa chanter. Un air triste que dans le Cantal on appelle un regret :

Bergère, si tu m'aimes,
Soulage mon ennui.
Mes jours sont tout en peine ;
Et je pleure la nuit...

Lorsqu'elle se tut, je desserrai les dents :

— Tu as une drôle de voix.

— Elle n'est pas belle ?

— Au contraire. Elle monte très haut, comme une voix de femme. Tu n'as pas la même quand tu parles.

— Eh bien ! J'ai une voix pour parler et une voix pour chanter. Comme le sacristain de Saint-Hippolyte. Quand il parle, il bégaye : « Je... je... je... vous dirai que... que... que... » Quand il chante, à la messe, il ne bégaye plus.

Cette explication parut me suffire. Nous regardions la lune et les étoiles.

Un peu plus tard, on redescendit la pente ardue, moi devant, elle derrière, comme si je lui montrais le chemin. Tout à coup, j'entendis un petit cri. Je me retournai, juste à temps pour voir Annette trébucher et dégringoler.

Je la reçus dans mes bras.

Je la couvris de baisers, follement. D'abord, elle essaya de résister. Puis elle succomba. Nos lèvres se cherchèrent et se joignirent. Nous nous sommes tenus longtemps embrassés, silencieusement, écoutant nos deux cœurs.

— Tu le savais ? murmura-t-elle enfin, ayant retrouvé un peu de souffle. Depuis quand ?

— Depuis le déraillement du wagonnet. J'avais ouvert ta chemise pour t'aider à respirer.

— Il ne faut pas le dire. A personne.

— Je ne dirai rien.

— Ce sera notre secret.

Ce secret, il nous était pourtant bien difficile de le cacher. Même si nous nous parlions peu, on se regardait trop. Nos mains se frôlaient trop souvent. Le travail nous amenait sur les mêmes lieux plus qu'il n'eût semblé indispensable. Quand on entendait sonner la trompette du chef mineur annonçant la prochaine explosion, même si nous en étions distants, on se précipitait dans le même refuge, pressés l'un contre l'autre parmi dix ou douze. Ce sont des choses qui finissent par se remarquer. On nous prit pour des amoureux contre nature, pour ces hommes-femmes que maudit la religion et que, dans nos campagnes où l'on ignore le grec, où ils sont d'ailleurs rarissimes, on appelle des *mignots*. Jamais on ne s'est dit : « Je t'aime », ces mots non plus n'étaient pas en usage ; mais notre bonheur de chaque jour était de nous rencontrer, de nous voir, de nous serrer la main comme faisaient les autres ouvriers, seulement un peu plus fort, un peu plus longtemps.

François Mavel finit par s'inquiéter.

— Je trouve, me dit-il, que tu montres un peu trop d'amitié à cet Annet Sargalhol. Ça ne se fait point par ici. Il faut laisser cette pratique aux garçons des villes.

J'ai dû lui expliquer le mystère, en lui demandant de n'en parler à personne. François regarda mieux Annet-Annette et se sentit rassuré. Il arriva à cette conclusion :

— Vous vous marierez peut-être un jour, quand vous serez en âge ? En attendant, essayez de mieux vous cacher.

Nous avons tenu compte du conseil.

Au mois d'août 1843, un événement d'importance vint agrémenter le cours des choses. On sut qu'une exécution capitale devait avoir lieu à Murat sur le champ de foire. Conséquence d'un crime abominable dont avait été victime l'année précédente un nommé Charles Audebert, propriétaire à Collange, commune de Dienne. Celui-ci, revenant de la foire de Chalinargues, avait été attaqué et poignardé ; deux coups lui avaient traversé le cœur. Les assassins au nombre de trois avaient été arrêtés peu après. Deux condamnés par la cour d'assises aux travaux forcés à perpétuité, le troisième à la peine capitale. Un certain Antoine Roux, dit Picaïre, dont le sobriquet indiquait bien qu'il avait coutume de piquer, de la fourchette, du couteau ou du poignard. Il avait passé des aveux complets, expliquant qu'il avait été contraint de piquer sa victime parce qu'elle se débattait.

Or il me vint une curiosité. Me rappelant que mon grand-père Pélage avait été pendu très injustement à Aurillac, je m'intéressai à ce piqueur, désireux de voir la physionomie d'un assassin, de deviner ses sentiments lorsqu'il marche au supplice, d'entendre ses derniers mots. Je demandai à monsieur Commier une autorisation d'absence pour me rendre à Murat.

— Pour quoi faire ?

— Pour consulter.

— Consulter qui ?

— Un médecin. J'ai des douleurs dans l'estomac.

— Il vient ici un médecin toutes les semaines.

— Je sais. Il m'a vu, il m'a donné une poudre. Ça ne m'a pas guéri. Je veux en voir un autre.

— Va donc à Murat. Mais ta journée ne te sera pas payée.

— D'accord.

Voir une tête tomber mérite bien un mensonge. Le 3 août, je partis avant le jour et descendis vers Murat par la route et les coursières. Tandis que les alouettes criaient dans le ciel : « On t'a cru ! On t'a cru ! » Parbleu qu'on m'avait cru ! Même ma main sur l'estomac avait su jouer la comédie. En descendant, les kilomètres sont courts, parce que tous les saints vous poussent au derrière. Suivant la rive gauche de l'Allagnon, je mis à peine deux heures.

Le champ de foire était blanc de monde, à cause de tous ces chapeaux de paille et de beaucoup d'ombrelles. Voir couper un homme en deux morceaux est un spectacle rarissime et qui mérite le déplacement. J'aurais préféré assister à une pendaison ; mais la corde avait été remplacée par une lame triangulaire dont la chute est si rapide que le condamné ne sent presque rien. Le docteur Guillotin en avait fait la démonstration :

— Lorsque vous vous blessez à un doigt, à un genou, à un pied, pendant quelques secondes vous n'éprouvez aucune douleur. Celle-ci vient après, quand l'effet de la blessure a été transmis au cerveau par les nerfs. Mais si le cerveau est séparé du corps, le chemin des nerfs est coupé, il n'y a pas de douleur possible. Cette machine à décapiter est une invention humanitaire.

Sur le champ de foire, la guillotine était entourée par un cordon de gendarmes à pied qui tenait la foule à distance. Tous les yeux semblaient fascinés par l'échafaud. Par la lame dont le tranchant luisait. Par la lunette composée de deux mâchoires qui pouvaient s'élargir suivant la pointure du condamné. Sous le soleil d'août, il en émanait une odeur de graisse comme des armes, de goudron comme des bateaux. Les bourreaux s'affairaient autour d'elle, de ses montants qu'un enduit de brai noir protégeait de la pluie. Six marches permettaient de la gravir. Un garde-fou empêchait le criminel de tomber et de se faire mal.

Mêlé à la foule, j'entendais des commentaires :

— Mais qui c'est donc, celui qu'on va couper ?

— Un nommé Antoine Roux. Paraît qu'il avait fait des études pour devenir maître d'école.

— Joli maître d'école, ma foi ! Il mérite bien qu'on le coupe.

Vers les dix heures, parut, venant de la prison, une espèce de fiacre tiré par un cheval noir, encadré par huit gendarmes. Il s'arrêta au flanc de la guillotine. Deux hommes en descendirent : un prêtre et l'assassin, celui-ci en bras de chemise, le col élargi aux ciseaux, les mains libres. Il contempla la foule, fit du bras un geste d'adieu à une personne de connaissance. Une femme, la sienne, sortit de la cohue, s'avança vers lui ; il l'embrassa longuement. Il embrassa de même son confesseur. C'était un homme grand et maigre, le front dégarni, le visage encadré de favoris touffus. Je vis ses lèvres bouger, mais n'entendis rien de ce qu'il disait. Le journal *L'Echo du Cantal* rapporta le lendemain le sens de ses paroles.

Au brigadier de gendarmerie :

— J'aurais voulu que vos hommes fussent à cheval et marchassent en bon ordre de chaque côté de la voiture. Aujourd'hui, je suis plus important qu'un ministre ou qu'un préfet. Mille personnes sont venues me voir. Je méritais bien quelques honneurs.

A sa femme :

— Le blé est cher cette année. Je désirerais que l'on fît une quête parmi tous ces curieux pour soulager les pauvres gens.

Le journaliste de *L'Echo* ne s'étonna point que cet ancien candidat à l'enseignement sût si bien employer l'imparfait du subjonctif. Et qu'il fût, comme le docteur Guillotin, rempli de sentiments généreux.

Arrivé au pied de la machine, il gravit courageusement les marches. Les bourreaux le ficelèrent sur la planche à bascule et, en un instant, sa tête passa dans la lunette et tomba dans le panier à sciure. Songeant à la longue agonie de mon grand-père, j'enviai cette fin rapide et indolore. Je remontai vers le Lioran en admirant le progrès que le génie de l'homme apporte dans sa destinée.

Le 22 novembre 1843, les deux galeries totalisèrent une longueur de 1 385 mètres. D'après les calculs d'Adrien Ruelle, le souterrain devait en mesurer 1 387. Deux mètres de terre et de rocher séparaient donc encore les ouvriers de l'Allagnon de ceux du Viaguin. Cette épaisseur était déjà traversée par un faible bourdonnement de voix, par le martèlement des massettes. Les ingénieurs firent intérieurement une prière : « Sainte Barbe, faites que nos deux percées se joignent bout à bout. » Le cas contraire, en effet, eût été une chose bien curieuse et bien déshonorante.

De chaque côté, l'on enfonçait les barres de mine. Avant d'y bourrer les canettes de poudre, on espérait atteindre le vide, ouvrir le petit trou par lequel on apercevrait ceux de l'autre galerie.

Après bien des efforts, les fleurets ont franchi une épaisseur de deux mètres. Sans rencontrer le vide.

On creuse encore. A deux mètres cinquante, on bute toujours dans le basalte noir et obstiné. L'angoisse se peint sur les visages. « Sainte Barbe, exaucez-nous ! » Adrien Ruelle s'enferme en son Burg. On termine la journée dans la tristesse.

Le lendemain, 23 novembre, le travail reprit. Il fallait faire parler la poudre. Comme il était convenu entre les deux équipes, on bourra d'abord le trou côté Allagnon, de quatre kilos. Le chef mineur souffla dans sa trompette, tous les autres coururent aux abris. Dix secondes après, une explosion secoua la couronne interrompue. Les mineurs accoururent. Ils toussèrent, éternuèrent dans une fumée blanchâtre. Neuf d'entre eux s'écroulèrent, asphyxiés. Ceux du revanché montèrent jusqu'à eux à quatre pattes pour ne pas respirer ce gaz qui provenait d'une poche d'air vicié. Ils purent les traîner jusqu'aux wagonnets et les transporter à l'air libre.

Pendant ce temps, côté Viaguin, on attendait le signal convenu pour enflammer la seconde charge. Pas de signal. On envoya un messager. Il escalada le puy de Masseboeuf, entendit ce qui s'était produit, revint le raconter à son équipe :

— Il ne faudra pas vous précipiter sur les lieux de l'explosion, mais attendre que la fumée blanche se dissipe.

On put enfin mettre le feu à la poudre. A deux heures de l'après-midi, elle fit tomber un pan de rocher. Une barre à mine acheva le travail. Elle aboutit enfin dans le vide : le tunnel du Lioran était percé. Le plus long tunnel de France. Par cette ouverture grande comme le poing, les deux équipes se parlèrent, se félicitèrent, commentèrent l'accident de l'asphyxie. Puis les mineurs offrirent à monsieur Ruelle la barre à mine historique. A quelques centimètres près, les calculs de l'ingénieur s'étaient avérés justes. Il fallait ajouter seulement trois mètres à l'épaisseur de la montagne.

Le trou fut élargi. On put y passer un bras. Et avec lui des flacons de vin de Limagne. « Nous n'osons dire le nombre de ces bouteilles qui restèrent sur le champ de bataille », rapporta *L'Echo du Cantal*. Les pics, les pioches, les rivelaines s'acharnèrent sur la forure jusqu'à ce que plusieurs hommes pussent la franchir. Et ce fut Adrien Ruelle qui passa le premier. Les hommes des deux équipes tombèrent dans les bras les uns des autres. L'ingénieur fut porté en triomphe.

On se remit à trinquer. Quand la nuit vint, les danses, les chants, le sabbat continuèrent à la lueur des lampes à huile. François Mavel, Géraud Codier, Annette Sargalhol prirent leur part du bonheur général.

Le 4 décembre qui suivit, une Sainte-Barbe exceptionnelle fut célébrée. Avec le soutien du ministre des Travaux publics qui accorda une gratification de sept cents francs, c'est-à-dire de huit francs par tête. Tous les tranche-montagnes firent toilette. Dix-huit voitures pavoisées les transportèrent à Aurillac. Le long du trajet, ils criaient aux portières :

— Nous avons creusé le tunnel du Lioran !... Nous avons creusé le tunnel du Lioran !...

Follement applaudis par les populations. A Vic, Ruelle se joignit au cortège et le précéda sur son cheval blanc comme Napoléon après Austerlitz.

A deux kilomètres du chef-lieu, les ouvriers descendirent des fiacres et défilèrent, drapeaux en tête, derrière leur chef suprême, qui saluait la foule enthousiaste de sa main gantée de blanc.

Une salve d'artillerie annonça notre entrée dans la ville aux chaudrons. A la préfecture, nous reçûmes les compliments de monsieur de Bantel, du maire, du général. Des discours furent prononcés. On y évoqua la figure du préfet Delamarre, ce « grand administrateur », ce « bienfaiteur de la haute Auvergne ». En son séjour landais, les oreilles du ci-devant « maudit préfet » durent lui tinter agréablement.

En l'abbatiale de Saint-Géraud, une messe en musique rassembla deux mille personnes. Elles purent remarquer l'attitude recueillie des mineurs pendant tout l'office. L'homélie du curé leur rendit hommage :

— Sainte Barbe, que vous avez choisie pour patronne, vous regarde en ce moment du haut des cieux, fière de votre courage, de votre résistance à la peine quotidienne. Pendant quatre ans, vous avez travaillé sous la terre comme des taupes. Six d'entre vous y ont perdu la vie. Une douzaine d'autres souffrent de mutilations incurables.

Qu'ils reçoivent ici une large part des honneurs qui vous reviennent...

Un banquet de cent couverts nous fut servi par le restaurateur Barthou dans la salle électorale, rue du Collège. Un décor très artistique y avait été construit. La partie haute de la table présidée par Adrien Ruelle était surmontée des outils disposés en pyramide dont se servent les mineurs : pics, rivelaines, fleurets, massettes, pioches, pelles, bourroirs. Aux murs de la salle, des dessins à la plume signés Lagrilière représentaient les hommes-taupes en action. Enfin, une pièce montée haute d'un mètre cinquante reproduisait assez bien le puy de Masseboeuf et son tunnel.

Au dessert, parurent le préfet et ses hauts fonctionnaires. Monsieur de Bantel porta un toast qui n'étonna personne :

— Je bois à tous les hommes, ouvriers, mineurs, ingénieurs, qui ont accompli cette admirable entreprise. Je bois aussi au gouvernement, aux ministres, au roi Louis-Philippe qui l'ont voulue. Il y a, dit l'Ecclésiaste, un temps pour tout sous notre ciel. Un temps pour naître et un temps pour mourir. Un temps pour démolir et un temps pour construire. Pendant quarante ans, la France a vécu sous un régime de démolition. Je me réjouis qu'un régime de construction lui ait succédé...

Propos qui s'adressaient principalement aux nostalgiques de Napoléon, cet « abominable semeur de ruines », comme le qualifia *L'Echo du Cantal*.

Le préfet conclut son discours par un vibrant hommage aux tranche-montagnes :

— Ouvriers du roc, ouvriers de la poudre, ouvriers des ténèbres, ouvriers de l'avenir, je vous remercie au nom du roi et de la France.

Après ce mémorable banquet, la fête se prolongea deux autres jours. Les ouvriers se répandirent dans la ville. Les cabarets, les auberges les servaient et refusaient notre argent. *L'Echo du Cantal* souligna qu'il n'y eut « pas un seul excès à déplorer ».

8

Le Lioran n'était encore qu'un trou. Il restait à en faire un tunnel : une voie carrossable, digne de la route royale numéro 126, dans laquelle elle s'intégrait en la raccourcissant de deux mille mètres par temps sec, de trois mille quatre cents mètres par temps neigeux. L'entreprise n'avait plus besoin de mineurs. Elle les renvoya, gardant les terrassiers, les maçons, les tailleurs de pierre, les paveurs. Adrien Ruelle avait cru d'abord que la roche était assez compacte pour pouvoir se passer de voûte maçonnée. Plusieurs éboulements lui montrèrent son erreur, causant des morts et des blessés. Il fallut envisager la construction de plus de sept cents mètres de voûte maçonnée, reposant sur des fondations profondes d'un mètre. Frais envisagés : trois cent mille francs.

Le ministre des Travaux publics ne semblait guère disposé à financer cette dépense supplémentaire. Le chantier resta plusieurs mois en sommeil. Le député louisphilippard d'Aurillac Bonnefons intervint pour le réveiller : *Si ces fonds sont accordés, on évitera les plaintes très vives que susciterait la parcimonie de la haute administration dans un canton fort populeux où les oppositions légitimiste et républicaine disposent de nombreux organes.*

De son côté, le Conseil général du Cantal se plaignait que l'on consacrât tant d'argent pour construire ailleurs des chemins de fer et si peu pour les routes dans un pays qui n'avait pas « le moindre espoir d'être vivifié par aucune de ces voies de communication faciles et rapides à cause du relief hérissé que lui a donné la nature ».

Durant ces six mois de chômage, François Mavel et moi-même, comme tous les autres, avons regagné nos domiciles. A Cheylade, nous avons retrouvé la famille et les anciennes habitudes négligées depuis quatre ans. Félicie eut peine à reconnaître son fils, parti quasi enfant, qui lui revenait homme achevé par la voix, par la taille, par la moustache. Mes joues et mon menton ne montraient pas encore beaucoup de poil. Je me rasais tous les quinze jours seulement, empruntant le rasoir-sabre de mon beau-père, qui ne manquait pas de souligner amicalement :

— Qui rase un œuf rase un bœuf.

Tout le monde riait.

C'était à Cheylade l'occasion d'un vrai cérémonial, sous les regards émus de la famille. Félicie avait fait chauffer un peu d'eau dans une casserole. François sortait le bol où il laissait mariner les débris de savon ordinaire ; cela formait une pâte qui moussait bien sous le blaireau. Assis sur une chaise, je plaçais sous mon menton un plat à barbe en croissant de lune. Le tonton faisait d'abord monter l'écume dans le bol, jusqu'à ce qu'elle eût l'apparence de la crème fouettée. On en aurait mangé, avec du sucre. Il m'en couvrait les joues. Pendant qu'elle amollissait le poil, il procédait à l'affilage du rasoir, tiré de sa châsse en bois de noyer. Sur une lanière de cuir large de deux doigts, il promenait longuement, délicatement la lame d'acier, dans un sens, puis dans l'autre, en tirant un peu la langue comme font les enfants lorsqu'ils s'appliquent à l'écriture. Il essayait ensuite le fil sur sa paume. Enfin, les genoux pliés, il se penchait sur son client. La mousse enlevée découvrait par bandes le teint rose et frais du jeune homme. Pour bien tendre la peau des joues, il m'enfonçait le pouce dans la bouche. Il respectait les poils de la lèvre supérieure, en train de former une légère moustache. Nouveau savonnage : poil et contre-poil. A la vérité, la lame n'avait plus grand-chose à tondre ; mais il fallait respecter les coutumes. Rinçage dans le plat à barbe. Séchage. Je demandais :

— Qui veut l'étrenne ?

La mère, la grand-mère se précipitaient. J'aurais préféré Annette Sargalhol. Elles m'embrassaient trois fois, au nom du Père, du Fils et du Saint-Esprit. Annette y aurait bien ajouté l'*Ainsi soit-il*.

Elle aussi avait regagné sa famille à Saint-Hippolyte. On la trouva également forcie par-devant et par-derrière. Maintenant, ses seins n'étaient plus petits comme des faons qui paissent parmi les lys ; ils avaient pris du volume, elle les sentait se balancer dans son corsage lorsqu'elle courait. Au Lioran, elle s'était régulièrement fait tondre par le barbier pour garder une tête de garçon.

— Vas-tu, lui demanda sa mère, te faire longtemps encore passer pour un gars ?

— Jusqu'à ce que le tunnel soit terminé.

— Est-ce que tu n'as pas peur, si tu gardes trop ce déguisement, de rester fille, de ne trouver personne qui veuille de toi ?

— J'ai déjà trouvé.

— Vraiment ?... Un futur ?

— Je vous le ferai connaître un jour.

— Quand ?

— Lorsque nous serons sur le point de nous marier.

Elle ne voulut rien dire de plus, malgré les hochements de tête d'Albine. Elle lui fit même promettre de n'en souffler mot ni à ses frères et sœurs, ni à son père. Celui-ci, d'ailleurs, l'interrogea peu ; il acceptait ses volontés, puisqu'elle lui avait accordé le quart de ses salaires. Comme moi, elle confia le reste à maître Julhes, le notaire de Cheylade.

Paris se décida enfin à dénouer les cordons de sa bourse. Les travaux d'aménagement reprirent au tunnel au printemps 1844. François, Annette et moi-même reprîmes les manches de nos outils. Or voici qu'au bout de deux mois, ils furent de nouveau interrompus par une seconde coalition. Les maçons demandaient une prime de risque de vingt sous par journée. Ce qui devait porter leur salaire à quatre francs et cinquante centimes. Plus qu'il n'avait été concédé aux mineurs. Voici le pauvre Adrien Ruelle derechef engagé dans un affrontement avec les financiers parisiens. « Des travaux tels, écrivit-il au ministre, ne peuvent être suspendus faute d'un peu d'argent sans qu'il n'en résulte les plus graves inconvénients, non seulement sous le rapport de la dépense définitive et globale, mais encore sur le plan politique. Ce grand travail passionne les populations de l'Auvergne, toujours attachées jusque-là aux gouvernements en place. Comment réagiraient-elles si l'on était obligé de les suspendre ? »

Le préfet de Bantel argumentait en sens opposé : « Une telle enflure des salaires est néfaste pour les propriétaires et les patrons, dangereuse pour la tranquillité publique. Lorsque, pendant trois ou quatre ans, on a accoutumé de nombreux ouvriers à trouver dans des travaux extraordinaires des salaires élevés qui ne pourront plus leur être continués, on a jeté dans les populations des ferments de troubles, ou du moins de mécontentement. »

Le tunnel du Lioran répandait des idées subversives. Leur coalition obtint tout de même les vingt sous demandés.

Si les menaces d'éboulements subsistaient, l'air ne manquait plus dans les tunnels. Quand le vent soufflait du nord-est, ce qui, grâce à Dieu, n'arrivait pas trop souvent, il produisait même dans cette espèce de corne un courant effroyable, accompagné d'un long mugissement : *hououou-*

hâââ... Le puy de Masseboeuf tout entier semblait gémir et protester contre la violence qui lui était faite. Les chapeaux, les casquettes s'envolaient. Les hommes devaient s'agripper à leurs coiffures. Parfois, ils avaient de la peine à se tenir debout. Les plus malingres se mettaient des pierres dans les poches pour ne pas être emportés. Ruelle fit installer des deux côtés, le long des parois, des cordes à nœuds auxquelles on pouvait s'accrocher. On souffrait aussi du froid que le vent apportait de novembre jusqu'à mai. Pendant les trois hivers qui suivirent, une centaine de malades durent être hospitalisés à Saint-Gal. Atteints de congestion pulmonaire, de pneumonie, de pleurésie ou de simple échauffure. Je fus du nombre. Attendries par ma jeunesse, les religieuses me comblèrent de soins : cataplasmes, tisanes, ventouses, frictions. Je sortis en meilleur état de cette maison que je n'y étais entré ; toutefois, le médecin m'imposa quinze jours de convalescence non payés. Je revis ma famille et lui révélai que j'avais promis le mariage à une demoiselle dont je ne voulais pas dire le nom. La noce se ferait au terme des travaux.

Deux années encore, le tunnel fut encombré d'échafaudages, de cintres, de couchis sur lesquels travaillaient les maçons, occupés à renforcer les voûtes à chaux et à sable. Le courant d'air facilitait la prise. Les tailleurs de pierre employaient le roc arraché pour faire des moellons et des libages. Monsieur Ruelle grimpait sur les planches, vérifiant si tout tenait bien en place. L'œil du maître.

Les voûtages terminés, on enleva les charpentes. Il fallait à présent empierrer le sol, le damer, le sabler, en faire une chaussée résistante et unie. Sur laquelle les paveurs posèrent leurs dalles. Inégales et diverses. Pour obtenir un immense jeu de patience, une de ces compositions qu'on appelle de nos jours puzzles qui reproduisent des tableaux connus. Au Lioran, sous les loupiotes à huile et à fumée, ce n'était rien qu'une surface grisâtre, hérissée, que les fers des chevaux et des jantes futures auraient la charge d'aplanir.

Un plus grand soin fut apporté à établir de chaque côté un trottoir d'une largeur de soixante centimètres. Ce qui réduisit d'autant celle de la chaussée. A peine suffisante pour que deux carrioles pussent se croiser sans accrochage ni accident. Ce qui pourtant se produisit quelques fois.

Autre problème : celui de l'éclairage. Les villes du Cantal ne disposaient la nuit que des clartés de la lune et des étoiles. Par temps couvert, elles dormaient dans une totale obscurité. Cela facilite le sommeil et inspire les rêves les plus beaux. Les municipalités étaient donc incapables de fournir des réverbères au Lioran. Il fallut en louer deux douzaines à la ville de Clermont. Ils fonctionnaient à l'huile végétale et produisaient plus de fumée que de jour.

Au total, les divers aménagements exigèrent quatre années de travaux. Parmi lesquels la création d'une nouvelle portion de route. Greffée à la 126 avant l'entrée nord du tunnel, elle suivit après la sortie sud la rive droite de la Cère, évitant les sinuosités de l'ancienne et laissant en pénitence le village des Chazes. Au grand courroux de ses habitants.

Vint enfin le moment de l'inauguration terminale. Le nouveau préfet, monsieur Cournon, écrivit au ministre des Travaux publics une lettre préparatoire :

« Je désirerais que le jour où la voie souterraine sera ouverte à la circulation fût consacré par un acte de généreuse reconnaissance envers les ouvriers et par une solennité à laquelle je me propose d'assister. Les frais d'inauguration et de pose de la dernière pierre paraissent devoir s'élever à quatre cent cinquante francs. J'aurai ultérieurement l'honneur de vous rendre compte de l'inauguration de ce grand travail, à laquelle les populations voisines s'apprêtent comme pour une fête, car le percement du Lioran est à bon droit considéré par elles comme le plus grand bienfait qu'elles puissent attendre de la magnificence du gouvernement... »

Ledit gouvernement accorda une subvention égale à trois journées de travail à chaque ouvrier ; mais aucune date ne fut retenue pour la cérémonie. *Le Courrier du Cantal* crut pouvoir l'annoncer pour le 30 octobre 1847 :

« Habitants du Cantal, réjouissez-vous ! Désormais, vous aussi aurez votre merveille à montrer à l'étranger, et le touriste qui venait admirer les gigantesques proportions de nos montagnes s'étonnera des travaux plus gigantesques encore dont l'art a doté notre pays. Et vous, les positifs, soyez heureux aussi, votre patrie est sortie de l'oubli ; de grands centres de population viendront, pour communiquer entre eux, visiter vos cités... Reçois nos remerciements, ô Delamarre ! Ton nom, joint à celui des hommes qui te secondèrent, sera toujours dans nos cœurs reconnaissants. »

Toutefois, quelques jours avant la date annoncée, le même journal démentait la nouvelle. L'inauguration officielle n'aurait pas lieu. Une grande solennité avait célébré la jonction des deux galeries en novembre et décembre 1843 ; il n'y avait aucune raison de la répéter quatre ans plus tard.

Les cœurs n'étaient d'ailleurs pas enclins aux réjouissances. Une succession de mauvaises récoltes de blé et de pommes de terre provoquait une disette et une agitation générale dans tout le pays. Des émeutes avaient ensanglanté le département de l'Indre. Dans le Puy-de-Dôme, l'enchérissement du pain avait suscité des troubles à Manzat, Pionsat, Pontaumur. Les opposants au régime orléaniste cherchaient à profiter de la situation. Les henriquinquistes d'abord, c'est-à-dire les partisans d'Henri V, le prétendant légitimiste au trône de France ; mais surtout les républicains et les socialistes.

Il n'y eut donc point de fête inaugurale. L'ouverture du souterrain au trafic routier se fit dans la plus extrême discrétion. Le premier voiturier à s'y présenter fut un marchand ambulant nommé Lavialle qui, venant de Murat, se rendait à Vic avec un chargement de vaisselle. L'ascension, depuis Laveissière, s'était déroulée normalement, par une route améliorée. Arrivé à l'auberge de droite qui précédait le tunnel, Lavialle descendit de sa charrette pour boire un verre et proposer de sa terraille à l'aubergiste. Il ressortit content d'avoir un peu vendu, remonta sur son siège. Devant lui, béait la bouche de la galerie. Aux alentours, des terrassiers remuaient encore quelques déblais.

— On peut passer ? demanda Lavialle.

— Vous pouvez. Vous êtes le premier. Soyez de bonne étrenne.

Ils s'écartèrent. Le cheval fit quelques pas. Les jantes crissèrent sur les graviers. La bête s'arrêta soudain, tête basse.

— Hue donc ! cria l'homme.

Comme elle faisait la sourde oreille, il lui envoya quelques coups de fouet qui lui cinglèrent les oreilles. Elle fit trois pas encore, puis se cabra en poussant devant ce trou noir un hennissement de terreur. Derrière, ce fut un horrible fracas de vaisselle brisée, qu'accompagnaient les *Milladiou !* de Lavialle. Il sauta par terre, commença par assener au cheval une volée de coups avec le manche de son fouet, puis se tourna vers les terrassiers :

— Il est commode, votre trou ! Vous voyez le résultat !

Ils vinrent l'aider à ramasser ce qui restait de bon. Lavialle dut ensuite passer devant sa bête, la prendre par la bride ; l'un tirant l'autre, ils avancèrent dans la galerie. Après un quart d'heure de marche, alors qu'ils se trouvaient à peu près au milieu du souterrain, le cheval résista encore à la traction de son maître. C'était seulement pour pisser. Ainsi se trouva arrosée l'inauguration du tunnel du Lioran, le 31 octobre 1847. Sans trompette ni tambour.

Cette vaisselle cassée fut suivie de bien d'autres accidents. En arrivant devant cet énorme trou, les chevaux n'arrivaient pas à se convaincre qu'ils devaient s'y engouffrer. Comme Lavialle, les cochers devaient généralement les tirer par la bride. Parfois, c'est à l'intérieur que le cheval entrait en transe. En outre, l'étroitesse de la chaussée obligeait les véhicules à mordre sur les trottoirs, au risque d'écraser les piétons.

De nouveaux réverbères, système Saget, remplacèrent les anciens. La voûte fut blanchie pour accroître leur luminosité. Le préfet prit un arrêté imposant aux usagers du tunnel d'avoir un « feu visible à cent mètres ». La maréchaussée et le cantonnier du Lioran verbalisaient les contrevenants.

Adrien Ruelle, maître d'œuvre de cette huitième merveille du monde, ne croyait qu'à moitié à ses effets bénéfiques. Il publia dans les *Annales des Ponts et Chaussées* un mémoire où il exprimait le fond de sa pensée : le meilleur moyen pour désenclaver le Cantal ne consistait pas à percer le puy de Masseboeuf pour y enfiler la route royale 126, mais à construire une voie de chemin de fer, raccordée aux lignes en cours de construction : « Cette grande voie centrale donnerait la vie à des départements restés dans l'oubli (la Haute-Loire, la Lozère, le Cantal et l'Aveyron) qui possèdent cependant de grandes richesses minérales enfouies, des forêts inexploitées et de nombreux cours d'eau où l'on trouvera une force motrice incalculable pour la création d'usines et d'établissements industriels. »

Sans doute n'était-il pas loin de penser que le tunnel du Lioran était une merveille sans grande utilité pratique. Il en calcula le prix : un million et demi de francs. C'est-à-dire mille francs au mètre linéaire.

9

Quand nous avons abandonné, au début de 1848, le chantier du Lioran pour nous replier sur Cheylade et Saint-Hippolyte, je venais d'accomplir ma vingt-quatrième année, Annette sa vingt-cinquième. Considéré comme « nécessaire à la nation par mon activité », j'avais été exempté de tirage au sort et de service militaire. Une nouvelle révolution parisienne venait de renverser le roi Louis-Philippe, de proclamer la République. Les ultimes fignolages au souterrain restèrent en plan : Paris ne payait plus. Nous avons passé les dernières semaines dans l'inquiétude et la mélancolie. L'entreprise nous congédia avec des salaires impayés. Le trésorier remit seulement à chacun de nous une reconnaissance de dette : qui de trente francs, qui de cinquante, qui de quatre-vingts.

— Vous serez payés par la poste, promit-il. Tôt ou tard. Laissez le temps à la République de se mettre en place.

Annette et moi nourrissions d'autres pensées.

Nous n'avions encore jamais parlé de mariage entre nous, bien que ce projet fût dans nos cœurs. Nos rencontres amoureuses restaient timides, se limitant à de pudiques caresses, à des baisers picorés. C'est François Mavel qui nous tira de ce flou.

— Qu'allez-vous faire maintenant ?

— Rentrer chacun chez soi.

— Est-ce que vous n'allez pas vous marier ?

— Ma foi...

— Quoi donc ma foi ?

— Sans doute que si.

— Tu n'es pas certain ?

— Il faut que je demande à Annette si elle veut bien.

— Tu ne l'as pas encore fait ? Depuis le temps que tu la barjères ?

Barjérer veut dire chez nous « fréquenter une bergère ». Ou n'importe quelle autre fille. Savez-vous ce qui m'avait retenu ? Ses vêtements d'homme. Je me figurais qu'ils pouvaient dissimuler je ne sais quel défaut corporel et jamais je n'avais eu l'audace de partir en exploration. Aussi, je lui présentai un jour cette prière :

— Dimanche prochain, nous irons à notre dernière messe aux Chazes. Je voudrais que tu t'habilles en demoiselle.

Elle devint toute rouge, comme si je lui demandais une chose indécente. Puis elle accepta de la tête.

Ce dimanche-là, je me rasai soigneusement (j'avais à présent mon propre rasoir). J'endossai mes meilleurs habits, coiffai mon meilleur chapeau, chaussai mes souliers à tige. Nous nous mîmes en marche. Et qui fut bien étonné lorsque nous vîmes Annette en coiffe blanche, et en corsage bleu ? Moi, le premier. Plus encore mes compagnons, car nul ne soupçonnait le sexe véritable de celle qu'ils avaient toujours vue en pantalons. Lorsque je lui ai pris la main, non plus comme frère et frère, mais comme promis et promise, nous avons reçu sur la tête, ainsi qu'une grêle de prunes, des éclats de rire, et des moqueries, et des compliments :

— Oh ! les sournois ! Oh ! les cachottiers ! Comme ils nous ont bien joué la comédie !

Le plus surpris fut sans doute monsieur Commier. Il ne regretta point cependant d'avoir engagé Annette, car elle était aussi forte et vaillante qu'un homme. L'effectif ne comptait plus qu'une quarantaine d'ouvriers, tous auvergnats. Les Polonais, les Piémontais étaient partis vers d'autres chantiers, notamment vers les chemins de fer en cours de construction autour de Paris et de Saint-Etienne.

Dans l'église des Chazes, nous nous sommes tenus au fond, près du bénitier. Autour de nous, c'était un plicaplac de sabots et de souliers ferrés. L'assemblée des paroissiens montrait une grande ferveur et se signait à tour de bras. Les hommes du Lioran faisaient de même. Je remerciai la Sainte Vierge de m'avoir guéri de la typhoïde et de la pneumonie, de m'avoir protégé des accidents. Beaucoup d'assistants montèrent communier. Pas nous, Annette et moi, qui n'avions pas pris le temps de nous débarbouiller la conscience. Le curé de Cheylade m'enseignait qu'un drôle risquait de commettre des péchés s'il embrassait une drôlette qui ne fût pas de sa famille :

— Sur les cheveux, sur le front, sur le nez, ça ne compte pas. Sur les joues, c'est un péché véniel. Sur les lèvres, un péché mortel.

Or j'avais tout pratiqué. Même dans le cou, sur les bras et à la naissance de la gorge. Par conséquent...

Avant l'*Ite missa est*, celui des Chazes évoqua la « huitième merveille » — l'expression courait les rues — que venaient de construire les hommes de la galerie :

— Galerie est bien le mot propre, s'écria-t-il, car ils ont travaillé pendant plus de huit ans comme des galériens. Six y ont perdu la vie. Des dizaines y ont perdu un membre ou l'aptitude à travailler encore. La France leur doit une grande reconnaissance. Pour moi, je ne peux leur donner que la bénédiction d'un humble curé de campagne, fils de paysan comme la plupart d'entre eux...

Puis il nous envoya à tous de l'eau bénite, au nom du Père, du Fils et du Saint-Esprit. Tandis que la foule refluait, je retins Annette par la main :

— J'ai quelque chose à te dire.

Je sentis passer sur moi la caresse de son regard. Nous restâmes seuls près de notre pilier. Le sacristain éteignit les cierges. J'ai attiré mon amie vers le coin le plus ombreux, à peine éclairés que nous étions par un vitrail rouge et vert.

Je lui ai pris les deux mains, je les ai approchées de ma bouche, j'ai parlé à ses doigts :

— Annette Sargalhol, veux-tu être ma femme ?

Elle a respiré profondément, puis fait d'abord une objection :

— Quel âge as-tu ?

— Tu le sais bien : vingt-quatre ans.

— Et moi vingt-cinq. Je suis déjà presque une vieille fille. Tu as mis bien longtemps pour me demander ça.

— C'est parce que j'attendais la fin des travaux, pour avoir un peu plus d'argent. On ne peut pas se mettre en ménage sans le sou.

— C'est pourtant des choses qui arrivent.

— Quand le pain manque, l'amitié s'en va vite.

— Les femmes vieillissent plus vite que les hommes. A cinquante ans, on me prendra pour ta mère.

— Mais quand j'aurai cent ans, tu en auras cent un. Qui verra la différence ?

Elle secouait la tête, mal convaincue.

— Bientôt, j'aurai des rides.

— Je te garderai comme tu seras. Ridée ou lisse. Il paraît, me disait ma grand-mère, que quand on met plein de *poutouns* dans les rides, on finit par les remplir. Elles ne se voient plus.

Elle se taisait encore. J'ai comblé le silence, en répétant :

— Veux-tu être ma femme ?

Elle a souri. J'ai vu ses dents briller dans l'ombre. J'ai baisé son sourire.

Trois jours plus tard, François Mavel revêtit sa veste galonnée, son gilet brodé, ses pantalons de serge : il emprunta un chapeau haut de forme à maître Julhes, son notaire. Il étrilla, brossa son cheval Pompon, lui graissa les sabots, lui noua la queue. Puis il monta sur sa charrette et se rendit, par la route enneigée, jusqu'à Saint-Hippolyte — que les Cheyladiers appelaient étrangement Saint-Chipogue — pour rencontrer la famille Sargalhol. A l'écart du village, elle habitait une chaumière collée à une étable, à une chèvrerie, à une soue. Un bûcher couvert de genêts censés l'abriter de la pluie lui protégeait le derrière. Devant, des arbres fruitiers, à pommes, à poires, à merises. Les poules avaient déneigé le tas de fumier pour gratter dans l'ordure. Tout cela sentait le pauvre mais non pas le miséreux. La pauvreté aiguillonne, la misère désespère.

Un chien annonça l'approche de la voiture, tout en se tenant à distance. Mavel mit pied à terre, attacha Pompon à un arbre, lui enfonça le museau dans une poche à picotin. Devant lui, le chien aboyait toujours, toutes dents dehors, reculant lorsqu'il avançait. Un homme sortit de la grange, barbu jusqu'aux yeux, coiffé d'une toque en peau de castor, une pipe au bec. Il cria au bâtard un ordre en patois, pour le rappeler. François prit à la main son chapeau tromblon, fit quelques pas vers Sargalhol :

— Je suis Mavel François, qui vous salue bien. Marié à Cheylade avec la veuve Codier, mais originaire de Saint-Hippolyte.

— Ici, on vous connaît bien, même si vous nous avez un peu oubliés.

— Je fais des transports. Je navigue beaucoup.

Ce n'était pas assez pour que le barbu s'avançât vers lui. Il n'avait pas pris la peine d'ôter la pipe de ses dents. Demeurant toujours à distance, le tonton en dit davantage :

— Je suis venu au nom de mon beau-fils, Géraud Codier, que je considère comme mon fils véritable. J'ai quelque chose d'important-z-à vous dire. Question mariage.

— Question mariage ?

— Oui bien. Est-ce que je peux-t-entrer chez vous ?

L'autre lui fit signe de le suivre. Ils passèrent dans la salle, y trouvèrent Albine en train de peler des *truffes*.

— Voici ma femme, dit le père.

Et s'adressant à elle, comme si cette affaire ne la regardait point :

— Veux-tu nous laisser un moment ?

Les choses d'importance se réglaient entre hommes ; les femmes avaient rarement la permission d'y mettre leur grain de sel. Pendant qu'elle essuyait la table, le maître fit signe au visiteur de prendre place sur un banc ; puis il sortit des verres et un flacon de blanche. Il en versa deux doigts à chacun :

— C'est de l'*aïgo ardento* de prunelle. Nous ramassons les fruits nous-mêmes. A votre santé.

Ils en sucèrent une goutte ; cela suffisait pour leur mettre la bouche en feu. Puis ils se considérèrent un long moment, cherchant à s'évaluer comme on fait à la foire à un cheval. Le sol était de terre battue. Des tisons rougeoyaient dans la cheminée, produisant une bonne odeur de résine. Quand le moment lui sembla venu, Mavel ouvrit encore la bouche :

— Mon fils Géraud s'est pris d'amitié pour votre fille Annette. Ils ont travaillé ensemble à la galerie, quand elle était déguisée en homme. Ils ont eu le temps, pendant neuf ans, de faire connaissance. C'est un garçon plein de bonnes qualités. Honnête, travailleur, économe, affectueux. Il a douze cents francs d'économies. Quand je serai fatigué des transports, il prendra ma suite.

Mavel sortit du banc, se mit au garde-à-vous, tenant son chapeau tromblon sur sa poitrine.

— En son nom, je vous demande donc-z-en mariage votre fille Annette.

Sargalhol plissa les yeux comme si la lumière l'aveuglait, se pinça le nez, se tira la barbe. Tout cela prit bien quinze secondes. Il dit enfin :

— Faut que j'examine. Que j'en cause à la femme. Faut aussi que la petite soit d'accord. Je veux pas la marier contre sa volonté. Revenez dans trois jours. Vous verrez bien s'il y a un balai devant la porte.

Telle était la coutume : un balai devant la porte signifiait une réponse négative. Comme s'il devait balayer l'importun. Mavel se rassit, ils achevèrent leur blanche de prunelle. Puis il reprit la route de Cheylade pour rendre compte de sa mission.

Trois jours après, dans la même tenue, il redescendit à Saint-Chipogue. Aucun balai devant la porte des Sargalhol. L'affaire, cependant, n'était pas conclue ; beaucoup de détails restaient à régler. Cette fois, Albine se mit à table près de son homme. Mavel, au garde-à-vous, renouvela sa demande. Le père et la mère donnèrent de la tête leur consentement.

— A présent, dit François, parlons de la dot. Qu'allez-vous donner à votre fille ?

— Elle a son magot, fit Sargalhol. L'argent qu'elle a gagné dans le tunnel. Il nous revenait tout entier, puisque nous l'avons nourrie, logée, soignée depuis sa naissance. J'ai consenti à n'en prendre que le quart. Elle vous en dira elle-même le montant. Ne nous demandez pas autre chose.

— La dot est quelque chose que les parents donnent à leur fille. Un peu de mobilier, un peu de linge, un peu de vaisselle. Vous voulez-t-y que la vôtre se marie sans dot aucune ? C'est des choses qui finissent par se savoir et elles ne vous feront pas honneur, ni à vous ni à elle.

Sargalhol se pinça le nez, se tira la barbe, signes qu'il réfléchissait. Pour enfin déclarer :

— D'accord, je lui donnerai quelque chose.

— Vous me rassurez.

— Un berceau en bois d'alisier. Je le lui fabriquerai moi-même. Assez large pour que des bessons y puissent dormir en même temps. Dans notre famille, les jumeaux arrivent souvent.

Il éclata de rire. Sa femme Albine ajouta qu'elle tricoterait pour eux une couverture de laine au petit point. Mavel se contenta de ces promesses.

Ainsi fut décidé ce mariage auquel Félicie et

François finissaient par ne plus croire. Un mariage pas ordinaire, puisqu'il devait unir un Jean-Fille et un garçon manqué. Il se fit le 30 juin 1848, quand les deux frères scieurs de long furent revenus de leur campagne. Depuis des semaines, Albine et ses filles jumelles travaillaient à la robe noire de la promise. C'était la couleur de tradition, en ce milieu du XIXe siècle. Aux pieds, elle eut des sabots de vergne, avec une bride de cuir sur le dessus et des pâquerettes sculptées un peu partout. Sur sa tête, un voile blanc retenu par des épingles, tombant tout juste sur les épaules. A la main, un bouquet de lilas immaculé. De son côté, le promis s'était fait faire un habit de ratine par le tailleur d'Apchon, avec un gilet à boutons noirs. Cinquante personnes avaient été invitées par chaque famille. Elles formèrent un beau cortège quand tout ce monde se dirigea vers la mairie de Saint-Hippolyte, puis vers l'église. Les cloches sonnèrent à toute volée, mettant en fuite les pigeons qui avaient dans le clocher leur résidence. Tous les Gastous étaient devant leur porte, et applaudissaient. En tête, deux joueurs de cabrette jouaient la marche moqueuse traditionnelle, dont le garçon d'honneur, le cousin Loulou, fredonnait les paroles :

A l'âge de quinze ans, Rosette se marie
Avec un jeune homme de quatre-vingt-dix ans...

La promise donnait le bras à son père, le promis à sa mère. La cérémonie profane permit d'admirer les nouveaux drapeaux tricolores ; ils avaient remplacé le coq gaulois par une pique et portaient la devise *LIBERTÉ ÉGALITÉ FRATERNITÉ UNITÉ*. Vint ensuite la cérémonie religieuse : la bénédiction des anneaux, la distribution de brioche bénite. Passage dans la sacristie pour la signature du registre. A la sortie, Rosette Codier, ma grand-mère, noua un collier de perles au cou d'Annette. La jeune madame remercia et embrassa l'aïeule, sans se douter qu'il provenait d'un brigandage.

Le cousin Loulou jeta des poignées de dragées bleues, visant spécialement les tas d'ordures ; ce qui obligeait les gamins à gratter le fumier comme des poules. Pendant ce temps, le second garçon d'honneur faisait la tournée des hommes et des femmes d'âge, une tabatière à la main, pour leur offrir une prise. Personne ne la refusait ; et quand on se l'était fourrée dans les narines, éclatait une salve d'éternuements destinés à porter bonheur au jeune couple.

Retour à la chaumière des Sargalhol. Le repas de midi se fit dans l'étable, la pièce la plus vaste de la maison. Les vaches étaient dehors, retenues dans leur pâturage. Des draps de lit piqués de fleurs et de branches cachaient les murs et les crèches. On avait soigneusement balayé la terre du sol et fait brûler des rameaux de sapin pour effacer la puanteur des litières. Le repas dura cinq heures. Il fut suivi d'une soupe au fromage et d'une tarte aux pruneaux. Le vin coula si bien que plusieurs convives s'endormirent sur la table.

Au cours de ce souper, le cousin Loulou disparut soudain sous la table. Et toute la compagnie de scander :

— *Lo tsambalho ! Lo tsambalho !* La jarretière ! La jarretière !

Il souleva discrètement la robe de la mariée, consentante, détacha le ruban rose qui retenait le bas, reparut, le brandissant tel un trophée, dans l'hilarité générale. Après quoi, la jarretière fut découpée et distribuée en petits morceaux : ils rendaient le bonheur reçu des éternuements.

La fête se prolongea jusqu'à l'aube du jour suivant. Agrémentée de chansons audacieuses que les femmes feignaient de ne pas comprendre, riant derrière leur main. Mais aux environs de la minuit, les mariés s'étaient éclipsés. Au petit jour, leur retraite découverte, les garçons d'honneur leur portèrent une crème d'œufs à la neige présentée dans un pot de chambre tout neuf, au fond duquel s'écarquillait un œil en peinture. Et ils furent obligés, malgré leur confusion, de consommer cette délicatesse.

Ainsi se passa la matinée du dimanche. A midi, nouveau repas dans l'étable. Le cortège, enfin repu de boire et de manger, se mit en route pour Cheylade où les jeunes époux devaient résider. Toujours précédé par le cabrettaïre et sa Rosette de quinze ans. On arrive devant la maison de Mavel. A la porte, en belle exposition, une poêle, un balai, une quenouille, les attributs d'une bonne ménagère. Annette doit faire la preuve de sa capacité. Elle saisit le balai de genêt, le promène autour d'elle, faisant mine de poursuivre les immondices, de les pousser vers le tas de fumier.

Fumier de cheval, en l'occurrence. Applaudissements. La démonstration est faite.

Alors, je la prends dans mes bras, la soulève, lui fais franchir le seuil, en prononçant la formule :

— *L'oustal i tchëu !* La maison t'appartient !

Mavel tire en l'air quelques coups de fusil en complément de musique.

10

Notre existence a été celle des petites gens de l'époque à la campagne. Je n'ai connu ni misère, ni pauvreté grâce à ma profession de charretier, aux côtés de mon presque père, François Mavel. Et je dois dire que j'ai souvent emprunté le tunnel du Lioran que nous avions ensemble contribué à ouvrir. Il était toujours aussi pauvrement éclairé, toujours aussi rébarbatif. Les jours de brouillard, on s'enfonçait dans ses ténèbres la peur au ventre. On redoutait un caprice du cheval. Ou la rencontre d'un attelage venant en sens inverse, à peu près invisible malgré les loupiotes. La galerie formait une caisse de résonance qui amplifiait les bruits. Si, par hasard, un chien perdu s'y mettait à aboyer, sa voix prenait une force à ne pas croire, le cheval se cabrait, produisait une catastrophe. L'homme qui marchait devant risquait d'être piétiné.

Un accident de cette sorte nous arriva un jour que nous transportions un chargement de chaux depuis Laveyssière jusqu'à Vic. Je me trouvais sur le siège, mon beau-père allant à pied devant le canasson, appelé Capucin à cause de sa couleur. Il avait pris la précaution de lui bander les yeux ; si bien que le cheval marchait à l'aveuglette, d'un pas tranquille. C'était d'ailleurs une bonne nature. Il ne s'effarouchait pas facilement. Mais voici que nous fûmes rattrapés et dépassés par un cavalier au galop. Pressé de je ne sais quelle urgence, il éperonnait sa monture et soufflait dans une sorte de trompette pour écarter les autres usagers. Leur vacarme, leur piaffement, le vent de leur course firent faire un grand écart à Capucin, malgré les efforts de François pour le retenir. Si bien que le pauvre tonton fut jeté contre la paroi rocheuse, au-delà du trottoir, et qu'un brancard de la charrette le frappa dans la poitrine. A mon tour, je sautai à terre, j'empoignai le licol, je parvins à arrêter notre cheval. Le beau-père essayait de se relever, disant :

— Ça n'est rien... ça n'est rien... Aide-moi seulement... à monter sur le siège.

Nous y sommes parvenus, difficilement. Pendant tout ce temps, aucun autre voyageur n'a emprunté le tunnel. Le cavalier à la trompette avait disparu. J'ai conduit Capucin jusqu'à la sortie, j'ai repris ma place à côté de Mavel. Il toussait, gémissait, respirait avec de grands efforts. J'ai dit :

— A Vic, on cherchera un médecin.

— Non, non. Ce qui compte d'abord, c'est de livrer la marchandise... Ensuite, on reviendra à la maison... On verra... S'il le faut, on appellera la Maria de Rastoul.

Une rebouteuse très renommée. Nous avons fait ainsi. A Vic, j'ai déchargé seul les sacs de chaux. Parfois, Mavel crachait un peu de sang ; mais il ne manquait pas de me rassurer, disant toujours que ce n'était rien. Nous sommes remontés. Nous avons traversé de nouveau le maudit tunnel. Atteint Cheylade en pleine nuit. En arrivant, mon beau-père s'est mis au lit sans rien vouloir manger ni boire.

— On verra demain comment j'irai. *Demò portorò son po.*

Demain apportera son pain. Les proverbes font prendre patience. Celui-ci n'a pas apporté d'amélioration. François pouvait à peine respirer ; il a accepté seulement une tasse de camomille. Je voulais tout de suite courir chez la Maria ; mais il a exigé une autre journée d'attente, disant que le mal vient vite, qu'il faut lui laisser le temps de s'en aller.

Le jour d'après, enfin, il a accepté que je parte. J'ai attelé Capucin, responsable de l'accident, à la charrette légère que nous appelions la calèche quoiqu'elle n'eût pas de capote, et nous sommes descendus à Rastoul. J'ai trouvé la Maria en train de semer des petits pois dans son jardin. Quand je lui ai parlé de l'emmener à Cheylade, elle m'a répliqué :

— Je suis pas un médecin. Je suis une rabilleuse. Il faut m'apporter le malade sur place. En dehors de ma maison, je perds quasiment tout mon pouvoir.

Impossible de la convaincre. Mes promesses de bien la payer la laissaient indifférente. J'ai dû faire un second voyage, installer au mieux le pauvre tonton sur la banquette arrière, garnie de coussins. A ses pieds, un coq dans une cage, pour compléter le salaire de la rabilleuse.

— Va doucement, me recommandait François en se tenant les côtes.

Et toujours de cracher rouge dans son mouchoir. Nous revoici chez la Maria. Dans sa cuisine tapissée d'images saintes, de chapelets, de crucifix, de bénitiers. Elle déshabille le blessé, l'installe dans un fauteuil de rotin, fait deux ou trois signes de croix. Elle le palpe doucement, lui tâte la poitrine, le dos, les épaules. Déclare enfin :

— Vous avez trois côtes enfoncées. Probablement cassées. Je vais essayer de vous les remettre en bonne place. Mordez là-dedans pour ne pas crier.

Elle lui tend un mouchoir plié qu'il se met entre les dents. Elle sort ensuite un vase de saindoux, tartine les côtes ; puis elle entreprend de le pétrir du bout des doigts, comme si elle préparait une pâtisserie, une galette ou je sais pas quoi. Mavel se retient de chanter. A peine émet-il de petits gloussements de plaisir. Mais ses mains se crispent sur les accoudoirs du fauteuil, les jointures en deviennent toutes blanches. Et ça dure ! La Maria n'en finit pas de le manipuler.

Elle l'abandonne un moment. Va jusqu'à une armoire, en tire des bandes de toile découpées dans un vieux *linceul*. Elle enveloppe la poitrine avec ce pansement, le retient par deux ou trois épingles de nourrice.

Et ce n'est pas fini. Commence alors le plus

important. Après trois autres signes de croix, elle place ses deux mains sur le pansement et prononce la formule magique, dans laquelle le français et le patois se mêlent au latin :

— Jésus-Christ, né à Bethléem, a souffert à Jérusalem. *Prenhe pidà d'akè paoure istropià.* Guéris-le de son mal et de sa douleur, toi qui rends la parole aux muets et ressuscites les morts. *Et clamor meus ad te veniat.* Ainsi soit-il.

Pour arriver à cette conclusion :

— Vous pouvez vous rhabiller. Respirez doucement. Essayez de ne pas rire jusqu'à votre guérison.

— Je n'en aurai pas trop-z-envie.

— Dans un mois, vous serez raccommodé, si Jésus-Christ m'a entendue.

Quand il a été question du paiement, nous avons présenté le coq qui attendait dans sa cage et qui n'avait pas envie de rire non plus. J'ai sorti mon boursicot, fait tinter les pièces qu'il contenait. La Maria n'a pas voulu de notre argent :

— Le coq me suffira.

Le tonton est resté un mois sans travailler. A se faire dorloter par sa femme, sa belle-mère, son beau-fils, son chien et son chat. Pendant ce temps, avec l'aide de Capucin, je faisais marcher l'entreprise. Je transportais du bois de charpente et du bois de brûle. Des pierres à bâtir provenant des carrières d'Albepierre, des Cunes, des Quatre-Vents. Du papier pour les imprimeries de Murat. Du charbon pour les forgerons. Des fagots pour les boulangers. Des tuiles pour les couvreurs. Et j'empruntais souvent le tunnel du Lioran dans un sens ou dans l'autre. Capucin s'était habitué à son obscurité et n'y faisait plus d'extravagances.

Annette et moi, nous nous étions habitués l'un à l'autre. Car, lorsqu'un garçon épouse une fille, autant dire que monsieur X épouse mademoiselle Y. Qu'un inconnu épouse une inconnue. Au travail, je la savais vaillante. Dans les refuges souterrains, quand je la serrais contre moi, je la découvris assez intéressée par nos *poutouns*, par mes étreintes. Mais toujours jusqu'à un certain point. Elle arrêtait mes mains trop curieuses, disant :

— Non... c'est un péché.

Cette réserve me décevait et me plaisait en même temps, je comprenais son honnêteté. Il nous restait à nous découvrir dans nos corps et dans nos caractères. Lorsque nous avons été mari et femme, elle ne s'en est jamais complètement départie, tout en acceptant l'œuvre de chair consentie par les Commandements. Dois-je dire que je ne l'ai jamais vue dans toute sa peau, comme on voit Eve dans les chapiteaux de nos églises ? Ma foi, je me suis contenté de ce qu'elle m'accordait. Mais il m'est arrivé certaines fois, en compensation, d'entrer chez l'Agathe, une gaillarde de Fraisse-Haut, qui ne montrait pas tant de retenue pourvu qu'on déposât un écu sur le coin de sa table.

En revanche, Annette était une bonne cuisinière et jamais je n'ai eu à me plaindre de ses fricots. Le *picaucel* était son plat préféré, un farci d'herbes et de viande hachée. Elle était aussi excellente fileuse à la quenouille, tricoteuse aux aiguilles, dentellière au crochet.

Son plus grave défaut était son goût de l'autorité. Il n'y a pas maire, ni préfet, ni général, ni évêque qui se montre aussi dominateur. Peu à peu, bien qu'elle fût, comme on dit, une pièce rapportée, elle prit dans la maison un pouvoir absolu sur les choses comme sur les personnes. Elle avait son écuelle particulière, sa fourchette, sa cuillère qui ne devaient pas aller à d'autres mains. Tout devait lui obéir, belle-mère, beau-père, mari, plus tard enfants et petits-enfants ; faute de quoi suivaient des disputes infinies. On ne soupçonne pas les travers de l'élue dans les émotions qui précèdent le mariage. Il lui arrivait souvent de me consulter ; elle me demandait conseil et faisait aussitôt le contraire de ce que je proposais. Qu'on ajoute encore nos différences de sentiments : elle aimait le sucré et moi le salé ; elle craignait le froid, et je craignais le chaud ; elle voulait du pain frais, je préférais le rassis. Un exemple : les chardonnerets. Lors de la foire du 17 mai à Apchon, je m'étais pris d'intérêt pour un couple de ces oiseaux vêtus de si jolies couleurs, qui chantent comme des sacristains. J'en fis l'achat et je les rapportai dans une cage que je suspendis à l'endroit le plus ensoleillé de la maison. Ces petits pensionnaires nous égayaient journellement de leurs chansons. Chaque matin, je leur donnais des graines de chènevis. Par jeu, ouvrant leur porte, je les leur présentais entre mes lèvres tendues. Ils passaient la tête à tour de rôle et picoraient dans ma bouche. Après quoi, ils me remerciaient de leur musique.

Or voilà-t-il pas que ma femme a trouvé que je leur consacrais trop de temps, trop de soins ? Plus d'une fois, elle m'en a fait des scènes de jalousie. Lorsqu'elle me savait loin, elle les tourmentait au moyen d'une baguette entre les barreaux. Ils se recroquevillaient au fond de la cage, tout apeurés.

Un soir, en revenant de ma tournée, je me suis aperçu qu'un chardonneret avait une patte cassée. Sans en rien dire à personne, je l'ai rafistolée avec un fil de laine et deux bûchettes. Il a vécu avec ce raccommodage deux années encore, sans perdre une note de ses chansons.

Je crois savoir qu'un certain écrivain dont j'ignore le nom[1] a écrit dans ses livres : « Mariages et pendaisons, question de chance ou de malchance. » Mon aïeul Pélage et moi-même avons pu constater la vérité de ce jugement. Par ailleurs, Annette possédait tant de qualités que tous nous acceptions ces désavantages.

Les travailleurs étrangers de la galerie avaient regagné leur famille. Excepté trois ou quatre restés sur place parce qu'ils avaient trouvé une embauche dans la région, ou une Auvergnate à épouser. L'un d'eux, le Suisse Jean Chappuis, s'était mis en tête de fabriquer du gruyère, dans le goût de son pays, afin de concurrencer notre fromage cantalien. Avec le pécule qu'il avait amassé, il prit en location un mazuc abandonné,

1. Shakespeare, *Le Marchand de Venise*.

se procura une grande chaudière de cuivre qu'il suspendait, pleine de lait emprésuré, sur un foyer ardent, attachée à une potence. La grande différence entre son fromage et le nôtre venait de ce feu qui cuisait le lait et la pâte. Il en résultait des meules de quarante kilos qu'il transportait chez un négociant muratais, avec cette étiquette : *Fromage de gruyère fabriqué en Auvergne*. Les clients examinaient la pièce fendue en quatre morceaux, très intrigués par les trous qu'ils voyaient à l'intérieur.

— C'est des souris, demandaient-ils, qui ont creusé ces trous ?

— Non. La pâte est cuite et des bulles d'air restent prisonnières, expliquait Chappuis.

Des amateurs y mirent la dent.

— Qu'en pensez-vous ?

— Ça n'a guère de goût.

— Pas de goût, mon gruyère ? Il fait la gloire de notre pays !

Les Auvergnats n'ont de goût que pour leurs propres fromages. De même que chacun prie le saint de sa paroisse. C'est une question de religion plus que de saveur. Chappuis dut renoncer à les convertir au fromage à trous.

En 1850, l'ange Gabriel, qui est chargé d'apporter les enfants dans les familles, déposa un petit drôlet devant notre porte. Il eut François pour parrain ; mais nous l'avons prénommé Francisque pour éviter les confusions. Il est mort dix-huit mois plus tard d'un mal de tête.

En 1854, nous avons reçu une petite fille, Albine, qui est décédée en 1856 d'un mal de ventre. L'ange Gabriel fait de beaux cadeaux ; mais il ne pratique pas le service après livraison.

Nous l'avons prié quand même pendant trois ans. En 1859, il a bien voulu nous apporter des jumeaux, comme prévu par le beau-père Sargalhol, Auguste et Joseph, que nous avons eu le bonheur de conserver. En revanche, cette même année, nous avons eu le chagrin de perdre grand-mère Rosette. Elle a été prise soudainement par les douleurs de la mort ; elle est partie sans pouvoir prononcer une parole. Ses yeux seuls parlaient, ils regardaient fixement la fenêtre de sa chambre. Sans doute voulait-elle nous révéler l'endroit où elle avait caché son trésor, les restes des butins avec lesquels, très régulièrement, elle nous avait soutenus. Mon père étant parti depuis 1829, c'est moi qui ai par ligne directe reçu en héritage la maison Codier, avec l'accord de ma tante Joséphine et de mon oncle Marceau ; je les ai dédommagés selon les arrangements du notaire. Avant d'y transporter ma petite famille, j'ai fouillé de fond en comble l'habitation, l'atelier de tannerie, le jardin, et toutes les dépendances. Nulle part je n'ai mis la main sur le trésor. Je ne regrette pas trop ces biens mal acquis, même si grand-mère Rosette les jugeait autrement. Elle m'a laissé un trésor plus précieux en transmettant dans mes veines son goût du travail, son amour de la parenté, son caractère accommodant. J'en ai grand besoin pour supporter celui de ma femme. Annette, je le reconnais, est dévouée aux siens ; elle prend toujours dans le plat le plus mauvais morceau pour laisser aux autres les meilleurs. Mais quel tempérament difficile ! Je la vois pareille à la châtaigne dans sa bogue, douce et sucrée lorsqu'on s'est bien piqué les doigts pour l'atteindre. En 1861, elle a bien voulu quand même donner le jour à une drôlette, Ernestine, qui vit bien et se porte à merveille.

Nous habitons donc la maison de mon grand-père Pélage. J'y ai retrouvé ses outils de pelletier, ses racloirs, ses brosses, ses curettes, son sabre à découper. Et aussi ses accessoires de brigand, son escopette, ses cornes à poudre, ses gibecières. Et sa collection de portraits napoléoniens. Une vareuse galonnée. Un journal d'Aurillac qui raconte sa capture. Un pied en bois de rechange. Nous sommes ici cinq, ma femme, mes jumeaux, ma fille et moi-même. Sans compter deux chevaux dans l'écurie et la volaille de la grand-mère que nous avons recueillie en même temps que son chien. Mais celui-ci ne se console pas de sa perte. Toute la journée, il reste couché au pied de son lit, gémissant, dans l'attente qu'elle se lève pour lui donner sa soupe. Celle que nous lui présentons ne lui convient pas. Il la flaire, s'en éloigne, revient à sa place. Un mois plus tard, nous le trouverons raide, mort d'inanition et de chagrin. Nous l'enterrerons dans le jardin, sous un prunier, afin que ses cendres se convertissent en prunes.

A propos de cendres, je dois dire qu'il y a eu un incendie mémorable dans notre arrondissement. L'année 55 ou 56. A moins que ce ne soit 57. Il a ravagé complètement l'hôpital-hospice de

Saint-Gal où j'avais eu l'honneur d'être soigné d'une typhoïde. Il abritait, l'année du feu, deux douzaines de pauvres diables, invalides, malades et sans ressources, confiés aux religieuses du Bon Pasteur. Au milieu de la nuit, un de ces misérables se réveille soudain, sent la première fumée et donne l'alerte. Grand branle-bas, tout le monde cherche à s'enfuir. On se cogne à une porte fermée à clé. On trouve une hache, on la défonce, on peut s'échapper. Les religieuses sautent par les fenêtres du premier étage. Seule victime : un nommé Lagriffoul qui s'est attardé à chercher sous son matelas ses misérables économies. Il périt dans les flammes et l'on ne retrouvera par la suite que ses restes calcinés. La vie des pauvres ne vaut pas cher. Celui-ci perdit la sienne pour quatre sous.

11

Depuis la loi Guizot de 1842 qui prévoyait la construction de six grandes lignes en partance de Paris vers la Belgique, la Manche, Nantes, Bordeaux, Marseille et Strasbourg, toutes les communes de France rêvaient d'avoir leur chemin de fer. L'Etat devait acquérir les terrains, assumer les frais de terrassement et des ouvrages d'art ; des compagnies privées prendraient en charge la pose des voies, la fourniture et l'entretien du matériel, assureraient l'exploitation. Dès 1846, l'ingénieur Adrien Ruelle prévoyait cet autre moyen que la route pour désenclaver l'Auvergne : « La direction la plus naturelle pour cette ligne serait de remonter la vallée de l'Allier jusqu'à Lempdes, de suivre l'Allagnon jusqu'au Lioran, puis la Cère jusqu'à Aurillac, où elle bifurquerait d'un côté vers Bordeaux en côtoyant les rives de la Dordogne, de l'autre vers Toulouse et l'Espagne par Figeac et Montauban. La vallée de l'Allier serait mise ainsi en communication avec celle de la Loire par le chemin de fer projeté de Moulins à

Roanne en attendant qu'on pût réunir par un branchement direct partant de Saint-Etienne le cours supérieur de ces deux rivières[1]. »

On put croire un moment qu'une seule compagnie, le Grand Central, contrôlerait tous les chemins de fer de notre région. Interrompus pendant la Seconde République, les travaux et les rêves reprirent vie sous le règne de Napoléon III. Le 10 avril 1853, le conseil municipal de Murat lui envoyait l'adresse suivante :

> Sire,
>
> Au milieu de notre belle France, sillonnée en tous sens par un admirable réseau de canaux et de chemins de fer, le département du Cantal gémissait, déshérité de ces grands travaux qui répandent sur un pays la richesse de l'industrie et la fécondité du commerce.
>
> Il était réservé au gouvernement de votre Majesté de réparer l'injustice de la nature, en décidant l'exécution d'une voie ferrée à travers nos montagnes.
>
> Exilés au sein de frimas inexorables, perdus et oubliés pour ainsi dire jusqu'à ce jour, aux pieds de monts réputés inaccessibles, un chemin de fer n'était pour nous qu'un rêve. Votre génie veut le réaliser. Cette œuvre, Sire, sera une gloire de plus pour votre gouvernement, pour nous un bienfait qui nous fera bénir votre nom. Appelée par sa position à participer largement aux avantages du chemin de fer, la commune

1. Mémoire sur les travaux de percement du Lioran, *op. cit.*, p. 7.

de Murat, par l'organe de ses mandataires légaux, vient déposer aux pieds de votre Majesté bien-aimée l'expression d'une reconnaissance aussi humble que profonde.

Le transport par voie ferrée, utile aux personnes, le serait davantage encore aux marchandises. Notamment aux produits des scieries hydrauliques échelonnées le long de la Cère et de l'Allagnon.

Dans ses espérances ferroviaires, l'Auvergne disposait d'appuis précieux. Le Puy-de-Dôme : celui du duc de Morny, demi-frère de Napoléon III, organisateur de ses coups d'Etat, fortement lié par des intérêts économiques à ce département dont il était le représentant au Corps législatif ; et de plus, celui d'Eugène Rouher, un avocat de Riom, devenu ministre de la Justice, puis ministre d'Etat, si influent auprès de l'empereur que ses adversaires disaient : « Nous n'avons pas un gouvernement, mais un rouhernement ». Le Cantal avait l'appui de Marie Louis Pierre Félix Esquirou de Parieu, président du Conseil d'Etat, spécialiste des questions financières et fiscales. Grâce aux tractions de ces trois locomotives, Paris fut relié à Clermont-Ferrand dès 1855 ; le voyage durait neuf heures et trente-huit minutes. Quelques mois plus tard, la voie ferrée atteignait Arvant et Brioude.

Le Grand Central cependant s'essoufflait. En 1857, sa zone d'action fut partagée entre deux compagnies : le P.O. (Paris-Orléans) et le P.L.M. (Paris-Lyon-Méditerranée). Pour joindre

Arvant et Aurillac, il fallut envisager un second tunnel du Lioran. C'est le P.O. qui en prit la charge. La ligne remonterait le cours de l'Allagnon sur sa rive droite, cependant que la route impériale 126 suivait la gauche ; accrochée au flanc de la montagne, elle suscita des frayeurs anticipées ; elle devrait longer « des précipices à pic et sans fond d'où l'on ne pourrait même pas retirer les cadavres des voyageurs des trains qui auraient déraillé[1] ».

Il fallut des années d'études, de débats, de marchandages pour établir son tracé. Laveyssière, Saint-Jacques-des-Blats réclamèrent une gare sans pouvoir l'obtenir. Le Lioran, qui n'en réclamait point, en obtint une. L'ingénieur en chef, monsieur Nordling, détermina qu'il serait long de 1 920 mètres et serait creusé à 1 149 mètres d'altitude, donc à 127 mètres au-dessous du routier.

Les travaux commencèrent en août 1865 et attirèrent des milliers d'ouvriers. Les abords des deux tunnels se couvrirent de baraquements, de cambuses et de paillotes. En mai 1866, le sous-préfet de Murat signalait que les bourgs et villages étaient envahis par des hordes d'hommes souvent sans travail, venus ici pour en chercher. Craignant qu'en cas de désordre sa brigade ne fût pas suffisante, il demanda et obtint que deux gendarmes fussent postés aux abords mêmes de la galerie, logés dans une maison particulière aux frais du P.O. Ils eurent souvent à intervenir pour apaiser des disputes. Pour emmener parfois un récalcitrant, les cabriolets aux poings, jusqu'à la

1. *Le Moniteur du Cantal*, 24 août 1864.

grange qui servait de salle de police. Mais beaucoup de conflits se réglaient hors de leur vue ; deux militaires ne pouvaient suffire à imposer la paix à deux mille manches de pioches. On trouvait souvent dans les bois voisins un homme assommé ou lardé.

En 1865, le goût de l'aventure m'a repris et j'ai sollicité un emploi dans l'équipe du P.O. J'ai vendu mes deux chevaux et suis redevenu tranche-montagne. Le tonton Mavel ne m'a point accompagné, il sentait la septantaine lui peser sur les épaules. Cherchant surtout à échapper à la tyrannie de mon épouse bien-aimée, je lui laissai le soin de poursuivre seule l'éducation de nos trois drôles.

Mes huit années passées à creuser le tunnel supérieur étaient ma référence. Je fus engagé comme chef d'équipe. Je connaissais les roches comme ma main, leurs noms, leurs caractères, leurs vertus. Le trachyte alcalin et le calcoalcalin, plissé comme un livre ; le basalte à cassure nette et mate qui donne en s'altérant des terres rouges ; le granite qui, malgré sa réputation de dureté, est assez friable sous l'effet des suintements ; l'andésite, parfois poreuse comme une éponge.

Nos conditions de vie n'étaient pas très différentes de celles que j'avais connues vingt ans plus tôt. Sauf qu'une fourmilière d'hommes attaquaient la montagne. Sauf aussi que l'acier de nos fleurets était plus perçant, notre poudre plus brisante, l'éclairage amélioré. Des puits verticaux nous permettaient de sortir la terre par le tunnel routier. La fumée de poudre était évacuée par des ventilateurs à vapeur placés aux deux têtes de la percée au moyen de gros tuyaux en tôle et en toile goudronnée. Entre l'ancienne et la nouvelle galerie s'établit une véritable collaboration ; à tel point qu'il fallut un certain temps interrompre la circulation routière et restaurer l'ancienne route par la Font-de-Cère.

Nous n'avons pas eu de fièvre typhoïde. Mais on a déploré deux tués et cent quarante blessés par accident. Sans compter un Espagnol percé par un coup de couteau anonyme.

Pendant que se poursuivait le creusement du second tunnel, un autre chantier du P.O. installait le chemin de fer entre Figeac et le chef-lieu du Cantal. Le 11 novembre 1866, la gare d'Aurillac, assez loin de la ville, au milieu des prés, fut inaugurée avec tout ce qu'il fallait de discours, de feux d'artifice, de banquets. Une pluie malencontreuse ne réussit pas à refroidir l'allégresse de la population. Défilé des fantassins. Trompettes des cavaliers. Vers trois heures, le canon tonna pour annoncer l'approche du train. Lorsque parut la locomotive, avec sa haute cheminée, pavoisée de tricolore, crachant de la vapeur par les naseaux et des coups de sifflet par le chignon, ce fut du délire. Une machine à dix roues couplées, pesant cinquante-deux tonnes, capable d'en tracter cent cinquante à la vitesse de seize kilomètres à l'heure. Elle portait au flanc son nom en lettres blanches : *CANTAL*. L'évêque de Saint-Flour, Monseigneur de Pompignac, debout sur une estrade, ajouta son eau bénite à celle qui tombait du ciel. Il prononça ensuite une homélie dans laquelle on remarqua ces paroles adressées au chauffeur et au mécanicien :

— Vous conduisez la vapeur, vous la retenez captive dans des cercles d'airain, vous ne la laissez échapper que dans la mesure qui profite, jamais avec la violence qui ravage. Malgré ces sages précautions, qui peut vous garantir que l'élément indompté ne brisera pas un jour sa prison ?

Le préfet, lui, n'émit aucune réserve :

— La première locomotive a franchi nos montagnes, l'heure du progrès a sonné. Le département du Cantal va sortir enfin de son fatal isolement. Enfants de la Jordanne, saluons avec enthousiasme ces messagers, ces hirondelles aux ailes de feu qui vont vivifier nos villes et nos campagnes...

En fait, la montagne ne fut franchie par le train que deux ans plus tard, lorsque enfin le dernier coup de pioche fut donné au tunnel ferroviaire. Dès lors, les Aurillacois se sentirent à moins de vingt-quatre heures de Paris, alors qu'il leur fallait précédemment, en diligence, une douzaine de jours. La fourmilière humaine s'éparpilla. Les cantiniers et cantinières émigrèrent vers d'autres chantiers. Les baraques et les paillotes disparurent. Une lampisterie fut installée à la sortie sud de la galerie. Ses réserves d'huile étaient régulièrement pillées par les bûcherons ou les rouliers qui s'en servaient comme condiment. Il fallut les remplacer par du pétrole.

En 1868, j'ai regagné mon domicile, repris mes transports et suis retombé sous le despotisme de ma femme. Réconforté par l'affection de mes enfants. Agés de neuf ans, les jumeaux en paraissaient bien onze ou douze et j'ai espéré qu'ils prendraient ma suite comme j'avais pris celle de mon beau-père. Les trains nous enlevaient beaucoup de marchandises ; mais ils ne se faufilaient point dans nos vallées et beaucoup d'autres nous restaient. A l'égard du P.O., je nourrissais des sentiments opposés : d'hostilité à cause de la concurrence qu'il me faisait, et en même temps d'amitié paternelle parce qu'il devait à mes bras — et à ceux de deux mille autres — sa venue sur notre territoire. Au cours de mes voyages, je me plaisais à voir le train émerger du tunnel, sortir de sa gueule noire environné de vapeurs, dont l'odeur charbonneuse, comme celle de la poudre, a quelque chose de grisant. Il passait à mes pieds, sifflant pour me saluer. Aux portières, des hommes, des femmes agitaient une main et me donnaient l'envie des grands voyages, vers Figeac, vers Toulouse, vers le Maroco.

En 1870 a éclaté une guerre entre la France et la Prusse. Napoléon III, que ses adversaires appelaient Badinguet parce que, disait-on, lorsqu'il était enfermé dans la prison de Ham, il s'était évadé en empruntant les habits d'un maçon ainsi nommé, avait bien su préparer la paix, couvrir le pays de lignes de chemin de fer, développer l'industrie, le commerce, l'agriculture. Mais il n'avait pas su préparer la guerre. Malgré leur vaillance, nos soldats furent battus à plate couture. Plus de trois cent mille hommes, quatre maréchaux, l'empereur lui-même tombèrent aux mains de l'ennemi. On fit appel à des « mobiles », à des jeunes gens qui n'avaient reçu aucune instruction militaire. L'Auvergne fournit un régiment de cette espèce qui s'appela lui-même le « 32e mendiant » parce que pour tout équipement il disposait d'une paire de souliers pour deux, d'un pantalon pour trois, d'une tunique pour onze. En fait, l'uniforme de ces garçons était composé d'un képi et d'une blouse bleue. On leur ordonna de rejoindre l'armée de la Loire, une armée de fuyards et de vaincus. Ils ne tinrent pas longtemps devant des ennemis quatre fois plus nombreux, formidablement munis. Embarqués vers l'armée de l'est sous les ordres de Bourbaki, ils passèrent en Suisse où ils apprirent à aimer le gruyère.

Mes fils étaient trop jeunes pour participer à ces combats. Et moi trop vieux. Un jour, le ciel se teignit de rouge. Toute la population s'en trouva épouvantée, voyant dans cet épanchement le sang de nos hommes sacrifiés.

Ensuite est venue une troisième République qu'on espère plus heureuse que les deux premières.

Le tonton François Mavel avait dix ans de plus que sa femme. C'est elle pourtant qui est partie d'abord, en 1880, âgée de soixante-douze printemps. Elle était restée vive, alerte, jusqu'à ses derniers jours. On l'a trouvée un matin tombée au milieu des fraises qu'elle était en train de cueillir. La mort subite est la plus charitable de toutes, je donnerais la peau de mes fesses pour en être assuré. Lui a vieilli au coin du feu. Il avait perdu toutes ses dents ; quand il mâchait un bout de pain, son menton lui chatouillait le nez, ce qui faisait bien rire ses petits-enfants. Il est parti deux ans après elle. Tous deux dorment au cimetière de Cheylade. Et quand la neige recouvre les tombes, quand les sabots sonnent comme des cloches sur les chemins glacés, je me réjouis à la pensée qu'ils ne souffrent plus de nos hivers interminables et se sentent bien au chaud dans la terre cantalienne.

J'espérais, comme j'ai dit, que mes fils jumeaux me remplaceraient un jour à la tête de mes transports. Deux cervelles valent mieux qu'une seule. Or je me suis trompé. Il s'est passé une chose déplorable : Auguste et Joseph se sont pris de passion pour les trains et de plus en plus désintéressés des chevaux. Le tunnel inférieur a déterminé leur carrière. A l'âge de vingt ans, ils ont obtenu un emploi au P.O. Débutant comme serre-freins, ils se sont peu à peu élevés dans la hiérarchie du rail pour devenir enfin l'un chauffeur, l'autre mécanicien. Ils ont conduit des locomotives Forguenot. A la belle saison, ils tiraient un wagon-salon à l'usage des touristes de première classe entre les gares de Saint-Denis-de-Martel et de Murat, par Figeac et Aurillac. Quatre heures et demie de viaducs, de ponts, de gorges, de vertige, d'émerveillement. A l'arrivée, les voyageurs venaient leur serrer la main et leur refiler un pourboire.

J'ai donc continué longtemps et seul à voiturer dans mes calèches les personnes et les marchandises. Quand je me fâchais avec ma femme, j'allais dormir dans l'écurie, à côté de mes chevaux, nous partagions la même litière et les mêmes pensées. Et puis, un beau jour, j'ai tout vendu, afin de me reposer sur mes lauriers et sur mes économies.

En 1898, pour des raisons qui m'échappent, mes compatriotes ont jugé bon de m'élire conseiller municipal, puis maire de Cheylade. A cause, sans doute, de mes soixante-quatorze ans. Ils ne savaient pas que les années, en s'accumulant, font plus de vieux que de sages. J'ai rempli mon rôle du mieux que j'ai pu. Puis nous sommes entrés dans le XXe siècle qui sera, nous promettent les journaux et les curés, le siècle du progrès et de la paix mondiale. Je m'en suis persuadé aussi lorsque, avec tous les maires de France, j'ai été invité par monsieur Loubet, président de la République, à l'Exposition universelle. Elle m'a permis de faire la connaissance de notre capitale, que je ne soupçonnais que par ouï-dire. Très encombrée de voitures. J'ai vu cette tour Eiffel dont tout le monde disait le plus grand mal parce qu'elle ne ressemble à rien de connu. Moi, j'ai trouvé qu'elle ressemble à un clou de fer à cheval, à l'envers. On nous a fait visiter les pavillons où de nombreux pays exposaient les merveilles de leur industrie, de leur art, de leur agriculture. Il me semble qu'aujourd'hui tout a été inventé : le chemin de fer, l'automobile, la bicyclette, l'électricité, l'aéroplane, le briquet à essence, la poêle à trous, le chausse-pied, le gratte-dos. Il ne reste plus grand-chose à inventer. Quel progrès nous apportera donc le XXe siècle ? On verra bien. Pour aller d'un pavillon à l'autre, il suffisait de sauter sur un des trois trottoirs roulants, en se tenant aux cordes pour ne pas perdre l'équilibre. Les trois pistes avançaient à des vitesses différentes. On pouvait passer de l'une à l'autre, non sans risque de culbute. C'est ce qu'il advint à l'évêque de Saint-Flour qui accompagnait les maires cantaliens. Ayant voulu faire le saut, il s'y prit si bien qu'on le vit rouler par terre et que sa soutane lui coiffa la tête. Il s'est relevé sans trop de mal, prenant la chose en riant, pour nous dire :

— Mes chers amis, je n'ai plus grand-chose à vous cacher.

Nous savons à présent que les évêques portent des culottes violettes à rayures blanches.

Le 20 septembre 1900, nous nous sommes trouvés vingt mille sous une tente immense dans les jardins des Tuileries. A plus de six cents tables. Disposées dans l'ordre alphabétique, de sorte que les Cantaliens avoisinaient d'un côté les maires du Calvados, de l'autre ceux des Charentes. Le festin a duré cinq heures. Parmi les plats servis, je me rappelle les darnes de saumon, les pains de caneton, les ballottines de faisan. Monsieur Loubet a prononcé un long discours dont je n'ai pas saisi un mot à cause de la distance.

En 1904, âgé de quatre-vingts ans, j'ai renoncé à mes fonctions municipales. Je passe mes dernières années devant ma porte, assis au soleil quand le temps s'y prête. Je contemple les magnifiques sommets qui m'entourent. Je tricote des chaussettes et des mitaines, comme m'a appris à le faire ma mère Félicie. Je vis de mes rentes et de mes souvenirs. Trois écuelles de soupe par jour suffisent à ma nourriture. Je bêche encore mon jardin, je cultive des pommes de terre et des roses. Je jouis d'une bonne santé. Aucune grave maladie ne m'a frappé depuis ma fièvre typhoïde de 1842. Ma femme Annette est toujours à mes côtés, à me traiter de vieux coffre, de vieille noix, de vieille pantoufle. Elle aussi se porte comme un charme, pour mon malheur. Longtemps, j'ai espéré qu'elle me quitterait assez tôt pour que je puisse en épouser une autre, plus jeune, plus avenante. Rien à faire. Elle s'accroche à mes culottes. Je plaisante, évidemment. Nous sommes restés trop d'années attelés à la même charrue pour pouvoir vivre l'un sans l'autre.

Mais toi, en revanche, mon vieux corps, ma vieille carcasse, je vais bientôt te quitter. Nous avons connu ensemble des peines, des joies, des plaisirs. Tu m'as servi fidèlement. J'ai maintes fois risqué de te perdre, sous le tunnel ou à l'air libre. Par la grâce de la Sainte Vierge, nous voici toujours réunis. Tu n'as guère changé depuis ma soixantaine. Un peu épaissi seulement, çà et là. Je suis ce qu'on appelle un vigoureux vieillard. Mon cœur manifeste parfois quelques défaillances. J'aimerais qu'il s'arrête une nuit, pendant mon sommeil, sans avertissement, comme une montre qu'on a oublié de remonter. Qu'on me lave, qu'on me rase, qu'on m'enfile mes meilleurs habits. Et qu'on me couche derrière l'église près de mes deux pères et de ma mère unique. Qu'on grave sur une pierre de Volvic : *Ci-gît Géraud Codier qui fut un bon garçon*. Une pierre que j'ai descendue à cette intention, arrachée à la montagne du Lioran. On la trouvera dans ma grange, au fond, à gauche, appuyée contre un mur.

Cheylade, le 31 décembre 1909
GÉRAUD CODIER

Quatre-vingt-six ans aux prochaines violettes.

Ainsi se terminent les récits de Géraud Codier, soigneusement couchés à la plume d'oie et à l'encre noire sur papier d'Ambert. Complétés par la documentation que j'ai pu recueillir dans les mémoires et dans les archives. Il est l'exemple même de ces ouvriers anonymes qui, par milliers et par millions, ont construit les remparts, les châteaux, les phares, les églises, les pyramides, les canaux, les ponts, les tunnels fallacieusement attribués seulement à un empereur, un évêque, un ministre ou un président.

Géraud Codier et ses compagnons ont percé le puy de Favard, le puy de Massebœuf, le puy des Chazes, le puy des Pialottes, le puy de Vaurs et trente autres puys. Ils méritent que la langue française s'enrichisse d'un vocable nouveau conforme à leur labeur, celui de *puysatiers*.

JUSTIN AMEIL

ÉPILOGUE

A Mont-de-Marsan, le préfet Delamarre bâtit un pont sur un boulevard ; tous les deux portent son nom. Il fut ensuite nommé à Guéret (Creuse). Destitué en 1847 pour des propos imprudents à l'égard du gouvernement Guizot, il acheva sa carrière dans la politique, comme député républicain. Son souvenir reste attaché dans les mémoires cantaliennes à la première percée du Lioran, même si aucune rue ne lui rend hommage ni à Murat ni à Aurillac.

Le tunnel est soumis à des révisions espacées, rechargements de la chaussée, réfections des voûtes et des portiques d'accès. Ces derniers, semi-elliptiques à l'origine, ont été par la suite reprofilés en ogives. A partir de 1881 et jusqu'aux années 1930, les refuges latéraux ont été utilisés comme caves à fromages, suite à l'initiative de monsieur Courbouleix de Saint-Jacques-des-Blats. La fine odeur des fourmes y neutralisait agréablement la puanteur des crottins.

Puis sont venues les automobiles, porteuses

d'autres parfums. Les camions de gabarit élevé sont contraints de circuler au beau milieu de la voie, au grand risque des autres véhicules, malgré l'abaissement de la chaussée de cinquante centimètres.

Au cours de ces dernières années, la circulation y est devenue si intense qu'il a fallu interdire le tunnel aux piétons ; ceux-ci doivent emprunter la départementale 674 qui les oblige à gravir le puy de Massebœuf pour aboutir à la station de ski Super-Lioran.

Le Conseil général du Cantal réclame le creusement d'une nouvelle galerie qui permettra d'établir deux sens uniques. Pour appuyer sa demande, il a tenu en plein air une assemblée devant l'entrée sud du tunnel. Il a obtenu du gouvernement actuel un accord de principe.

Par une sorte de symbole historique, le premier tunnel routier, long de 1 414 mètres, rappelait la conquête de Harfleur par les Anglais. Une défaite. Le second, avec ses 1 515 mètres, évoquera Marignan. Une victoire.

Ceyrat, 31 mars 2000 - 31 janvier 2001.

DU MÊME AUTEUR

Romans

Le Chien du Seigneur (Plon, 1952).
Les Mauvais Pauvres (Plon, 1954).
Les Convoités (Gallimard, 1955).
L'Immeuble Taub (Gallimard, 1956).
Le Fils de Tiberio Pulci (Laffont 1959) ou *La Combinazione* (Julliard 1988).
La Foi et la Montagne (Laffont, 1962).
Le Péché d'Ecarlate (Laffont, 1966).
Des chiens vivants (Julliard, 1967).
La Garance (Julliard, 1968 — AEDIS 2000).
Une pomme oubliée (Julliard, 1969).
Le Point de suspension (Gallimard, 1969).
Un front de marbre (Julliard, 1970).
Le Voleur de coloquintes (Julliard, 1972).
Un temps pour lancer des pierres (Julliard, 1974).
Le Tilleul du soir (Julliard, 1975).
Le Tour du doigt (Julliard, 1977).
Les Ventres jaunes (Julliard, 1979).
La Bonne Rosée (Julliard, 1980).
Les Permissions de mai (Julliard, 1981).
Le Pays oublié (Hachette, 1982).
La Noël aux prunes (Julliard, 1983).
Les Bons Dieux (Julliard, 1984)

Avec flûte obligée (Julliard, 1986).
La Dame aux ronces (Presses de la Cité, 1989).
Juste avant l'aube (Presses de la Cité, 1990).
Un parrain de cendre (Presses de la Cité, 1991).
Le Jardin de Mercure (Presses de la Cité, 1992).
L'Impossible Pendu de Toulouse (Fleuve noir, 1992).
Gens d'Auvergne (Omnibus, 1992).
Y a pas d'bon Dieu (Presses de la Cité, 1993).
La Soupe à la fourchette (Presses de la Cité, 1994).
Un lit d'aubépine (Presses de la Cité, 1995).
Suite auvergnate (Omnibus, 1995).
La Maîtresse au piquet (Presses de la Cité, 1996).
Le Saintier (Presses de la Cité, 1997).
Le Faucheur d'ombres (France Loisirs, 1998).
Le Grillon vert (Presses de la Cité, 1998).
La Fille aux orages (Presses de la Cité, 1999).
Un souper de neige (Presses de la Cité, 2000).
Auvergne encore (Omnibus, 2000).

Biographies

Hervé Bazin (Gallimard, 1962).
Sidoine Apollinaire (Volcans, 1963).
Pascal l'insoumis (Perrin, 1988).
Les Montgolfier (Perrin, 1990).
Qui t'a fait prince ? (Laffont, 1997).

Histoire

La Vie quotidienne dans le Massif central au XIXe siècle (Hachette, 1971).
Histoire de l'Auvergne (Hachette, 1974).
La Vie quotidienne contemporaine en Italie (Hachette, 1973).
Les Grandes Heures de l'Auvergne (Perrin, 1977).
La Vie quotidienne des immigrés en France de 1919 à nos jours (Hachette, 1984).
Le Pape ami du diable et autres histoires mystérieuses (Le Rocher, 2000).

Essais

Les Greffeurs d'orties (La Palatine, 1958).
Grands Mystiques (Pierre Waleffe, 1967).
Solarama Auvergne (Solar, 1972).

Albums

L'Auvergne que j'aime (Sun, 1973).
Drailles et burons d'Aubrac (Le Chêne, 1980).
L'Auvergne et le Massif central d'hier et de demain (Ed. Universitaires, 1981).
Clermont-Ferrand d'autrefois (Horvath, 1981).
Clermont-Ferrand fille du feu (Xavier Lejeune, 1990).
Les Auvergnats (La Martinière).
Mémoires d'Auvergne (De Borée, 1991).
L'Auvergne vue du ciel (De Borée, 1993).
Trésors de bouche (De Borée, 1996).
Mon beau-pays la Haute-Loire (De Borée, 1998).

Divertissements

Célébration de la Chèvre (Robert Morel, 1970-Annie Coralli, 1997).
Riez pour nous (Robert Morel, 1971).
Cent Clés pour comprendre le feu (Robert Morel, 1973).
Les Zigzags de Zacharie (CREER, 1978).
Jean Anglade raconte (Le Cercle d'Or, 1975).
Fables omnibus (Julliard, 1981).
Mes montagnes brûlées (A.C.E., 1985) ou *Le Pain de Lamirand* (De Borée-Coralli, 2000).
L'Auvergnat et son histoire, B.D. (Horvath).
Confidences auvergnates (De Bartillat, 1993).
L'Auvergne aux tisons (Coralli, 1994).
Auvergnateries (Canope, 1994).
La Bête et le bon Dieu (Presses de la Cité, 1996).
Le Faon sans héritage (AEDIS, 1996).
Abécédaire auvergnat (Coralli, 1997).

Traductions de l'italien

Le Prince, de Machiavel (Le Livre de Poche).
Le Décaméron, de Boccace (Le Livre de Poche).
Les Fioretti de saint François d'Assise (Le Livre de Poche).
Le Convoi du Brenner, de Ruggero Zangrandi (R. Laffont).
La Religieuse de Monza, de Mario Mazzucchelli (R. Laffont).

Poésie

Chants de guerre et de paix (Le Sol Clair, 1945).

Théâtre

Le Cousin des îles (scénario en trois temps, d'après *Les Bons Dieux*).

Films

Une pomme oubliée (réalisation de Jean-Paul Carrère).
Les Mains au dos (réalisation de Patricia Valeix).

Cassettes C.D.

Contes et légendes d'Auvergne (Nathan).
Si Lempdes m'était chanté, musique de Patrick Brun (Mairie de Lempdes).

Vidéocassettes

Mémoires d'Auvergne (Films Montparnasse).
Le Tour de France des métiers [en Auvergne] (BETA production).

Achevé d'imprimer sur les presses de

BUSSIÈRE

GROUPE CPI

à Saint-Amand-Montrond (Cher)
en juin 2003

POCKET - 12, avenue d'Italie - 75627 Paris Cedex 13
Tél. : 01-44-16-05-00

— N° d'imp. : 33410. —
Dépôt légal : juin 2003.

Imprimé en France